U0678327

Best Time

白 马 时 光

# Marlena

# 亲爱的谎言

〔美〕朱莉·布恩汀　著

刘勇军　译

百花洲文艺出版社
BAIHUAZHOU LITERATURE AND ART PRESS

## 图书在版编目（CIP）数据

亲爱的谎言 /（美）朱莉·布恩汀著；刘勇军译
. — 南昌：百花洲文艺出版社，2019.1
ISBN 978-7-5500-3030-5

Ⅰ.①亲… Ⅱ.①朱… ②刘… Ⅲ.①长篇小说—美
国—现代 Ⅳ.①I712.45

中国版本图书馆 CIP 数据核字（2018）第 223045 号

江西省版权局著作权合同登记号：14-2018-0230
MARLENA by Julie Buntin
Copyright © Julie Buntin
Published by arrangement with William Morris Endeavor Entertainment, LLC,through
Andrew Nurnberg Associates International Limited.
Chinese Simplified Character translation Copyright © 2019 By Beijing White Horse Time
Culture Development Co., Ltd.
All Rights Reserved.


**亲爱的谎言** QINAI DE HUANGYAN

〔美〕朱莉·布恩汀 著　　刘勇军 译

| | |
|---|---|
| 出 版 人 | 姚雪雪 |
| 出 品 人 | 李国靖 |
| 特约监制 | 王 瑜 |
| 责任编辑 | 童子乐 杨 振 |
| 特约策划 | 王云婷 |
| 特约编辑 | 王云婷 |
| 封面设计 | 林 丽 |
| 版式设计 | 王雨晨 |
| 版权支持 | 韩东芳 |
| 出版发行 | 百花洲文艺出版社 |
| 社　　址 | 南昌市红谷滩世贸路 898 号博能中心Ⅰ期 A 座 20 楼　邮编 330038 |
| 经　　销 | 全国新华书店 |
| 印　　刷 | 河北鹏润印刷有限公司 |
| 开　　本 | 880mm×1230mm　　1/32 |
| 印　　张 | 9 |
| 字　　数 | 200 千字 |
| 版　　次 | 2019 年 1 月第 1 版第 1 次印刷 |
| 书　　号 | ISBN 978-7-5500-3030-5 |
| 定　　价 | 42.00 元 |

赣版权登字：05-2018-409
版权所有，侵权必究
发行电话 0791-86895108　　　　网　址 http://www.bhzwy.com
图书若有印装错误，影响阅读，可向承印厂联系调换。

谨以此书
献给凯尔西和利亚

我用讲故事的方式述说我的经历，

因为我小时候在家乡就耳濡目染，

认识到真实不过是想象。

——厄休拉·勒古恩《黑暗的左手》[①]

① 厄休拉·勒古恩（1929—2018）：美国重要科幻、奇幻、女性主义与青少年儿童文学作家。代表作品有《黑暗的左手》《地海传说》系列。

# 纽 约

讲讲你无法忘记的事吧，那我就会说出你是谁。我关掉公寓里的灯，她便与黑暗一同到来。隧道中，火车睁大了眼睛，她站在铁轨上，一头金发随风飘动。我们喜欢的一首老歌响起，我在谷物区迷失了自我。有时候，夜色阑珊，我在公寓门外摸索钥匙之际，会瞟到我在走廊镜子里的影像，然后，我便看到她在等待。

我和玛莲娜坐在瑞德的面包车里。那天早晨，趁他还在睡觉，她从他的牛仔裤口袋里偷走了车钥匙。阳光明媚的春天已经远去，熬人的酷暑来临，我们穿着从杂货店买来的人字拖，我们那带盐渍的头发黏糊糊的，贴在太阳穴上，呼吸中带着香烟、樱桃味润唇膏和昨天喝过的葡萄酒的气味。我踢掉拖鞋，把双腿伸开，搭在仪表板上，脚趾贴着挡风玻璃，每次只有我和玛莲娜两个人的时候，我都会这么做。瑞德说我毁了他的车，还说我留下的污渍擦也擦不掉，可我不在乎。玛莲娜把我的脚放在她的腿上，给我涂指甲油。指甲油是非常显眼的橙色，那是属于她的颜色。

车窗摇到下面，微风吹散了我的马尾辫，乱糟糟的发丝遮住了我的脸，因此，我看到的一切都是破碎的。我们要去海滩，度过普普通通的一天。我们要在水下闭气，直到肺部受不了，才会浮上来；我们要去冲浪，猛烈的浪头拍在我们的肚子上，会让我们喘不过气；我们要喝从无人看守的冰箱里偷来的啤酒，喝下冒着气泡的啤酒，感觉嘴里苦苦的；我们会随着太阳的位置，不断调整身上的毛巾，来回传看两本相同的杂志，一直到光线沉入大海；等到要走的时候，我们会把脚从冰冷的沙里抽出来，我们会晒伤，然后发烧。

我们假装是有小秘密的女孩，我们把音量调大，听琼妮·米歇尔 ①的歌。每一句歌词都是为我们写下的心声。我大声唱着，搞得玛莲娜都听不到她自己的声音了，于是她叫我小点声，还说我吵得她头疼。但在这段回忆里，我却唱得更大声了。

玛莲娜猛踩油门，汽车沿着这条通往湖泊的死路一路向大山疾驰。速度表的指针一直在跳动，乡村公路的限定时速是五十五英里，我们已经超速了，片刻后，我们的时速就达到了七十英里。大风刮进车里，呼呼作响，我的头发胡乱飘动，抽打着我的脖子，我再也听不到音乐声了。我的声音颤抖着，我把脚放在车底盘上。我想把我那边的窗户摇上去，但玛莲娜从她那边上了锁。她看着我，咧开嘴笑了，我感觉汽车慢慢地向路肩驶去，车轮碾过，碎石乱飞。她把车驶回车道，速度表颤动几下，随即超过了八十五英里。玛莲娜的马尾几乎都散开了，我不知道她看不看得清速度表，她是不是根

---

① 琼妮·米歇尔：二十世纪有着重要影响力的加拿大传奇音乐家，被公认为历史上最伟大的女性创作歌手。她的音乐深刻而富有自省精神，常通过音乐发表政治、环保、女权等观点。

本没意识到我们的速度已经到了九十英里，此外，她有没有闻到风中夹杂着一股新出现的辛辣味，那是面包车的零件散发出的煳味。车速越来越快，越来越快。我轻笑两声，让她开慢点，几秒钟后，我厉声叫她放慢速度，见她没有答复，我只好大喊，说她疯了，说她吓坏我了，我想从这辆该死的车上下去，我还说我们会死的，她这是在拿我们两个的小命开玩笑。这会儿，我们的速度是一百英里，正在歪歪扭扭地翻过另一座山，汽车轰隆作响。我们来到山顶，车轮悬空，离开了路面，等我们再次落到地面上，我狠狠地撞在了储物箱上，我赶紧伸出小臂，稳住我自己。她没有刹车，我连忙系好安全带。密歇根湖突然出现在我们面前。湖水有着加勒比海一样的蓝色，水面上波光闪闪。我们距离悬崖只有不到半英里，停车场和通往沙滩的小路都在那里。

　　她不会停下，有那么一刻，一种陌生的感觉自我心底升起，愤怒、渴望和恐惧掺杂在一起。"来吧，"我心想，"来吧。"我的心跳到了嗓子眼儿，但我已经受够了总是做那个"说不"的人，我再也不想小心翼翼、畏缩不前。"如果我一直开呢？"她喊道。后来，我才意识到她八成是磕了药，那瓶奥施康定的药效现在差不多该显现了，药片在我对她的记忆中若隐若现，就像额外的特写。我还记得她的眼睛，她的头发很久未洗，发梢蓬乱不堪。

　　现在，湖泊比天空还要宽阔。等我们掉进水里，需要多久，我才能踢开副驾驶的窗户，我的人字拖才会飘到汽车的顶部，我的身体才会疯狂地需要空气？

　　玛莲娜并不擅长游泳。

　　然而，在距离悬崖十几个车身的长度之外，我们开始慢了下来。

面包车左摇右晃地沿着虚线前行，车身倾斜，靠车轮的外部边缘着地。随着吱嘎一声，车身猛地一颤，我们停了下来。我的身体向前弹了出去，安全带勒进我的双乳之间。车头灯贴着板条栅栏，在栅栏另一边，就是长四分之一英里的陡峭山坡，坡下便是月牙形状的石滩。汽车呜呜一声，发动机松了一口气。我差一点儿就哭出来了，心脏扑通扑通狂跳，我恨她知道我现在的样子。

"拜托。"玛莲娜说，但她气喘吁吁的，过了很久，才喘匀气，"你真以为我会让你有危险？"每次只要焦虑或兴奋，她就会长荨麻疹，这会儿，从她的锁骨到脖子上跳动的肌腱再到下巴，都布满了如同精细红色蕾丝的荨麻疹。她的指甲划过我的膝盖，形成了一个向外开的小圆圈，我不由得浑身一哆嗦。

我真想把唾沫吐到她的脸上。我真想走开，远离她逼我所做的一切，远离从很多方面都变得很坏的我，而且，在一瞬间，这看似有可能实现，我也几乎那么做了。我把手塞在大腿下面，免得被她看到我在发抖，我直勾勾地盯着松香除臭剂。那东西在颤动，像是车子仍在移动中。"凯特。"她说。

这并不是一个问题。我爱她的野性。我对这份野性充满渴望。那么，当我心里的一个声音问我是否值得为此丢掉性命，我为什么会听到否定的答案？

我猛地眨眼，将泪水逼了回去。我摇晃脑袋，哈哈笑了起来，她也大笑起来，我们之间的这件恐怖的事消失了，只剩下我心里一条很小的裂缝，永远无法弥补。我们从后座抓起装有零食的塑料袋，沿小路向下面的沙滩走去。我已经开始忘记几分钟前让我痛苦不堪的感觉。"去做吧，你已经做过了，你这个婊子。"她又唱了起来，她唱的是《加利福尼亚》，她唱到了在落日下亲吻警察和返回故乡的部分。我也随着她唱起来。

琼妮·米歇尔的歌很适合玛莲娜。她轻轻松松就能唱出高音，在各个音符之间自如转换，她能完美地模仿琼妮那浑厚的颤音，把音节变成回荡的钟铃声。这是我能想起的最后一次听玛莲娜唱《加利福尼亚》，不过实际上可能并非如此。那是她最喜欢的歌之一。四个月后，她便离开了人世。严格来说，她是遇溺身亡。不过不是那天我害怕的那样：坐在瑞德的面包车里，冲出护栏，一头扎进水里。没有巨大的水花，没有沙滩上的尖叫，没有救生员冲过来，她可能更喜欢这样。

在基沃尼市郊的树林里有一条河，河上结的冰不到六英寸厚，冰上布满裂缝，她就是在那里窒息而死的。当时是十一月的一个傍晚时分，她没理由到那里去。她穿着我的一件旧外套和一双破烂的凯德软底帆布鞋，而警察极其重视这些东西。她随身携带的大手提袋里装满了零钱，她走起路来，硬币碰到药瓶和一部翻盖手机，肯定会叮当乱响。她的头狠狠地撞在河中的一块石头上，人们认为她被撞晕了，身体就这样滑了下去，到最后，水没过了她的嘴和鼻孔。

有些细节就是事实，但这样的细节非常少，只知道她在哪里被人发现，穿了什么衣服，带了什么东西。按照我大哥吉米所说，她死前最后有人看见她是在下午5点12分。他清清楚楚地记得当时车里的时钟显示的就是这三个数字。但是，他后来在喝醉的时候满心沮丧地告诉我，他记得的这个时间可能是她刚上车的时间。他说，他也可能是在5点12分离开家的，那时他甚至还没有去接她。我很理解为什么无法确定时间这件事带给他这么大的困扰。我们两个其实都不相信她的死纯属意外。

下午一点刚过，我接到了一个幽灵打来的电话，而距离那天在车里，已经过了将近二十年。当时，我正穿过第五大道，路两侧矗立着一栋栋毫无特色的摩天大楼，我周围都是身着羊毛长大衣的人，就在我放慢速度、从衣兜里拿出手机的时候，他们都很不高兴。我宿醉未醒，眉头紧皱，心脏跳得很快。当我看到区号是 231 时，我便按下了"忽略"键。我靠在一家熟食店的橱窗上，感觉胸口十分紧绷。我与密歇根北部再无瓜葛；母亲和罗杰一起住在安阿伯市，即便过了十年，我一想起罗杰，还是会把他当成母亲的新婚丈夫；吉米住在密歇根州上半岛，在一家建筑公司工作，专门建造价格昂贵的度假屋。

打电话的人留下了一条语音信息。

"嗨，"那个人说。是个男人，他说元音字母带着鼻音，让我想起了家乡。"对不起。"他说，然后，他又说了一遍对不起。这很奇怪。"这是凯特的电话吗，是来自银湖的凯瑟琳吗？我是萨尔。"

萨尔小时候的样子浮现在我的脑海中，固定电话线缠绕在他的手指上，但好像有了魔力一样，他的声音却是成年人的。我几乎就要笑出来了。萨尔·乔伊纳。"我在纽约。"他停顿片刻，然后拖长音说，"我在大苹果城 ①。"像是在向听者证明他说的是真话，这样的情况既不可思议，又真真切切。"你八成不记得我了，"他说。听了这话，我大笑起来，至少是发出了和大笑差不多的声音，那种尖锐的吸气声越来越尖，听起来并不是不开心。"但愿我的电话没

---

① 大苹果城：纽约的别称。

打扰到你。我想知道，你能不能抽出一个钟头和我见一面。聊聊我的姐姐。"

往事一股脑儿涌了回来。比起我周围的城市，回忆的边缘更为锋利，更为清晰，萨尔刚一说出他的名字，城市似乎就变得模糊，随即消失不见。不过，它已经在那里了，不是吗？我生活中的那段时期是如此短暂，几乎刚一开始就结束了，然而，有些事是我始终都想弄清楚的，那个问题一直埋藏在我的内心深处，嘀嘀嗒嗒地响着，就像一颗真的地雷。

231。有那么一刻，我还以为电话是她打来的。

# 密歇根

第一次见到玛莲娜·乔伊纳的时候，我和吉米正把东西从租来的卡车里卸下来。我们驱车五个小时，从位于密歇根大拇指位置附近的旧房子，一直来到该州无名指顶部的位置。快到十二月份了，下起了雨夹雪，地面又湿又滑。玛莲娜穿过她家前院，她家的院子里放着很多翻倒的包装箱，箱子都被雪水打湿了，还有很多铁皮桶、损坏的发动机和各种各样的废金属。她走到我旁边，打量卡车里的箱子。她穿着剪掉衣领的白 T 恤和一双蜘蛛侠雪地鞋。关于她的细节在我的记忆中是如此清晰显著，以至于都不像真的。她的手臂上布满雪水，滑溜溜的，冻得起了鸡皮疙瘩；她甩甩头，把头发从脸上甩开，可以闻到她的头发散发出一股烧木头的气味，她在说话前常做这个动作。

"你们是新搬来的？"

"哦，是的。"吉米说。他把母亲的摇椅举到肩膀上，走进车库，并没有回头看，见他这样，我知道他觉得她很漂亮。

这次见面没有任何特别，就像一个熟悉的故事的开端，而在之后的几个月，我们一次次地审视细节，到最后，我们见面的情形被笼罩在了神秘的光辉中。玛莲娜住在不到二十步开外一栋装修过的谷仓里，她在墙上刷了好几层淡紫色的油漆，一摸就粘手。谷仓向下陷入了土里。当时，她的生存状态让我十分不安，但我们的生存条件也和她的差不多。我们买的是银湖一栋类似大牧场的组合房屋，位于一片半英亩的土地上，十分肮脏破烂。这栋活动板房有三个卧室，看起来还很新。找块地方，就可以把这种房子组装在一起，也可以整栋从卡车上卸下来，这让我想起了《大富翁》里的房子。母亲说，她喜欢这里，因为这里没有楼梯，可以少走很多路，而且还有个很大的后院。她没有说我和吉米都知道的事：这栋房子只比房车好一点，而且，没有了父亲，我们就是不折不扣的穷人。

玛莲娜把湿漉漉的头发从脖子上拨开，拧成绳子一样的发辫。她的头发很浓密，长及腰部，颜色非常浅，斜斜的刘海儿遮住额头。中学快毕业的时候，我试过留这样的发型，只可惜结果糟糕透顶。她是个美人坯子，长了一张猫咪一样的脸，看起来是那么古灵精怪，她的颧骨很高，眼睛一眨一眨的。老实说，我之所以愿意和她做朋友，这是首要原因。我十五岁的时候，该丰满的地方不丰满，该瘦的地方却不瘦，一对扇风耳很突出。然而，我还是相信，我随时都能出落成美女；而对于天生丽质的女孩子，我就是不由自主地对她们着迷。

"我叫玛莲娜。"她说。

"我叫凯特。"我答。家人都叫我凯瑟琳或凯茜，但我决定在这里做个不一样的女孩。

"你们搬到了一个很危险的地方。"她笑了，她有一双蓝色的大眼睛。我听不出她这话是否友好。

每次听到"危险"这两个字，我都仿佛可以看到，在那个冬日黄昏后天黑前的这段时间里，我和玛莲娜盯着那辆租来的卡车的"大口"。我们两个女孩，一个十五岁，另一个十七岁，正是不上不下的年纪，心里有着各种计划。快停下，我真想这么告诉我们。一起留在原地吧。不要动。但我们动了。我们总是在动。计时器已经开始工作了。

我们把一个个纸箱搬进各自的房间，然后，我、母亲和吉米盘腿坐在客厅的地板上吃冷冻比萨。电缆还没有接好，电视机茫然地盯着我们。母亲用一个高塑料杯喝酒。新冰箱没有制冰器，更不用说压碎机了，于是，她把一个用来装化妆品的拉链袋清洗干净，把里面翻到外面，又把托盘里的冰块装进袋里，再用番茄酱的瓶子把冰块敲碎。她再一次问起吉米奖学金的事，问他有没有从密歇根州立大学收到明确的答复，明年是否可以申请入学。自从我把比萨放进烤炉，她已经问了至少三次了。每次几杯红酒下肚，母亲的大脑就会卡在一件事上，不断地重放。

"不然的话，就等于把大把的钱打水漂。"她说，然后又开始老生常谈：数落他犯过的错，以及我们老是以为钱是大风刮来的。

"我再去拿点比萨。"吉米说着站起来，走出客厅，很可能是去他卧室的窗边，抽两口大麻烟卷，这是他唯一的减压方式。自从我们的父母离婚，自从他和他那个叽叽喳喳的女朋友分手，他就抽得很凶。现在，那姑娘已经进入密歇根州立大学，开始上大一第一学期的课了，而他本也应该进大学。在我看来，他推迟入学，在开学前的几个礼拜拒绝了奖学金，真正原因正是为了她，但吉米的事，谁又说得清呢？他说是因为我们需要他。至于大学，可以过段时间再去上。他还开玩笑说，我们要是组乐队，应该叫"暂停"，他暂时不去上大学，我暂时不能去上高中。

"要是他得填写文件，那他肯定不爽。"母亲告诉我，她一边说一边伸展双腿，同时她手里的杯子一歪，冰块掉在地板上，我连忙把冰收回杯子里，但较小的冰块从我的指缝间滑了下去。"第一片污渍就这么出现了。"她喊道，隆重地把餐巾纸铺在洒了的酒上。纸的颜色立即变深，与地毯贴在一起。

我和母亲收拾好盘子，放进厨房的水槽。"明天再刷吧。"母亲说，把她的杯子举到风时亚红酒桶的龙头下面，在杯里装满酒。她啵的一声亲了我的头一下，随即便离开了。我把水龙头调到热水，连吉米的盘子在内，洗了所有盘子。

新房子是长方形的，天花板很低，搭在水泥砖块上，没有地基。要是用拳头击打墙壁，就会反弹出空洞的回声。我们的房间都在一条位于厨房右边的走廊上。首先是卫生间，然后是我的房间，旁边是吉米的房间，他的房间对面是母亲的房间。我晃晃卫生间的门把手。"不要在这里大便。"我说。

"为什么？你难道不希望舒舒服服、暖暖和和地在这里大便？"他从卫生间里面说。

"你真恶心。"

吉米打开门，我的哥哥身材高大，头发蓬乱，下巴上粘着一点牙膏。他在我这个年纪的时候，在当地的一家报纸上发表了一篇专栏文章，写的是做一名少年无神论者的情形。他像母亲一样，长着金发蓝眼，六分钟就能跑一英里。曾几何时，我们一家人还会一起露营，我和吉米经常在租来的房车里睡同一张床。母亲让我们通脚睡，免得我们打架。吉米总是躺在床头，而我则躺在床尾。为了这件事，我都讨厌死他了，但我恨他，主要是因为他向来不把父亲当回事儿，而如此一来，父亲就老是去讨好吉米，却从来都没对我那么好过。

　　在很长一段时间里，我都不能忍受最后见到玛莲娜的人竟然是吉米而不是我。父亲离开之后，在手足骨血之间传递的声纳就消失了，与同样一对父母对抗而建立起的纽带断裂了。在卫生间那个晚上之后的几年里，我们两个的关系变得就像熟人。如果我们现在更亲近一些，我会告诉他我已经原谅了他，原谅了他所做的一切，也原谅了他没有做的事。我原谅他任由她打开副驾驶门，走进灰蒙的暮色中，她的背包贴着她的屁股来回摇晃，我原谅他独自拥有与她在一起的那漫长的最后几分钟。真的很难承认，最糟糕的那部分，我依然感觉这是他在用另一种方式得到了更多我们本应该一起分享的东西。我想，身为妹妹的我永远都是吃亏的那一个。

　　我踢了踢一个贴着"玄关"字样标签的纸箱，挡住他的去路，不让他离开卫生间："这是什么？有什么东西可以放在玄关里？"

　　"就是玄关里常放的东西呀。你吹蜡烛的照片什么的。"

　　"玄关里有毛巾吗？"

　　"毛巾在壁橱。妈妈睡觉了？"他擦掉下巴上的牙膏。

　　"应该吧。她没道晚安，不过她房里没开灯。"

"她铺床单了吗？她把一切都安顿好了吗？"

"我怎么知道？"

他看着我，像是在说：我一直都很努力，你为什么就不能出点力？在搬家之前，他的一举一动都像个大人，仿佛他不仅取代了父亲的位置，也成了母亲的监护人。他真的是为了确保母亲铺床单，才不顾他的未来？这样的举动在我看来就跟牛粪一样讨厌，而我最受不了的就是牛粪，而且，无论到哪里，都能闻到牛粪味。十五岁的我相信，长大以后，我可以游走于所有规矩以外。

吉米跨过纸箱，按按我的肩膀，他的手弄湿了我的衬衫。"一切都会好起来的，凯茜。眼光要放长远一点。"他走过走廊，靠在母亲的房门上，把门打开一点点，只见里面黑漆漆的。"妈妈。"他低声耳语，然后走进去查看。

我揭掉粘住"玄关"纸箱的胶带，纸箱盖一下子弹开露出那些不需要的照片：吉米头戴锡箔王冠，还长着乳牙的我，父亲在远景中挥动一根点燃的烟花。对于玄关，我们唯一需要的就是纠缠在一起的延长电线。


在我和玛莲娜成为朋友之前，我都做过什么？我在房间里把箱子里的东西取出来，从我的一大堆书里选出一本看完，看着一碗重新加热的汤在微波炉里旋转。但是，在那几个月开始形成的我，现在仍是我的那个我，已经开始苏醒了。我靠着贷款和奖学金，在康科德学院上了九年级，那是一所昂贵的预备学校，但贷款和奖学金都不接受一个秋季学期的申请。听说搬家的消息后，我和父母吵了起来，我要他们同意我去寄宿。"哈。"父亲说，"别做梦了。"

刚上十年级没几天，他们就叫我退学了，因为才开学几天，所以学校退了学费。母亲说这是有惊无险，父亲却说私人机构把人变成了胆小鬼。即便有补贴，那一年的学业也对他们的财政状况造成了影响，我听过他们为此争吵。我是个勤奋和专心的女孩，而且已经上了提高班，我想，他们并没有想到，让我在外面飘一整个秋季学期，会伤害我大脑中的一些东西。不过，能够离开学校，离开自从孩提时代就伴随我的日常活动，我能感觉我的生活秩序在重新排列。

我花了很多时间观察隔壁邻居的动作手势，我告诉自己，我这么做是因为无聊，绝不是对她感兴趣。除了玛莲娜，我还看到了一个小男孩，那孩子跟她长得一模一样，不过是缩小版的；一个骨瘦如柴的男人，总戴着一顶橙色的针织猎帽；还有一个块头比较大的男人，这个人有时在，有时不在，开一辆车轮特别大的黑色卡车。从厨房窗户，我能清楚地看到她的房子。有时候，玛莲娜进进出出时会有两个和我们差不多年纪的男孩子陪着。其中一个很可爱，另一个则长了一脸青春痘。

在那些夜里，我睡不着，肚子又饿，心里泛着隐隐的怒气，于是，天还没亮，我就起床了。我穿上父亲的拖鞋，把毯子裹在肩上。新房子太安静了。我站在冰箱灯的光线中，捧着一加仑的容器喝橙汁，用手背擦掉流到下巴上的黏糊糊的橙汁。母亲把她的秘密香烟藏在一个艾璞牌鞋盒里，而鞋盒则放在底特律家里的衣柜上层架子上。就连香烟也很神秘，这就是母亲的作风。来到银湖，我们没有类似的地方，所以，我颇费了一番工夫才在装满小物件的大尼龙袋底部找到了那个鞋盒。我拿开盖子，就看到莫瑞慈牌香烟放在她的薄荷绿色高跟鞋的匙形鞋跟之间。父亲和母亲晚上出去后回来，身上时常都散发出香烟味、咸腥味和风的气味，还有一种更为香甜的气味：可能是葡萄干，也可能是红酒。

我从厨台上拿起打火机，和我们的很多东西一样，它在新房子里永远也找不到合适的位置，被人从一个地方挪到另一个地方。外面和室内没什么区别，只是外面要更冷。星星，到处都是星星，一对拖车窗户冒出了闪烁的电视蓝光。我坐在前门外面的平台上，吉米把他那双沾满污泥的鞋子留在了那里，可怜男人的临时住所[①]，母亲总是这么叫小露天平台，后来吉米告诉她，这个法语词不是阳台的意思，甚至也不表示门廊，他的声音透着疲倦。我打开母亲的袋子，里面有两根过滤嘴冲下的香烟，我抽出其中一支，天知道这些烟放了多久了。我用牙咬住过滤嘴，扣动打火机的扳机，我轻轻吸了一下，才把烟弄着。我想象着我会吐口水，会干咳，才抽第一口就会感觉喉咙刺痛，但我吸了三口，才开始咳嗽。烟雾在我的头顶上方缭绕，我吐出烟雾，看着烟雾袅袅，远离银湖。

我捏住过滤嘴，把余烬掐灭在栏杆上，我的脑海里像是有火光在闪烁。我深深地吸了一口气，把另一根烟也点燃了。台阶冰凉，寒气穿透了毯子、法兰绒裤子、棉质内衣，我感觉很冷，但我无动于衷。

路上有车灯亮起，随即一辆有巨大轮胎的卡车驶入了玛莲娜家的车道。我从台阶上滑下来，蜷缩在门廊、房子和台阶两侧圆滚长青灌木之间的一片三角区域里。我告诉自己，在银湖，我将重新开始，我要做一个勇敢的人，绝不躲藏，但此时我却藏了起来。凯瑟琳已经为所有事道过歉了，只因为一个简单的事实：是她的身体占

---

① 原文为法语。

据了空间。但凯特没有。或者这就是我所希望的。副驾驶门打开了，我做凯特只不过几天工夫，所以我决定留在原地不动。门虽然开着，但玛莲娜依然坐在驾驶室。我伸着脖子去看，香烟盒在我手中，被我揉得皱皱巴巴，打火机掉进了雪里。玛莲娜把膝盖蜷到怀中，把下巴抵在膝盖上。在寂静的黄昏，每一个声音都被放大了，她的指甲嘶嘶划过牛仔裤，仿佛她就蹲在我身旁。她把指甲在腿上来回划过。

"我要走了。"她说。我喉咙很痛，但我强忍着没咳嗽出来。

"等一下。"司机说，"你这张小脸蛋，他妈的太美了，看着就赏心悦目。"他打开仪表板灯，她的身体变得清晰起来。看她的轮廓，我就知道她做出了什么样的姿势：她用手臂搂着身体，下巴埋在膝盖之间。我上一次见到父亲的时候，就在车里做出了这样的姿势。这个姿势的意思是"不要碰我""离我远点"。我稍稍站起来一点点，想看得更清楚。

"我的脸蛋太美了？"她假笑着说，"少来这一套。"

"我把你送回家了，不是吗？"

"把东西给我，闪电。"她的声音听起来很疲倦，"我老爸随时都可能回来，我一整天都没管萨尔了。"

"你老爸。"那个叫闪电的男人说，"我会给你的，我不是答应过了吗？但你得先亲我一下。只是晚安吻而已。"接下来是亲吻的声音，听起来真恶心。

她没动，我的双腿都疼了，我数着数，我迟早忍不住会咳嗽出来。他把一个东西举到空中，用两根手指捏着，在她的脑袋上方晃了晃。她大笑着去抓他拿着的东西，身体随之展开。我一次次吞咽口水。她扭头面对他，他的手掌在她的肩膀上游移。可以看到她那头发白的头发，他用一只布满刺青的手臂纠缠着她的头发，用另一只手顺着她的毛衣往上滑。她现在还是个陌生人，我不晓得我只是站在那里是怎么知道的，但我看得出来，她受不了他碰她。片刻后，她挣脱开他，跳下卡车。我替她起了一身鸡皮疙瘩。

"我们还需要创可贴。"她说，"还有鸡蛋。明天或后天，好吗？"她砰一声关上车门，我没听到那个男人的回答。

玛莲娜坐在一个板条箱上，距离我第一次看到她时她所在的位置不远，她的板条箱与我的前门台阶像是平行宇宙，她点了一根香烟，盯着空白的挡风玻璃。卡车刚一驶离她家的车道，我就把两只手扶在膝盖上咳嗽了起来，咳着咳着，我开始干呕，只好靠在房子上稳住身体。我吐了几口唾沫，嘴里有股金属味，也可能是血腥味。我知道我被发现了，便匆匆从灌木丛后面走出来，站在她能看到我的地方，我们两家的房子在我的旁边，距离她刚才吻他的位置，只有几步远。她一直盯着汽车刚才所在的地方，像是我并不存在。

玛莲娜轻声唱起歌来，我听不出她唱的是什么歌。她的声音是那么清晰，像是同时从四面八方传来，听到她的歌声，就像是在通过皮肤感觉她的歌声一样。我没有回屋，一直在听她唱歌。

在我想象的版本中，我强迫她停止唱歌，让她告诉我刚才发生了什么事。即便那时我们并不熟悉，我还是强迫她告诉我，她提着的那个塑料袋里装着什么。四周都是积雪，塑料薄膜在月光下闪闪发亮。我可能还威胁她了，我抓住她的肩膀使劲儿晃，除非她坦白一切，否则我不会善罢甘休。

# 纽　约

　　成人阅览室里空空荡荡，只有两三个大学生和那个女孩，她此刻失去了知觉，她那个脏背包放在桌面上，她所坐的那张桌子是阅览室里最大的，桌边只有她一个人，好像在挑战我们不敢叫她挪开，她的额头就要触到木桌了。在我经过咨询台的时候，爱丽丝看了我一眼，然后冲那个女孩一歪脑袋。我耸耸肩，露出一副"那又怎样"的表情。那又怎样呢？女孩身上散发出尿液和粪便的气味，但只有凑近才能闻到。她很安静，至少我们已经好几个礼拜没在厕所的垃圾桶里找到注射器了。

　　我回到办公室坐下来，脱掉便鞋，用穿着袜子的脚踩着桌下的地板。我的办公室位于阅览室二楼和三楼之间的一个小平台旁边。办公室非常小，刚好放得开一张桌子和我这个人，唯一的一扇窗户透进了万花筒般蓝绿色的光。在较高的楼层上，大多数较小的玻璃窗格都镶嵌着染色玻璃。从外面看，这座建筑看起来像一座教堂，但它却是为审判而建。二十世纪初，这栋建筑被用作女子法庭，后面有一个看守所。前几天，我告诉爱丽丝，那个女孩以及多年来许多和她一样的女孩，都和那些书一样，是属于这里的。"她吓坏了孩子们。"爱丽丝说。"被她吓坏的是孩子们的母亲。"我纠正她。有那么一段时间，事实的确和我说的一样。我从未给过那个女孩钱，不过看到她，我总是会想起我拥有那么多东西。一看到她，我自然会想起玛莲娜。我的办公室里都是钱，三百美元的皮包挂在门钩上。还有那条七分牛仔裤，我不记得具体的价格了，但肯定不低于一百一十美元。镶有绿松石的银手镯是利亚姆送给我的礼物，大概值五百美元。那天早晨，我的脸上涂的是七十美元的乳液，由绿茶和玫瑰果的浓缩精华制成，香气四溢。从小到大，我们的生活都很拮据，然而母亲拥有昂贵的品位，这是一种与生俱来的感觉，可以将事物变得精美绝伦。她会如此，可能是因为我们花了很多时间在她清洁的房子里为那些珍贵的小玩意儿除尘。我们生活在对紧急情况的恐惧中：偏离的树枝、母亲那些依照季节而定的客户不去北方滑雪、汽车引擎的咔嗒声、牙疼或是椎间盘突出。我们与玛莲娜和萨尔，与住在我们那条街上的活动房屋和A字形房屋里的其他人家，其实都差不多。

　　咖啡放了几个小时后散发出的气味搅得我胃里直翻腾，我把咖啡杯推到了桌子边缘。我的电脑响了，我却只是轻击我的手机，点开萨尔发来的语音信息，时长二十五秒。"如果你愿意的话，给我回电话，我礼拜日才走。"他把十位电话号码的每一个数字都拼读了出来，就连"1"也不例外，跟他从前一模一样。现在已经没人在语音信箱里留言了，有时候，母亲或利亚姆觉得新奇，便会留言，药店还会把自动提醒发到语音信箱里，但仅此而已。萨尔也给我发了一封电子邮件，他的拼写和语法完美无缺，他还在名字旁边打了个笑脸。

萨尔。我上次见到他的时候，他还只有八九岁。他手长脚长，身体很有弹性，玛莲娜开玩笑说，要是把他扔到井里，他就会弹回来。玛莲娜说她爱他超过爱她自己，但事实并非总是如此，我们有时候一连好几天都见不到他，如果我没记错的话，他都是把自己关在谷仓里，看着成年人进进出出，他们大都吸食毒品、醉得东倒西歪，而且大多数都是男人。只有我们两个小姑娘，而我们都把他当成玩具。有一次在一年秋天，也就是玛莲娜去世的那年，我背着萨尔，我闻到他的身体散发出了咸腥味，就跟我哥哥身上的味道一样。那是我第一次意识到，他虽然是个孩子，但也会长大。

搬到银湖的头几天，我就见到了他。门铃一连响了三声，而且声音非常大，我既惊慌又兴奋，当时，我依然盼着父亲会来。吉米冲我大叫，让我去开门，我冲他的声音传来的方向竖起中指，然后合上书，我想我看的是《末日逼近》，因为搬家时我正在看那本书。那本小说影响了我对银湖的第一印象：树木、歪斜的信箱、积雪的公路，没有路灯。我刚把门打开一道缝，萨尔就冲了进来，他身材矮小，就像一股孩子大小的气流，也像一阵不能飞的风。他的睡衣上衣系错了扣子，弄得衣襟一边高一边低，他没穿外套，住在四十五纬度的小孩根本不知道寒冷为何物。他邀请我去他家，喋喋不休地说着他家的紫色房子，我估摸是她派他来的。在他走之前，我跪下，和他平视，用吉米的格子围巾裹住他，在他的锁骨处打了个结，这样一来，围巾就像斗篷一样垂在他的背上。萨尔耐心地站在那里，身上散发出皮毛和温暖牛奶的气味，就跟小猫身上的味儿差不多。

他在拨打我的电话号码的时候，是否想起过那条围巾、我们那栋乱糟糟摆满纸箱的房子、在厨房里嘶嘶作响的茶壶？那天，当他看着我，他看到了什么？那个时候，我们依然有可能成为对彼此无关紧要的人。他会不会觉得我只是个小女孩，和他姐姐的体型差不多，而不是大人版的他姐姐？又或者，对他而言，我就是现在的我，只是玛莲娜的附属物，就好像我觉得他是玛莲娜的附属物一样。我打了结，他就跑出门，飞快地跑过我们两家院子之间的雪堆。他家黑漆漆的，但他还是走了进去。那个家对他有什么吸引力呢？虽然我经常待在他家，但对这个问题至今仍然百思不得其解。

我会给他回电话。我当然会。这与其说是一种决定，不如说是一种接受。爱丽丝敲了敲我办公室的门，两声尖锐的敲门声让宿醉未醒的我的耳边隆隆作响。待会儿要开员工会议。我笑了笑，在椅子上坐直身体，不去理会一改换姿势就像要炸开一样的脑袋，把脚塞进鞋里。凯特，站稳了。我永远都是随叫随到。

# 密歇根

　　圣诞节过去几天后的一日，我很晚才醒，醒来时已是下午一点了，虽然我在零点之前就已入睡。这一觉就像是少年人的奢侈睡眠，如同无边无际的天鹅绒。现在，我睡觉总是时睡时醒，除非三杯红酒下肚，否则我根本睡不到八个小时，我还会感觉很饿，头昏眼花的。

　　母亲在沙发上看分类广告。屋子里又黑又冷，只有冬日的阳光透过客厅的窗户照射进来，那一抹刺眼的黄光使我眯起了眼睛。"早上好。"她从报纸上收回目光道。她的头发扎成了漂亮的辫子，穿着牛仔裤和白色裹身套衫，这些都是好迹象。"现在都是3000年了，我们还活着。但坏消息是，外星人听到了一个谣言说懒人吃得最好。"

　　"哈哈。"

　　"你饿吗？要不要给你做点吃的？"

　　"我想出去走走。"要抽烟，还有其他法子吗？我并没有烟瘾，至少我的身体没有上瘾，但这能让我有事可做，而且，只要能消磨时间，哪怕是这个细小的行为，我也十分看重。

母亲跟着我进了厨房，在茶壶里装满水，我则在橱柜里摸索，在我的运动衫口袋里装满一袋袋水果零食。茶、酒、茶、酒，母亲一向不是喝酒就是喝茶。"你知道那些吃的多贵吗？"母亲说，"我们一周内就吃了两箱。"

"又没有别的东西可吃，而且，这也不是我的错。"

"没有吗？明明有苹果呀，还有麦片。你为什么不煎个鸡蛋？橱柜里还有汤……"

茶壶嘶嘶响了起来，她不再说话。母亲会突然终止谈话。随着时间的推移，她在这方面变得越发糟糕。在她第二次结婚的时候，母亲在祝酒时突然停口，当时她正站在长桌的桌尾讲着自己是如何幸福，却突然安静下来，搞得罗杰只好接着她的话茬儿向下说。若是换作父亲，肯定会取笑她一番，尤其还是公众场合，当时我真有点喜欢上了罗杰。他说着说着便停下，笑着问了她一个问题，将她拉到他身边，让她重新开始。利亚姆也会这样，他们都是谦谦君子。但我当时只是个小女孩，对母亲的混乱思绪很不耐烦。"我给你做个三明治吧。"她终于说道，我想象着，如果父亲在这里，他或许会与我对视，我们两个一起开玩笑。**我们回来了！**他经常在饭桌边大喊这句话，还用手拍桌子，把我们的盘子震得咔咔直响。

在我的房间里，我把香烟、枪形打火机、手机、一本《弗兰妮与祖伊》和水果零食装进背包。母亲出现在门口，手里拿着一个棕色纸袋，我赶忙拉上背包的拉链。离婚后，她至少瘦了十磅，她的双颊深陷，就像是鱼脸差不多，再也胖不起来。我和吉米给她起了很多个绰号，比如白鲑鱼艾丽，骨感先生，虽然她和我们一起笑，但她肯定很伤心。即使在她最瘦的时候，她也是美丽的，她有着北欧人的肤色，脸上像小精灵一样长着酒窝，一对眼睛闪动着灵气。她的眼睛是水蓝色的，那么与众不同，我真恨她没有把这种颜色遗传给我。对于一个十几岁的女孩来说，有个美丽的母亲是一种独特的痛苦诅咒。

"抬起头来。"她说着把三明治扔了过来。只听啪一声，三明治撞在我的肩膀上，随即掉在了地上。我捡起三明治，重重地叹口气。"别走得太远。我们对这个地方还不太了解。"

我们的房子位于一片开阔的田野上，田野很大，足可以用来进行足球比赛，尽头是一片树林。林子边上有一个腐蚀的儿童攀登架，滑梯都凹陷了。在接下来的一年里，我和玛莲娜无数次躺在那里，我们的腿垂在平台边缘外面，将嘴里的烟吹向天空。冬天，春天，夏天，秋天，下雨了，我们就在木桩上面套一个垃圾袋当屋顶，晚上，我们不分时间都会在那里见面谈心。我们聊未来，聊过去，聊我们想要什么、我们是谁，还会特别聊到我们不会成为什么样的人。有时候，我们会带一把口琴，玛莲娜还会抱着她那把破烂吉他，我们一直唱到声音嘶哑。

我径直朝着松树林走去。田野上白雪覆盖，小径纵横交错，在我们的房子后面不远处交会在一起，形成一条比较宽的路，穿着靴子的人们经常走在那条路上。我沿路一直走到攀登架，蹲在滑梯下面把烟点燃。小路从这里向左延伸，消失在树林中。我继续往前走，周围的林子越来越浓密。多亏了热爱客观现实的父亲，我知道周围的树木杂乱无章，或许表示这片林子已经生长很长时间了，而很久之后，伐木工才在密歇根砍伐了数英里的树林，并且井然有序地重新栽种了树林。

我来这里做什么？我家遇到的事，其他很多家庭也都遇到过：我的父母决定不再继续他们的婚姻。但这也不能完全解释我们北迁的原因，为了这件事，曾经那个冷静沉着的我会在晚上用枕头蒙着脸尖叫、用剪刀把头发剪掉、用刀片割破大腿。（结果就是我没有勇气割大腿）在十二月的第一个礼拜，我十五岁了，而几天后，我们就离开了庞蒂亚克，母亲说，冬天搬家比较便宜。她在客厅里挂了一个"生日快乐"的横幅，而客厅里属于我们的东西都被搬走了。

父亲曾经穿着围裙做法式吐司，他穿雪地鞋，喝威士忌，是底特律红翼队的球迷，他会把我抱起来转圈圈，深得我最好的朋友海星的喜欢，他还被他的长子也是唯一的儿子詹姆斯斥责，但深得我的崇拜。在我父母离婚的时候，他宣布他不再是福德唐超市的副经理，他在大约四个月前被解雇了。所以，从礼拜一到礼拜五，他早晨出门并不是去上班。根据我无意中听到的内容，我知道他大多数时候都是和贝琪在床上鬼混，那个女人二十来岁，是个咖啡师，他们两个现在仍在来往。父亲和母亲离婚纵然不是好事，但并不会让人觉得是晴天霹雳。

母亲小时候在银湖附近住过两三年，她去过那里布满鹅卵石的沙滩，看过覆盖着白雪的松树，见过船上的桅杆矗立在壮观的落日下，她说那段日子是她一生中最快乐的时光。"我需要改变。"她说。在离婚的那个夏天，她大多数时间都在上网，与她在高中交到的朋友通信，报复性地与来自全国各地的男人调情。"这里的人知道我们的每一件事。"有一次，吉米告诉我。有一段时间，她每天都给他转发五到十个清单，标题都是什么：看呀！多便宜啊。我和我哥哥都同意一点：母亲只是想买一栋可以让她离开的房子，那么，有什么比她曾待过的地方更好的呢？每当母亲滔滔不绝地说出很多假设，我和吉米就会对视一眼。想到这件事，我就会特别想念吉米。母亲只是看了几张照片，就买下了银湖的那栋房子。我甚至都不确定她是否准备好去那片不毛之地，接受灰蒙蒙的雪、布满垃圾的院子、茂密的树林，每当我走在树林中，都感觉树林饥饿无比，像是只要一个不小心，就会被它吞噬。要开车二十分钟才能到卖蔬菜的杂货店，开车三十分钟才能到我一月份要去上的高中，而那所学校位于另一个镇子里。银湖树林密布，让人仿佛回到过去，空气清新，风景美丽无双，我本应该对此心存感激，但这里依然是个偏僻的地方。

　　我用头巾包住头，把头巾向下拉，遮住眉毛，只把很小一部分脸露在外面，够我呼吸和抽烟。因为抽烟，我的喉咙又肿又痛，每次吞咽口水，都好像有一个硬块从我的扁桃体移动到我的胸口。离开攀登架，我走了四分之一英里，这时候，我注意到小路上横七竖八有很多雪橇留下的痕迹，车痕在树周围纵横交错。远处隐隐传来音乐声，我循声而去，听得越来越清楚，我先是听到了一段旋律，随即听到电台主持人的声音，清晰得如同我接听了电话。树木开始变得稀疏，前方出现了一片林间空地，那里有一个很长很矮的建筑，黑洞洞的，像是一片瘀青。有两三辆雪橇停在建筑外面，车头冲着这栋建筑面朝树林的较长一面。我沿林木线而行，尽量避开别人的视线。这栋房子就跟火车差不多，或者说像是一节火车车厢，窗户被漆成了黑色，只有一扇窗户不是黑的，装有螺旋桨或是风扇，扇叶缓缓旋转着。这是一节火车车厢，像是童书里写的一样。墙上的一扇门滑开，一个男人走出来，随手把门滑上。"喂。"他看着我喊道，接着向前走了两三步，"你是谁？"

我向后退开。"我就是过来走走。"我说。我不得不提高音量。

"不要再到这里来了。"他说。

我转过身，感觉他一直在盯着我，我快步离开了那里，一直走到攀登架才放慢速度。在外套之下，我满身大汗，瘫倒在滑梯下面一片积雪相对较少的地方。我等着心跳放缓，然后，我又点了一根烟。我把烟抽完，冷静了一些，从背包里拿出牛皮纸包。我咬了一口三明治，意识到里面只有生菜、蛋黄酱和黏糊糊的番茄，母亲忘了放肉。

我回到家没多久门铃就响了，我只来得及换上干净的T恤衫，又洗了手，直到把手凑到鼻子跟前才能闻到烟味。我打开门，将父亲这个词赶出我的脑海。

"我来介绍一下自己。"那个男人告诉我，他很不自在地站在门槛边上，"不过我们刚刚已经见过面了，我就住在刚才那个地方。我的女儿和你的年纪差不多。"他有一点奇怪的口音，元音发音很模糊。从近处看，他几乎和我母亲一样瘦，像是经常挨饿，不过眼神倒很和蔼。除了他的体型、发际线上的溃疡、鼻子右侧已经红肿出血的痤疮，他就和任何一个父亲差不多。我看了他并不害怕，即便他撞见我在树林里闲逛。

"嗨。"我说，"我想我见过她，我还见过萨尔。"

"萨尔？他是个有意思的小孩。"他说。好像我们是老朋友了。

"林子里没什么好玩的，小姑娘。"

"知道了。"

"只有树，还有私人领地。"他的目光来回游移。

"你知道你家的檐槽掉了吗？"我走到外面，来到只能容纳我们两个人的木平台上，他向上一指，只见一排冰锥将檐槽坠得脱离了屋檐。"看见了吗？"

"我去找我妈。"我走开，他则站在远处，穿着运动衫、过大的牛仔裤，像个男孩子却长了一张苍老的脸，我故意关上门。

母亲正盖着毯子躺在床上，她戴着眼镜，看起来她的眼睛像是位于一口井的井底。"谁呀？"她说着把那本厚重的书翻开一页，书中讲的是穿越时光和苏格兰的男欢女爱。这些书我全看过了。

"邻居。说我们的檐槽掉下来了。"

"就是住在隔壁谷仓里那个鬼鬼祟祟的男人？"母亲问，她把腿挪到床下。

来到外面，玛莲娜的父亲陪着我们绕着房子走了一圈，用一把雪铲把冰锥敲打下来，一时间，冰锥全都歪歪斜斜掉在了地上。"每年的这个时间，每过两三个星期，都得清理一回冰锥，特别是住在组合房屋里。"他说，"他们都用橡皮泥把水槽粘住。"

"谢谢你。"趁他扭头用力推檐槽的时候，母亲用手肘一推我，翻了翻白眼。"这家伙，"她用口型说，"以为他无所不知。"几十个冰锥坠地，他看着她，等待她的夸张反应。他靠在雪铲上，尴尬地喘着粗气。"真没想到会这样。"她说。

"我今天状态不好，要是换作平常，我准能把冰锥都除掉。"

"是的。"

"等我除我家冰锥的时候，可以一并把你家的也除了，不麻烦的。"

"没关系的。"母亲说。我一直都没有说话，我想我很警惕，或者只是好奇而已。"你相不相信，我儿子已经长大成人了？我觉得这个活儿还不错，可以让他干干。"

"真不敢相信。"玛莲娜的父亲说，他的脸变得通红，"要我说，你也就二十五岁吧。"

在我十几岁还没有任何性经验的时候，母亲对男人的吸引力叫我恼火不已。我也恨她在这方面很不成功，因为她没有把这种特质遗传给我，我不像她那么有魅力，就连她戴着按照医生处方购买的眼镜，也显得风韵不凡。她是你女儿？人们在她介绍我时总是这么说，活像是我偷走了她的女儿，强迫她承认我是她女儿。是这样吗？我撇下他们两个，一个人走了。

我在我的房间里，拿起母亲的书，从她看到的地方接着往下看，这时候，玛莲娜打开我的卧室门。我不由得一阵恼火，不管我多想交朋友，我都不喜欢别人打扰我看书。

"你妈说你在这里。我老爸现在兴致正浓呢，他正在你家车道上铲雪呢。我估摸他是在施展魅力。"

"我注意到了。"

"这地方看起来跟个牢房差不多。"玛莲娜挠着脖子说。她穿的 T 恤衫外面套了一件男式衬衫，就跟我之前见过她穿的衬衫一样，衣领被剪掉，她的锁骨露在外面。

在我的房间里，床垫直接铺在地板上，一个纸箱被当成食盒，有一张用胶带粘在一起的我和海星的照片，旁边是一张上身赤裸的模特的破烂图片，是从阿贝克隆比牌服装邮购目录上撕下来的，再有就是六个塑料抽屉，三个一摞，并排堆放在一起。衣柜旁边的角落里有两个纸箱，我还没有把里面的东西拿出来。里面装的是什么？都是我以前房间里的东西：一个布告板，我的美国洋娃娃，一对陶瓷马是奶奶送给我的礼物，还有康科德学院的校服，其实我只在那里上了一个礼拜，我不知道我为什么还留着这件衣服。

"我想到一个主意。"玛莲娜说完就走了。

她很快就回来了，手里拿着两桶只剩下一半的油漆，一罐是黄的，另一罐是蓝的，都是密歇根色，她还拿来了一张詹姆斯·泰勒的 CD，里面的吉他歌曲像是夹杂着篝火的烟雾，让我想起了父亲。我们用勺子撬开黏住的盖子，揭开干掉的漆皮，露出里面依然湿漉漉的油漆。我们弄得牛仔裤和对方的手臂上都是油漆，故意把自己搞得乱七八糟。没有刷子，于是我们把从水槽下面找到的一包新海绵打开。我们把我房间里的所有东西都挪到中间，随即忙活起来，我们将海绵浸泡在油漆里，把多余的油漆抹在我那个食盒纸箱中。我们每人负责漆一面墙。玛莲娜一边刷漆一边唱歌，与詹姆斯·泰勒同步，随着歌曲时而唱高音，时而唱到低音。"你的嗓子真好。"我害羞地告诉她。

"我的高音唱得好着呢。"她说，"我以前一直是唱独唱的，福音歌曲，流行音乐什么的，不过后来我很少参加彩排，他们就不让我唱了。"CD 中断后重新开始，我也唱了起来，只是我记不清歌词。我一向都没有自信，只敢跟着最强的声音哼唱。当《火与雨》的歌声响起，玛莲娜便说一首歌的魔力就在它的变调上。她停顿片刻，在不同的部分重新播放了歌曲，但我有些找不到头绪。

"你最想念的是什么？"她问，皱着眉头看着她画的彗星，"男朋友？死党？"

自从我搬家以来，海星一共联系了我四次。我几乎是马上就回复了她的电邮，虽然其中一封只是转发了一个链接。我觉得我很了解海星，她把糖果藏在她床下的一个鞋盒里，免得被她父母发现，她无可救药地爱上了我们的法语老师。在她第一次来月经的那天，我就在她身边，并指导她垫上她的第一片卫生巾。小时候，每到礼拜五，我们几乎都会在对方家里过夜。在我搬家的前几个月，我有时会试着让她做些新鲜事，比如三更半夜偷溜出去，走路去 7-11 便利店，租《大开眼界》这样的电影。"啊，凯茜，"她总是这么说，"你还真是个怪胎。"或者更糟，她会不停地问为什么。

　　"我最想我爸。不过我觉得我这么想就跟叛徒差不多。我能说我最想的是我的学校吗？"

　　"不行。"

　　"我的学校其实挺好的。"我说，被我声音中的情感震惊到了。光是为了让我的父母同意我申请康科德学院，我就费了很大力气，他们都没上过大学，更不用说私立学校了。在我不得不离开的时候，我觉得我的渺小生命已经结束了。我很不好意思地记得，对我的父母来说，我大发脾气其实是多么愚蠢和夸张，对吉米而言尤其如此。我退学了，母亲用退还的学费来支付一部分搬家费用。

　　"这么说，你并不只是个书呆子！你是个天才。"

　　"不……只是我的生活是一回事，现在的情况又是另一回事。"

　　"我明白你的意思。就好像你一直养的狗被车撞死了，你又买了一只。"

　　"新买的狗没有腿。"

　　"而且它的眼睛不像小狗的眼睛，反而跟黑炭差不多。"

"或者说，根本没有脸，当你不得不看着它的时候，心里就会涌起一种无法摆脱的深刻悲伤。"

"我倒是认识一些有这种脸的人。每次我告诉我男朋友我不想跟他做爱，他的脸就是这样的。他真的很……"她伸出舌头，做了个斗鸡眼，我看了忍不住大笑起来。

重新播放了三次詹姆斯·泰勒的 CD 后，她问我有没有什么可以喝的。在厨房里，我花了很长时间决定是给她橙汁还是水。我选择了加冰块的水。我这时才注意到她的 T 恤上别着一枚银胸针，火柴盒大小，形如房子，我看到她用小指压住别针，把它打开，小心地抓住从小凹槽里滚出来的蓝色药丸。她把药丸塞进嘴里，含了一分钟，将其咬碎。然后，她喝了一大口水，还做了个鬼脸，人吃到苦的东西，便会露出这种表情。

"那是什么？"

"你太八卦了。"

"到底是什么？"

"我头疼。"

"啊。"我说。这是很奇怪，但怪事多着呢，比如她的右手手背上有三个用水笔画出来的心形图案，又比如她总是涂蓝色的睫毛膏，还比如她的老式房子别针虽然小，却比银湖的所有房子都漂亮。她喝完水，把一块冰吸进嘴里。然后，她让我去找剪刀。

我拿回剪刀，玛莲娜把一块海绵剪成了心形。窗外，太阳开始落山。也许她可以留下来吃晚饭，也许她可以留下来过夜。我打开头顶上方的灯，好看得清楚一点。她把最后三块海绵剪成我的名字的字母形状，形成向一边倾斜的 CAT 三个字母。她在一个麦片碗里将少许黄色和蓝色的油漆搅拌在一起，形成带有东方特色的绿色。她用手指蘸上油漆，在护壁板上写了"我选择的是美丽的绿色和蓝色"几个字。在我的墙壁上，我只是交替画了黄色和蓝色的方格，像是在为一个过于急切的密歇根大学大一新生装饰宿舍。但她在墙上画了很多黄色的心形，用蓝色油漆在不同的地方写了我的名字，用深深浅浅的绿色横向、竖向甚至沿对角线写了很多歌词，她还写了很多神秘的信息，在接下来的几个月，我总能看到没见过的信息。

我看着她的作品，想起自己画的那些千篇一律的几何图形，不由得尴尬不已，于是，在窗户下方那面干净的方形墙壁上，我尝试画一些不一样的东西。我盯着墙壁看了半天，都想不出什么好主意，只是胡乱画了蓝色和黄色的螺旋，最后，我用蓝色遮盖住了乱糟糟的形状。结果在原本是黄漆的地方，出现了令人恶心的绿色。在我住在这里期间，每次我看到那个地方，总会感到一阵异样的强烈痛苦。

我猜，等我们发现吉米在门口的时候，他已经在那里站了有一会儿了，因为我们又开始唱歌了，而且唱得很大声。"你真是个天才。"他说。有那么一刻，我还以为他是在和我说话。

"谢谢。"玛莲娜说，下意识地用手指将头发，她的手指留下一道道条痕，让原本是金色的头发变成了更深的黄色。她竟然如此优雅地接受了赞美，也叫我十分惊讶。有钱人家的孩子从不吹嘘，康科德学院的学生说起他们的成就，不管是否被迫，总是带着一种淡化了的羞耻感，于是我也如法炮制。对于这样的称赞，尤其是来自男孩的赞美，如果不推辞，难道不会显得很无礼吗？难道不是很不谦虚、很没有吸引力、很不淑女吗？

"想不想听听我能唱到多高？"她把 CD 播放器暂停，在按钮上留下了一块油漆痕迹。

"当然。"吉米说。

她挺起胸膛，将嘴巴张开呈 O 形，挑起眉毛，脸颊凹陷，发出的声音如同万针齐发，尖厉无比，能让你的细胞重组，让你的手臂上的汗毛直竖。这是来自未来的声音，无论我走到哪里，她的歌声都与我如影随形。当她停下来的时候，我们都安静了几秒钟，但是，她的歌声仍然在房间里徘徊不去，好像她把什么实实在在的东西从她的声音里放了出来。

"太不可思议了。"吉米拍着手说。


我从不相信无辜旁观者的看法，观察这一行为会让事情发生改变。你不接触任何东西，并不意味着你可以置身事外。你可能会原谅我，因为我只有十五岁，你会原谅我浑浑噩噩，不知道该做什么，而且不明白即使是最微小的选择也具有多米诺骨牌效应，直到你无可挽回地长大成人，成为你必定将成为的那个人。而对玛莲娜而言，她永远都不会有机会成为她要成为的那个人了。这个世界并不在乎你只是个女孩子。

让记录的事实告诉你们，我实际上比看起来聪明得多。而且，我触及到了玛莲娜的世界。


新年前夕，几辆汽车在上午十点左右开始到达。一开始，人们驱车飞快驶过雪地，把车停在乔伊纳家谷仓前的草坪上。草坪上停满了，他们就停在我们房子外面的街上，组成了一队卡车车队。暮色时分，我和母亲把夹着维也纳香肠的生面团放在烤盘上，这时候，一辆四四方方的面包车在路上疾驶而过，突然转向人行道，停在最后一辆卡车后面。母亲摇着头，把盘子放进烤箱。

"瞧瞧。"她指着面包车轮胎在街道的积雪上留下的S形痕迹说，"这些孩子会把别人害死的。"我曾见过围着玛莲娜团团转的两个男孩子中比较可爱的那个从驾驶座跳下来，他那个长了一脸青春痘的朋友从后座拉出一个背包。他们费力地向谷仓走去，可爱男孩团了个雪球，丢向另一个男孩。

虽然过了一个令人压抑的圣诞节，我、母亲和吉米依然不习惯没有父亲的节假日。我们没有吃真正的大餐，只吃了很多香肠面包卷和三罐黑橄榄，按照母亲的话说，"我们想怎么吃就怎么吃"。夜幕降临的时候，母亲和吉米已经变得有些疯疯癫癫。他们一边大笑一边聊天，玩金罗美纸牌的时候，他们做出了许多越来越愚蠢的决定，于是我赢了很多次。"你，"母亲说，"一向都是冠军。"她把身体探过桌子，试着把一颗橄榄放在我的头巾上。她的眼里布满了血丝。橄榄掉落在我的腿上，随即弹到地毯上。

"什么细菌不细菌的，又看不到，我才不信哩。"吉米说着把橄榄捡起来，检查上面是否粘了毛发，然后把它塞进嘴里。

太阳还没落山，低沉的音乐声便开始振动我们这栋组合房屋的地基，将我们的房子和乔伊纳家的房子连接在一起。午夜钟声敲响时，震颤的音乐依然没有间断。在时代广场，倒数后，水晶球落在人群中。一年前，我说我很想亲眼去看看倒数落球，父亲看了我一眼，像是在说"你不是我的女儿"。他说："新年时的纽约跟地狱没两样。看到那些人了吗？他们每个人都要尿尿，可是根本没地方让他们撒尿。"我第一次在纽约过新年的时候，站在我家的安全出口，聆听全城发出的欢呼，八百万人同时希冀得到幸福，心想父亲在这一点上也错了。我记得我在想，我们是否都被诅咒了，要永远和同样的人发生同样的争吵，不管他们有多远。新年快乐，我低声对下面的出租车说，对该死的帝国大厦说，我喝得酩酊大醉，所以我可以握着玛莲娜和父亲的手，好像他们就在这里。为什么他们说鬼是冷的？我认识的鬼就是温暖的，他们是呼吸，可以弄湿你的脸颊；他们是声音，在你孤独之际陪伴你。

"新年快乐！"母亲和吉米大声叫着，把他们的锅敲在一起。

"新年快乐！"我说，比他们慢了两秒钟。我用锅底敲打手心。此时，我没有往年过新年时的感觉，在我心中涌动着一种相反的感情，像是有一个气泡，那个气泡跑气、爆开，然后坠落，好像我就是时代广场里的一个气球，飘落下来，落在人行道上，被人踩爆。

"去测试一下新年在空中飞是什么感觉吧。"我说。

"女士们、先生们，"吉米说，"看来今晚我们这里不会有奇迹发生了。老的还是老的，病的还是病的，我那个怪胎妹妹依然是个彻头彻尾的怪胎。"

"喂。"母亲说。

外面，乔伊纳家里的音乐声更大了，有经典乐曲，有乡村摇滚，还有父亲或许熟悉的男声独唱。光线透过谷仓的木板，随着音乐的节拍跳动。如果我走过去敲门，谁会把门打开？不知怎的，我很为玛莲娜担心。我心不在焉地走到路上，来到停着的汽车前面。我要在远离窗户的地方抽烟，免得被母亲和吉米看到，现在他们两个都迷迷糊糊，不会好奇我去了哪里。我靠在那两个男孩开来的面包车上，点了根烟，享受着这个新养成的坏习惯带来的偷偷摸摸的小快感。五年后，抽烟对我而言就跟穿裤子一样。我仰头靠在车窗上，把烟呼出。

有人拍了我后面的玻璃一下，我吓了一大跳，脑袋一下子撞在了面包车上。

"哇。"我说。有人用手心又拍了两下窗户，车门滑开，玛莲娜在自动灯光下咧开嘴对我笑，她周围有很浓重的烟雾，气味十分刺鼻。那两个男孩和她在一起。可爱男孩把一只手放在玛莲娜的赤裸膝盖的下面，青春痘男孩坐在前面的副驾驶座，他的座位向后放倒。我只是看着他，就感觉脸颊很别扭。

"你不冷吗？"我问。

"不冷。我就跟吸血鬼一样，但如果你站在那里，车门开着，我就该冷了。上车吧。"她利落地钻进可爱男孩的怀里。我爬上车，关上车门，有那么一刻，我想起了海星，她肯定很讨厌我现在做的事，而且她绝对不可能上这辆车。自动灯熄灭了。"格雷格，这个鬼鬼祟祟的小姑娘叫凯特。她住在那边那栋小姜饼屋里。凯特，他是格雷格。"玛莲娜指着前面，我只能看到青春痘男孩的侧脸，只见他点点头，"这位是瑞德。"她啵的一声亲了可爱男孩的脸颊一下，"我们正爽着呢，我百分之百肯定瑞德现在要昏过去了。"她轻轻拍打他的耳朵，他缓缓地试图将她的手打开。"看到了吧？"虽然她说我鬼鬼祟祟，但她的语气很温暖。

"很高兴见到你！"

瑞德窃笑两声，我感觉脸颊立即变得滚烫。

"我有件事想问问你，我一直在琢磨这件事，可就是觉得毫无道理可言。你为什么偏偏搬到这里来？不会有人搬来这里住的。人们在这里出生，在这里死去。人们在这里稍作停留便会离开，但现在连这样的人也很少了。"

"兰姆就是搬来的。"格雷格说。

"兰姆的老爸就跟这里最早的开荒者一样。"玛莲娜说，"那不算。"

"我老妈疯了才会搬到这里来。"我说。我不假思索地说出了这句话，我意识到我确实是这么想的。母亲不戴胸罩，穿的那件紧身背心四天都没换过。她没有工作，也没有朋友，有时候，我走进客厅，看到她呆呆出神，更糟的是，她还会大声问自己问题。

"肯定是这样。瑞德的老妈也是个疯子，但愿这样能叫你感觉好点。格雷格的老妈早就翘辫子了。我妈在战争中失踪了，八成已经死了，她要是没事，那肯定也是疯了。"

玛莲娜大笑起来，格雷格也轻笑两声。我也笑了。

"我很遗憾。"

"又不是你把她们害死的。再说了，应该是我们向你道歉。你才刚搬来银湖。"

"话说回来，银湖在什么地方？"

"这个地方叫银湖，确实有片银湖。"格雷格说，"过了那个标志牌，走大约一英里就到了，是与密歇根湖相连的众多小内陆湖之一，算不上最美的一个。那里有很多水草和斑马贻贝。"他的发音清晰缓慢。

"谢谢你，大教授。"玛莲娜说，"你千万不要光脚在沙滩上走，因为那里有很多尖岩。我之前说过了，欢迎你。"

"总的来说，银湖那里没什么好玩的了？"

"虽然那里有很多缺点,但我们有时候还是会去。"格雷格说,"毕竟这里是我们的家。"

"这里可不是我的家。"瑞德说,他的声音像是从水下传来的。

"瑞德和他妈妈住在基沃尼。"玛莲娜说,"他以前住在大街尽头的车房里,就是上面有笑脸的那辆吧?但他是见过大世面的。"基沃尼是隔壁镇子,距离湖湾不远,那里有学校,闹市区非常热闹,有沃尔玛超市、电影院,还有方圆六十英里内唯一的中餐馆。除了我、玛莲娜和格雷格之外,银湖只有一个加油站、一家鳟鱼养殖场、一座教堂和一家性用品商店。

"玛莲娜。"一个声音从外面喊道,即便相隔一段距离,听来依然很凶恶。

"快点,到时间了。"格雷格用做作的英国口音说。

"啊,老天。别出声,说不定他不会发现我们。把你的烟掐灭了,瑞德,不然他会看到烟雾的。"她蜷缩身体窝在后座上,我也学着做。

"真是块狗皮膏药。"格雷格说。

"玛莲娜,你老爸在找你,听到了吗?萨尔在哭呢。"外面男人的叫声越来越近了。

"大骗子。"玛莲娜小声说,"我在他的牛奶里加了半片晕车药。他睡得正香呢。"

"你给你弟弟下药?"

"喂,别说得这么难听。我是在育儿博客上看到这个法子的。我还能怎么做呢?难不成像去年一样,冒险让他去客厅,和一群瘾君子在一起?"她说,还夸张地叹了口气,"我老爸吸毒,被毒品搞得糊里糊涂,只有一个好处,那就是只要我活着,就永远不会碰那种毒品。"

"是呀，但你和瑞德走得近啊。"格雷格说。玛莲娜把手绕过他的座位，一把扯住他的头发，疼得他大叫起来。

我知道他们是在说毒品，但我不能说什么。毕竟我只有十五岁。我对毒品的了解都来自学校的宣传册和带有说教结局的电视电影。回想起来，与当时相比，玛莲娜的生活境况现在更令我害怕。我有更关心的事，反倒顾不上危险了：他们三个之间的微妙关系，而我很羡慕他们的关系；香烟的味道，它在黑暗中燃烧的样子。当我做一些让我紧张的事情时，我就会感到刺激、兴奋，这会让我忘记我的难为情，全情投入到当下。我现在仍然追求这种感觉。我可以在快乐的时候捕捉到它，有时候，喝下两杯酒，也可以得到减弱了的兴奋。

"我的新年泡汤了。"玛莲娜说，将窜到大腿处的黑色直筒裙向下拉。透过挡风玻璃，我能看到那个男人在前面的两三辆车处，正往车窗里观望。他很快就会来到我们的车边。我想也不想，便使劲儿拉动把手，跳下面包车，用力挂上车门。

"嘿。"我一边喊，一边快步向前走去，截住他，不让他走向面包车，"你在找玛莲娜？"

"你是谁？"他说。他穿着运动衫，袖子卷了上去，露出小臂，我认出了他的文身。这个人是闪电，就是开卡车的那个人，我心想，是"别碰我"，就是这个人走后，玛莲娜呆呆地站在她家的前院草坪上，像是丢了魂。

"我叫凯特，是玛莲娜的朋友。"

"好吧。玛莲娜的朋友凯特。玛莲娜在什么地方？"

"她和瑞德走了，他们走了有段时间了。我在车里给我老爸打电话。"仅此一次，我撒谎了。在密歇根的月光下，只有白雪和星辰，我能看出闪电的眼睛里闪现出了怒火。

"他们是去那边了吗？"他指着银湖的标志牌。

"不是，是那边，就在那些汽车的尽头。"

"你要是见到她，就告诉她现在该回家了。"

"我会的。"

他向我所指的地方走了过去，我几乎要把我的手肘拉向我的肚子，做出庆贺的姿势，我这个书呆子一向都喜欢这么做。"新年快乐。"我喊道。我没有返回面包车，而是带着笑意径直走回家，感觉有三道目光一直跟着我。这个晚上凯特经历得够多了，我可不愿意得寸进尺。

回到屋内，就见吉米醉得比母亲还厉害，他的眼皮耷拉着，想让他清醒过来，实在是个技术活。吉米其实只有十八岁，但自从我们搬来银湖，母亲便对他喝酒和其他问题睁一只眼闭一只眼。她说，有份承担房租的成年人可以喝啤酒，她还说，美国人宁可为国家而死，也不愿意在吃饭时喝一杯，实在是大错特错。但事实上，她允许他喝酒，是因为她不喜欢一个人独酌。

母亲坐在电脑椅上打盹儿，她的下巴贴着胸口，T恤衫前襟上粘了萨尔萨辣酱，而那件衣服是父亲的。我将她的网上交友资料退出登录，关闭了浏览器，用手指捋捋她的头发，将她叫醒，搀扶她回房间。"让你爸爸去洗盘子吧。"她用一只胳膊搂着我的腰，喃喃地说。她蜷缩着躺在被子上面，我只好将她的双腿拉平，这才脱掉她的牛仔裤，她的裤子松松垮垮，根本不需要解扣子就能将其脱掉。我拿了个杯子装满水，放在床头柜上，又在水杯边放了两片泰勒诺。吉米在沙发上打呼噜，他可以在沙发上睡上一晚。我有很多事想问他：关于玛莲娜和毒瘾的事，或者他觉得父亲在什么地方，是不是跟我想的一样，父亲正在和贝琪过节，压根儿就没想起我们。

在玛莲娜像外星人一样突然进入我的生活之前，我只有母亲和吉米。如果我不打电话给海星或父亲，如果我只回答别人直接问我的问题，那我很肯定，我一天都说不到十句话。现在是新年，我决心试一试。

上床之前，我重新排列了冰箱门上的磁贴。只可惜字母不够，我拼不出完整的"新年快乐"几个字。


那之后没多久，吉米就说他在塑料厂找到了工作。他叉起两块烘肉卷，将它们在他的盘子里叠在一起。

"薪水还可以吗？"母亲问。

"每小时十二美元。"吉米说。

"比我想的要多。"看她脸上的表情，我就知道她已经开始在心里算账了。

"好吧。"我说着把一根胡萝卜放在一堆洒满酱汁的肉中，"我有什么就说什么。你推迟领取进入密歇根大学的奖学金，和我们一块搬到银湖来，这就已经很疯狂了，现在你竟然还要去塑料厂工作。你要去做塑料的工厂里上班？"

"是的，塑料就是在塑料厂里做出来的。"吉米说。

"谢谢你的说明。恭喜了，吉米大人！你终于开始堕落了，要变成一个没有前途的乡巴佬，每天吃三顿饭。说不定你还可以用你生产的塑料把你的大麻拎来拎去。"

"你知道的不少啊。"吉米在母亲插嘴之前说,"你越来越像个势利的小婊子了。谢天谢地,我们赶在康科德学院把你变得更坏之前,带你离开了。"

"妈妈!"如果吉米当着父亲的面在饭桌上说"婊子"这两个字,早就挨巴掌了。母亲却只是坐在那里,盯着她的胡萝卜看。

"对不起。"吉米说,"但是,凯特,你还这么小,连驾照都没有,又怎么能判断我的人生选择呢。"

我把我的烘肉卷碾成一摊烂泥。几年前,我和吉米看过一部关于美国工厂的纪录片。有的人在工厂里丢了手、瞎了眼,还有人只是停下来挠挠额头,但三十秒后,便一头栽进了装有沸水的大桶。纪录片里讲了很多现实生活中的各种意外事件。主题便是"失去",比如失去了一条眉毛、上半截手指或整条手臂。

吉米告诉我们,他看到橱窗上贴着招聘广告,经理从上到下打量他,问他是不是觉得自己是个夜猫子。吉米确实是个夜猫子,于是,他得到了工作。吉米穿上卡其色工作服、戴上护目镜,展示给我们看,他还给我们看了一对轻薄透明的纸筒套袖,以保护他的手臂免受烫伤。他将每周工作四天,有时候要从午夜工作到清晨六点。他详细地描述了他要做哪些工作,但从那时候开始,每当我想象他工作时的样子,我便好像能看到他站在一个明亮的房间里,拿起指甲盖大小的塑料片,将它们放回传送带上。

"就跟赫胥黎的小说一样。"他说。听了这话,我心里真不舒服。这才不像赫胥黎小说里的情节,这实实在在就是在塑料工厂里打工。

"好吧。"母亲说,"体验一下新鲜事物也不错啊!"她的眼睁睁得大大的，流露出惊奇的眼神。她又给自己倒了一杯红酒，把盘子留给我和吉米去洗。

第二天的交流只有寥寥数语。

是的，不，不，谢谢，晚安妈妈，晚安。

玛莲娜的电话一向不是坏了，就是通话时间用光了，所以很难联系到她，这样一来，她越发显得神神秘秘，充满魔力。我估摸她这么神龙见首不见尾，是因为学校要开学了。她很冷漠，她就该是这样，毕竟她长得漂亮，唱歌好听，还因为瑞德，她很随意地称他为她的男朋友。基沃尼高中矗立在地平线上，犹如一头怪兽，扇动着翅膀，长满獠牙。

"妈妈，关键在于现在是不折不扣的困难时期。孩子们受到离婚的影响，应该慢慢地让他们去面对家庭之外的变化。所有人都是这么说的。专家也是这么说的。"我几乎逐字逐句地引用了留言板上的一条匿名评论（帮帮我吧，我爸妈最近离婚了，我的猫被我男朋友的车撞死了），留言的这个人真是太倒霉了。

"说得真好。你知道听了这句话，我想到什么了吗？"她把高乐氏漂白水喷到水槽周围的厨台上。她穿着睡袍，领口系得不够紧，敞开着，我能看到她穿了好几天的浅灰色胸罩。有那么一刻，我恨不得揍她一顿。"给你点提示，是滚石乐队的一首歌。"

"《满足》？《棕色糖果》？"

"你不可能总是想要什么就能得到什么。"她唱道。我怎么向她解释呢？她从大学退学后就结婚了，但我上过康科德学院。我要怎么才能接受离开爬满常春藤的教学楼，离开学生们讨论尼采、用信用卡付钱买咖啡的自助食堂，来到基沃尼高中？我要怎么才能放弃看似光明远大的未来（即便我根本想象不出未来是什么样子），成为母亲这样的女人，只能照顾孩子侍候丈夫，每天晚上厨房都会变脏，地毯永远都需要清洁？我还真是自以为高人一等。

我试着找吉米帮忙。他可以解释，我很自觉，能在家自学。他能提醒母亲，我为他做了一套西班牙语抽认卡，并且按照词形变化给卡片涂上不同的色彩，而且，我在做卡片的时候就学会了那些词，两三个小时后，我不用卡片就能给他做测试。我使劲儿敲他的房门。过了很久，他才来开门。他才上班没几天，他的眼窝就似乎变得更加深陷，像是有人用拇指将他的眼睛按进了脑袋里。

"你没看到我在睡觉吗？"他说，"我想你肯定听说我在睡觉了吧。"

"我不能走啊。"我说，"她肯定会听你的话。"

"你真是个笨蛋。"他说完就关上了门。

我只能找父亲帮忙了。我站在门廊上，天很冷，空气中弥漫着寒意，让我想起了在水下屏住呼吸的情形。一道黑影在谷仓的窗边闪过，那个人身材高大，不可能是玛莲娜或她的兄弟姐妹，也许是她父亲。不管是当时还是那之后的很长一段时间，我们都没有想过玛莲娜对她母亲有什么样的感情。我一心只想着父亲的离去，所以没想过，要是母亲不在，结果会更糟。

我从衣兜里拿出手机，拨通了父亲的号码。耳畔响起的手机铃声是《乡村路》，父亲竟然知道如何把铃声换成歌曲，他向来都擅长没用的东西。这首歌播到一半，他接听了电话。

"爸爸，"我说，"我想回家。"乔伊纳家窗口的那道黑影不见了。我是不会可怜巴巴地求人的。

"嗨，宝贝。"他说，他的声音感觉是那么近，那么有他的味道，这是我第一次觉得手机竟然这么实用。"你说什么呢？你就是在家里啊。"

开学的前一天晚上，我小心翼翼地把我的所有 T 恤衫的衣领都剪了下来。我穿上一件 T 恤，是纯白色的，只有前胸上印着"康科德"几个红字。然后，我站在用塑料钩挂在衣柜门上的窄穿衣镜前。我耸起一边肩膀、撅起屁股，T 恤衫就会从我的肩上滑下去，我把身体前倾，就能从领口看到我的乳沟，虽然只能看到一点点。我把剪下来的衣领团成一团，塞进一只单袜，然后将它们一起塞到塑料抽屉的最里面。

# 纽　约

　　和往常一样，会议室里人声鼎沸。我们围坐一圈，汇报一周的
工作进度。我说道，自从我的实习生发布了一个动画，里面有一只
昏昏欲睡的兔子头朝下栽进一本打开的书中，整个平台上的粉丝数
就开始暴增；我还汇报说，活动邀请将在周五前发出去。没有人问
我为什么这么晚才发邀请。我负责我们分部的通讯工作，要做很多
公关文案和活动策划，还要安排午餐、会议和社交传媒战略。我的
工作涉及很多细节，而且要和人打交道。"在图书馆工作，距离当
作家只差一步了吧？"我和利亚姆刚开始约会时，有一次，他问道。
在得到这份工作之前，我每天都工作十六个小时，去实习、做义工、
建立社交网络，这期间我还要抽时间去当服务生和到酒吧上夜班。
手机在我的运动上衣口袋里振动起来，我像个大学生那样，偷偷地
把手机拿出来放在腿上，以为是萨尔发来了信息。结果是利亚姆问
我什么时候回家。

萨尔想知道什么？我的回忆都混合在一起，很难分得清楚。玛莲娜说要在手腕内侧文上"蓝"这个字，要让这个字像一座桥一样横跨在她那淡青色的血管上，这是她最喜欢的颜色，也是她最喜欢的唱片的名字，现在，利亚姆那栋旧公寓的墙壁刷的就是这种蓝色。我在三十岁时，像她那样，跑去文了一个"是"字，庆祝我戒酒一年，但没过多久，我又开始喝了。是的，因为我需要一个实实在在的提醒，表示我真的有诚意成为我想成为的人，而不愿意做平常的那个我。那个字就文在我的脚踝上。

　　只有在文身的时候，我才自愿让别人用针扎我，至少在医生的诊室之外是这样的。我才不会把这件事告诉萨尔。谢天谢地，他当时还那么小，记不清太多事。他不会记得我、他和玛莲娜在一起时是什么样子，在电影院、后院，或是开着瑞德的汽车到处兜风，她总是处在嗑药后的兴奋状态，而我通常都喝得醉醺醺，而且，如果我们两个都喝醉了，我也比她醉得厉害。

　　我们最后一次一起过独立纪念日的时候，她把一部分头发编成了小指粗细的辫子，而且一直保留到了万圣节。我将她辫子上的皮筋拉掉，试着把辫子拆开，可她的头发上粘着沙土、盐、油烟和油渍，以及我们一起度过的那个夏天的每时每刻，所有都黏在了一起，像是黑人的长发绺，根本拆解不开。我听说，人的头发自生长开始，就保留了你所摄取的一切的痕迹。如此说来，一根头发就像一块化石。我们把她的发辫浸泡在护发素中，却依然无法将其展开。我只好将她的那部分头发齐根剪掉，剩下的发根直立着，十分可笑。我想我也许可以对萨尔说说这件事。

　　曾经，我从未想象他长大的样子，现在，他真的长大了。他小时候和她长得很像，他的头发比玛莲娜短，但并没有短很多，到肩部，比一般男孩子的都要长。他的指甲一直很脏，手指上粘着果汁和天知道是什么的东西。每次他来拉我的手，我有时会不情愿，但大多数时候都由着他。在我们认识的那年冬天，他发明了一个游戏，就是从他家前院那辆破旧汽车的引擎盖上往雪地里跳。他伸展手臂，尖叫着跃入空中，还在空中翻跟头。啊！他大叫着落在积雪中，每次他的叫声都震耳。他的重量会把雪压实，本来松软的雪变得又滑又硬，几乎都有些闪闪发光。然而，他还是一次次跳下，还要我们在一边欣赏。

爱丽丝解开头巾重新系好，可以闻到她的头发散发出杏仁酱的气味，而且有那么一刻，空气中弥漫着一股洋葱味儿。我不由得对她心生爱慕之情，可她偏偏提起了那个女孩，我对她的好感顿时消失。"我们不能任由她在这里瞎混。"爱丽丝说，一个小时以来，这是她第一次坐直身体，可见她很生气，"这么多天了，她一个人占了半张桌子。"

"大多数时间，这里压根儿就没人。"我说，随即又道，"我们这里是公共资源，她能打扰谁呢？"我看得出来，可能每个人都会同意爱丽丝的看法，但我再次追问她会打扰到谁，听到我的语气，爱丽丝便说："我，她打扰到我了。"我们没有得出任何结论。我们从会议室鱼贯而出，发现那个女孩不见了，她在桌边的位置空了，她坐的那张椅子下面有三张皱巴巴的包装纸。

在走出去的路上，我蹲在她的椅子边上，捡起了那三张揉皱的包装纸，是聪明豆、巧克力豆的玻璃包装纸，然后，我把包装纸塞进裤袋。现在才刚四点，按说再过几个小时我才下班，但我没和任何人打招呼便离开了。

我走到地铁站口，行人指示灯变成了绿色，而我改变了主意，我快步穿过马路，走到街区尽头的北部公园酒店，我一直都喜欢那里的休息室。在这个时间，休息室里很安静，只有几个老妇人在吧台一角小声聊天。我坐在窗边一张低矮的沙发上，脱掉外套。我要先喝一杯酒，再给萨尔打电话。我其实只想给他发短信，没有亲昵的声音，我和他交流起来会更自在。但短信显得一点也不认真严肃，不过酒能帮助我。

服务员走过来，我们先是闲谈几句，随即我点了一杯马蒂尼鸡尾酒。这杯酒十四美元。服务员点点头，拿着皮面菜单消失了。路人全都低着头往前走，沉浸在各自的思绪中。信号灯刚一变成红色，有些人就跑过马路，走入缓慢移动的车流中，我很喜欢这样的人。鸡尾酒送来了，服务员晃了晃，把酒倒出来。只喝一杯，没有甜味，有些咸。碎冰漂浮在表面。两颗很大的绿橄榄被塑料矛刺插着，沉在酒中。我最后才把它吃掉，橄榄浸入了杜松子酒的味道，吃起来辛辣至极。

# 密歇根

基沃尼高中是一栋矮而宽的砖砌建筑，位于一片玉米地中，看见大雪在学校周围飘落，我想起了科学家在南极住的掩体，他们在里面一住几年，测试研究地球磁场。吉米送我来到学校，我和其他学生一起鱼贯穿过前门。在那个时候，我相信是一股无形的力量将我和玛莲娜拉到了一起。那天早晨，她带着很多雪走了进来，没穿外套，没戴帽子，穿着凯德软底帆布鞋，牛仔裤直到膝盖处都浸湿了，看到她，我便对我们两个之间命定的友谊既感激又惊奇，虽然学校大厅是我们最有可能见面的地方。第一次铃声是在十分钟之前响的。我独自坐在椅子上。我是在故意拖延。

"嘿！"她说着靠在护栏上，填满了我的全部视线。她没有背背包，而是拿着一个小手提袋，袋上没有图案，只有一句话："连狗也喜欢看书！"她的袋子里似乎没有书，她从中拿出一包百乐门香烟。

"在学校里也能抽烟吗？"我问。

"你真是个呆子。"她说着把一根烟别在耳后。她的保暖衬衫是芥末色的，永远别在右侧乳房上方的胸针反射着大厅荧光灯的灯光。"我昨天一晚没睡。"她一把抓住我的毛线帽子顶端的毛球，把我的帽子拽了下来，丢在泥泞的瓷砖上。"你戴这帽子不好看。"她说。此时此刻，我们在学校里，我不知道她会不会对我很残忍。"要不要出去玩玩儿？第一天回学校向来都没什么意思。在下个礼拜之前，他们只会敷衍了事。"

　　土壤生态课在几分钟前已经开始了。

　　我错过了年级教室活动。"是要逃学吗？"在四月的一个早晨，我和海星没去合唱队，那是我们第一次翘课，也是唯一的一次。我们在距离彩排室最远的卫生间里见面。我们两个全都紧张兮兮，所以只是躲在厕所隔断里，只要有人进来，我们就跳到马桶上，生怕他们会认出我们的脚。

　　"逃学。"玛莲娜重复我的话。她用一根手指卷着我的一绺头发，"你真的是我见过的最可爱的人了。"她的手冷冰冰的，让周围的气温都下降了。"我得去储物箱里拿点东西。你来的时候有没有看到手工艺课活动区？下这么大雪，那里肯定没人。你可以去狗舍里等我。我五分钟后就回来。"

　　她箭步跑上台阶，手提袋撞击着她的屁股，片刻后，她就消失在了摇摆门后面。

　　来到外面，暴风雪下得正大，雪花同时从四面八方飘落下来，像是摩托雪橇喷出来的雪。我拔掉手工艺课活动区大门的门闩，我的睫毛上结满了白色的冰晶。活动区空空荡荡，只有十几个狗舍，有些大如小屋，其他的则很小，我只能爬着进去。入口旁边竖着一块木标志牌，上面写着蓝色大字：**一百五十美元！把你的狗当国王，支持基沃尼高中足球队！打击海盗！** 所有字母 O 都被画成了笑脸。

我猫腰钻进最大的一个狗舍，在里面等玛莲娜。里面冰冷干燥，后面的角落里有积雪，木头上结了一层闪亮的冰。在整整一面墙上，都有人用凿子在木头上刻出了很多遍"比萨"两个字。墙壁根部有不同的手写字：见鬼去吧，胖妞。我坐下，背靠着那些字。我决定只等三十二分钟。不管在银湖发生过什么，都不该将其带到这里来，毕竟学校是上课的地方。但在十七分钟后，穿过雪地的脚步声响起，随即玛莲娜出现在门口，遮挡住了光线，我必须承认，迄今为止，对于她，我所做出的全部预料都被证明是错的。

"真有意思，你竟然能找到我们的专属狗舍。"她说。我心中警惕，却还是长嘘出一口气。她的手提袋不见了，她背着一个背包，还穿着一件真正的冬装外套，自从我认识她以来，还是第一次见到她这么穿。她还化了妆，她画了眼线，把头发别在耳后，能看到她的脸颊亮晶晶的。"是瑞德干的。'比萨'不是他刻的，'见鬼去吧'那几个字是他写的。"

"我还以为你不来了。"

"我去拿些东西。"她摘下背包，"我的乐谱、书，还有爵士乐。"

"你去了很久。"

"我现在来了，不是吗？真冷啊。"

"好吧，对不起，对不起。"我说，"那我们现在做什么？"

她从外套口袋里拿出一盒欧托滋薄荷糖，把锡盒打开。"首先，你得抽一根大麻烟卷。"她抽出一根大麻烟卷，比吉米藏在书桌上层抽屉纸牌盒里的烟卷略细一些。她先闻了闻烟卷，然后把一端点燃，吸另一边。片刻后，烟雾从她的嘴角袅袅地冒出来。她的声音很紧绷，像是在通过一根吸管说话："该你了。"

"不了，谢谢。"

然而，她还是把烟卷举到我跟前，烟雾夹杂着一股香甜味，就跟吉米下班后他的汗衫发出的气味一样。

"不要。"我有点想抽，但我害怕，不敢在学校里做这种事。

"你想和我待在一起，就得抽。"她轻轻挑起一边眉毛，像是在挑战我。

"我才不想。"

她翻翻白眼："人家是和你开玩笑的，瞧瞧你的表情！啊，老天。你真以为我会逼你抽大麻？你以为我是什么人？但愿你现在够了解我，知道我不会那么做。"

我强挤出一丝笑容，试着摇摇头，表示"你吓到我了"。烟雾依然叫我头晕目眩。

"你真给你弟弟吃药了？"终于，我说道。

"是的。"她吐出一连串烟圈，每次烟圈从她的嘴里冒出来之前，她的喉咙里都会发出咕咕声。我觉得这很不可思议。"好多次，我都差点儿把狗舍点了。要是我们把这个地方点着了，那整座城市都会变得恍恍惚惚。小宝宝们也会神志恍惚。我说真的。子宫里的胎儿也会有快感。他们会说，'啊，妈妈，这他妈的是怎么回事啊'。"

"这东西不会破坏你的嗓子吗？"

"什么？你难道从没听过詹尼斯·乔普林？你没听过史蒂薇·妮克丝，你觉得她们不抽大麻烟卷？"

"我当然听过。"我说，可事实上我没听过。那时候玛莲娜第一次唱《里安农》，边唱边缓缓地用吉米的吉他弹奏出和弦，我还问她唱的是什么。她当时对我说："我们现在必须解决这个问题，因为你的灵魂岌岌可危。"然后，她给瑞德发短信，要他别来接我们，而那天晚上接下来的时间，我们就一遍遍地听佛利伍麦克合唱团的第一张专辑，到最后，每一句歌词都好像印在了我的DNA中。真正感染我的，是玛莲娜的音乐，而不是电台播放的那些东西。她喜欢小精灵乐队、大卫·鲍伊、弗兰克·扎帕和崇高乐队，她也喜欢节奏舒缓、适合演唱的歌，比如琼·贝兹、比莉·荷莉戴、洛雷塔·林恩、伊塔·詹姆斯，当然还有女神琼尼·米歇尔，以及她父亲介绍给她的老派歌手。我没听过那些歌。很多年后，一个约会对象用他的古董唱机播放了佛利伍麦克合唱团的歌，我仿佛回到了十五岁，被一种眩晕的感觉包围着，像是太快转过了一个街角。我告诉他我不喜欢这个乐队。

她用手背揉揉湿润的眼睛。"可以走了吗？"她说。在不到两个小时的时间里，我第二次模仿她。她刚一站起来，我也站起来。当她调整肩带，我甚至会不假思索地调整我的背包。

我跟着玛莲娜去学校周围的居住区闲逛。那些房屋设有烟囱、百叶窗，有好几层，有优雅却饱经风霜的木瓦，还有弧形门廊。玛莲娜说她知道街道两边每栋房子里每家人的姓氏。我测试她，便指着一幢破烂的黄色砖房，那栋房子有凸窗，院门是铁的。她总是能说出屋主的身份，又或者，她是个厉害的骗子。她零零散散地给我讲了那些人家的故事，比如格里内尔一家，男主人（和遗嘱检验法官是兄弟）因为试图用刀刺女主人而被捕；又比如戴维森一家，他家的长子是个著名的隐士，而且可能得了白化病。

"喂。"我打断了她，"我们要去什么地方？"

"啊，哈，我们去瑞德家，抱歉。"

过了邮局，我们来到几条铁轨边，我们走到铁轨尽头，周围只剩下一堆破烂的枕木。我们沿路继续往前走，来到一家名叫枫树的汽车旅馆，告示牌上写着：**木屋和房间均已客满**。主楼周围环绕着尖桩篱栅，一扇长窗上挂着霓虹灯组成的"酒吧"两个字，每次只有一个字亮起。我这辈子似乎都没去过这么空荡的地方。我们周围的树林里有十几栋单间小木屋，像极了孩子用林肯积木搭成的那种摇摇晃晃乱七八糟的房子。

"他住在旅馆里？"

"差不多吧，"玛莲娜道，"他和他老妈住在一栋大楼的公寓里。但这里很酷啊，他在这些空无一人的小屋里，想干什么就干什么。有的木屋里有人住，有的没有。"

"那他们怎么赚钱呢？"

"从租客那里赚钱啊。有个疯狂的家伙，他的整张脸都被烧伤了，五官只剩下一些洞洞。比如鼻子没了，只有个洞，眼睛洞，嘴巴洞。有一次，天黑咕隆咚的，我正要从瑞德的小屋离开，恰好碰到他，我的妈呀，我吓得差点儿尿了裤子。"

酒吧可能也充作大堂，因为登记簿旁边挂着一个价目表，光线从一扇挂着蕾丝窗帘的独窗照射进来，酒吧里充满了茶色光线。酒吧里没人，只有挂在后墙上的电视在重播《人人都爱雷蒙德》，声音震耳欲聋。吧台上有一个杂货袋，上面用马克笔写着玛莲娜的名字，而且都是大写字母。她一一拿出里面的东西：四罐家庭装坎贝尔牌汤罐头，牛肉大麦口味，几卷卫生纸，还有一些玉米，发霉的玉米穗像丝绸流苏一样从末端耷拉着。"是瑞德的老妈送来的。"她说，"我都不知道怎么做来吃。"

"我老妈经常烤着吃。"

"非常美味。"她把东西都装回袋子，把袋子从吧台上拿起来，抱在怀里。"他们八成是在四十二号。"她说。我跟着她走进电视左边的一扇门，穿过一条在雪地中延伸的过道，时不时能看到地上散落着的汽水瓶盖、糖纸，像是咖啡过滤器的染成粉红色的碎纸。附近大约有八栋小屋，但门牌号乱七八糟，仿佛就是为了让找某栋小屋的人迷路。我们来到四十二号，这个数字用红色小字写在门上，玛莲娜喊道："咚咚！"屋门打开，差一点儿拍到她的脸上，这扇门八成是坏了。她向后退开，杂物在袋子里直晃。"见鬼。"她说，"用不着这么用力吧。"

"她是谁？"瑞德说。一股很像是臭鸡蛋的气味儿随着他飘出来。从近处看，他的身形比那晚在卡车里要小得多，几乎和我差不多高。他的头发是浅红色的，介于金色和棕色之间，鼻子短扁上翘，几十个浅色的雀斑长在他的红色胎记上，而那块胎记就像一滴歪向一边的眼泪，黏在了他的左眼下方。他不记得我了，我很难过。

"我保证她这个人很酷。"

"很酷？你不能随便带人过来。"

玛莲娜把话题从瑞德的头顶抛进了小屋："格雷格，小不点儿，你们能不能让他别来烦我？"

"别烦她了。"一个女孩的声音喊道。

玛莲娜从瑞德身边走过，不见了。我试着跟上她，但瑞德一把抓住我的手腕，把我吓了一跳，在他的手指的按压下，我的肌腱都弯曲了。"你是大嘴巴吗？"

"我不是。"我说。我的全部注意力都转移到了我们两个肌肤相触的地方。

"这还不够。"

"我不是。"我想抽回手臂，但他更用力地捏着我。他的眼睛看起来怪怪的，流露出紧张的眼神，瞳孔很大，像是什么都看不到。"瑞德，你捏疼我了。"我说。他松开手。"我不可能对别人说的。"我告诉他，揉搓着他碰过的地方，"我只认识你们几个。"

"你撒没撒谎，我很快就能知道。"他说，但我看得出来，他是相信我的。

来到小屋里，虽然吊灯开着，却依然感觉是晚上。有人用蓝色油布糊住了所有窗户，臭鸡蛋的气味更浓了，化学品的气味更浓，仿佛墙壁上刷的是清洗液或是普通的漂白剂，每次用鼻子吸入一口气，都感觉像是鼻孔里的皮都被缓缓地剥去了。我听到了一声巨大的呼呼声，可能是电扇，也可能是空调，不过我看不出那声音是从哪里传来的。电视机顶部有一罐没打开过的丙酮。瑞德消失在一扇门后，我估摸门内是卫生间。玛莲娜四仰八叉地趴在床上，肚子贴着一个发黄的枕头，杂货和背包都放在她身边。床尾有一个骨瘦如柴的女孩，正用一架摄像机拍摄格雷格，也就是新年时我在车里见到的另一个男孩子。这样一件时髦的高科技产品似乎与这个房间格格不入。现在我才想到，那东西可能是他们偷来的。我坐在距离出口最近的床角。

格雷格正在拆解一辆儿童脚踏车。他一边扯掉车座、后轮，一边解释他在干什么，然后小心翼翼地把每一个零件都放在他前面的地上，他拆完后还要重组。

"他们在拍电影。"玛莲娜说，"格雷格以为他能当大明星。"

"当明星有什么好？"我问。

格雷格从脚踏车上抬起头，"因为那样很酷啊。"他擦掉上嘴唇上的汗珠，他的脸上只有那部分没长粉刺。

"但为什么是脚踏车？"

"这车子是我们找到的。"那个女孩说。

"见鬼。"瑞德厉声道，"见鬼，见鬼，见鬼。"一声哐当声响起，"真见鬼。"

"太棒了。"女孩说，"我就喜欢这样。"

"宝贝，你还好吗？"玛莲娜问，见瑞德没回答，她便从床上起来，走到门边，把门拉开。里面不是卫生间，更像是一个摆满了东西的步入式衣帽间，瑞德正站在一张牌桌边上，桌上摆着几个半满的两升瓶子、一个装满电池的装饰花篮、奇怪的闪亮丝带、一块像是母亲用来在花园里划分区域的大石头。他的脚边放着一个压扁的感冒和鼻窦炎的药盒。气味很冲，我都有些喘不上气。瓶子上缠着两三根透明塑料管，我的胃里开始翻搅，响起一阵嘶嘶声，像是在警告我，提醒我快点离开，告诉我：他们都不是好人，不可以和他们一起混，你不必这样的，你现在走还来得及。

玛莲娜用空闲的那只手搭在瑞德的肩膀上。

"别碰我。"瑞德说着摆脱她的手。他像是在鼓捣什么东西。在他的头顶上方有一扇打开的窗户，窗户上放着电扇，电扇面朝后，扇叶飞快地旋转。格雷格和那个女孩开始哈哈大笑，他们的笑声听起来很疯狂，嘶嘶声从我的肚子蔓延到指尖，像是在说：快离开这里，凯特，快走。即便我知道应该走，但这里还是让我感觉非常好。我在这里玩得很开心，或者说是与开心很相似的感觉，而且，我很想念这种感觉。

几个容器和那些塑料管连接在一起，但我看不出这些东西是干什么用的，只是觉得很像科学展上一个乱糟糟的实验项目，好像一个孩子在毫无用处的父母的帮助下搞出来的没用的小玩意儿。我并没有马上想到毒品，虽然我已经渐渐明白了是怎么一回事。那些只是药，不是毒品。对吧？

现在很容易就会认出那些是什么东西，父亲曾经告诉我，我虽然有一颗"完美的大脑"，但我有时候只见树木不见森林，而这是我最大的问题。他说这话的时候亲吻了我一下，正好亲在我的头发分印的地方。但不管是森林还是树木，当瑞德小心翼翼地将一些东西从咖啡过滤器上刮掉，放在一个极小的秤上，我终于知道他是在做什么了，虽然我并不了解背后的科学原理。我不知道我一路走到这里经过的街道都叫什么名字，我不知道他当时是不是处在兴奋状态。我在这里看着他，而没有掉头原路返回，我不知道光是如此，是否表示我已经陷得太深，我也不知道我的逆来顺受，会对我的未来产生怎样的影响。


在枫树旅馆那天的六个月后，我和玛莲娜在树林里，当时是夏天，距离她的死只剩下大约四个月。我们偷偷溜出家，在攀爬架碰面。我们没穿鞋——这是挑战行动的一部分，我们用这种方式来炫耀我们的野性。早晨，我用拇指指甲从脚后跟拨出沙砾，把我的脚放进热气腾腾的浴缸里，看着泥土和血呈螺旋形漂浮在水里，嘴里发出嘶嘶声，虽然很疼，却感觉很甜蜜。以前，我小心翼翼地问过她瑞德的事，但在那些晚上，蟋蟀在我们周围鸣叫，像是这个世界在疯狂地低语。我或是喝得醉醺醺或是清醒，她几乎总是处于嗑药后的兴奋状态，星辰向下滑落到树木之间，像是什么东西在一个位置上固定了很久，现在终于准备好挪开了，我逼她给我答案。我一次次地追问她，如果她这么恨冰毒，正是这种东西破坏了她父亲的大脑，逼得她母亲不知所终，她的表弟巴里在背包爆炸后一命呜呼，她为什么还能这么坦然地面对瑞德制造的东西？她怎么可以花他用那些鬼东西赚来的钱？她怎么可以在车上等他去把毒品卖给博因城的青少年、他母亲的朋友和夏天住在海滨别墅里的游客？"你太天真了。"她说，对她来说，天真就像一道光，只存在于失去的东西当中，将离去的东西永远分隔开，像是那种最糟糕的祝福。当时，那道光还在吗？我每每想起她，都会想起那道光。"我想知道你是怎么看这个世界的。我真想像你一样看这个世界，可以如此简单地确定什么是对什么是善。"她拔了一根草，小心地放在毯子上，"还可以确定什么是恶。"然后，她把野草撕裂。

玛莲娜说我太天真，但我觉得她的意思是我享有特权，在纽约，这是个贬义词，但我一直觉得这个词意味着安全。你意识到你有特权，便会努力超越它，但到最后，你会因为享有特权而心存感激。这就像是穿了一件防弹背心，这样你就不那么容易死掉了。我们抖动毛毯，撕碎的野草散落在地上。

"当然是为了钱，凯特。"她说，"仅此而已。"

吉米把母亲那辆对我们来说很新的斯巴鲁汽车停在学校门前，

此时，我才回来不久，在大门边的飞檐下等着，像是自打下课铃以来就一直在那里等。母亲管这辆车叫靴子，因为汽车是黑色的，形状很像一只短靴。停车场里挤满了学生，他们的叫声此起彼伏。

吉米在路边无所事事。我跳上车，关上车门。"请开车。"我对着储物箱说。

"真糟糕，是吧。"他说。

我很清楚，要想撒谎，并且不被人识破，就需要保持一种受伤的沉默，这是我从父亲身上学到的另一个经验。"你储物箱里那瓶广藿香味的古龙水是怎么回事，小阿飞？"有一次，我听到母亲这么问父亲，几乎像是在调情。她要指责他，甚至都要先装可爱，试图让他喜欢她。她就不会这么对待罗杰。玛莲娜对瑞德的态度，会让我想起母亲围着父亲跳舞的样子。而且，我保证，她真的很酷。她的笑容有些神经质，转瞬即逝，她的唇冷冰冰的，呈现出片状，像是用时髦的粉红色唇膏黏在一起。母亲接着强笑两声，将她的注意力放回到鸡肉上，她打开烤箱灯，盯着烤箱门上的玻璃，像是烤箱正在问她问题。父亲拿着啤酒进了电视室，在那里默默地坐着，他怒气冲冲的，几乎有些恶心，像是她刚才朝他身上吐口水了。我站在冰箱的朦胧灯光下，听到了他们的全部对话，"没关系的，只喝一杯，没什么大不了。"

"喂，打起精神。"吉米说，我瞥了他一眼，却没有看他，我只是看向一侧，好评估他有没有怀疑。他正在鼓捣暖风，先是把暖风关掉，随即调到最大，鼓风机轰隆隆地将强劲的气流吹到车里。我身上肯定有怪味。我每次呼吸，都能闻到刺鼻的化学品气味。我的背包堆在我的脚边，瘪瘪的，一点也不像一个登记就读两节预选课的女学生应该有的背包，我不停地把背包踢到仪表板下面，免得被吉米注意到。

"你希望我告诉你什么。"我说，与我们对面一辆车中的一个小孩对视，他们的车也停下来等红灯，"这一天过得平平常常。"雪花像亮片一样落在玛莲娜的肩头。瑞德的肩胛骨在他的T恤衫下面向外突出，他的脸颊上长了坚硬的须茬，看起来像是很疼。他的身上有粉末的气味，桌上的那些废物组合在一起。

"这个高中虽然不怎么样，但以后会更好的。我向你保证。"他在努力示好，但我感觉自己火冒三丈。他一直是校友返校节法庭的成员。再说了，他是个男孩子，这是不一样的。在高中，女生都有喜好，男生则会挑挑拣拣。他一点也不明白我的感受。

华皇自助餐厅位于一家女性健身中心和一家贺曼礼品店之间，那里是银湖和基沃尼之间的一片沿公路商业区。我们一年只吃两次中餐，一次是在开学的第一天，另一次是在学期的最后一天。我告诉自己，这是父亲发起的家族传统，但给所有食物淋酱油的人是吉米。母亲在角落里的一张桌边等我们，正用一个满是污垢的玻璃杯喝着红酒。"我让吉米去接你，我在这里占桌子。"她说着站起来，像是要拥抱我，"菜马上就上来了！"

母亲能在你吃完午饭的几个小时后还能说出你吃了什么。"今天你吃的是意大利香肠比萨。"我下了巴士走回来，她会一边亲吻我的脸颊，一边这么说。我尽量避开她，便一屁股坐在椅子上，然后拿起一个玻璃杯，却把半杯水都洒在了我的衣领上。

"看看那些笨蛋。"她说着瞥了一眼正在等桌的人。我真讨厌她这么喜欢假装最蠢最明显的事都是小小的奇迹。

服务员走过来，吉米点了我们常点的菜：蔬菜炒饭，糖醋鸡块，炒面，三个而不是四个鸡蛋卷。这次我们没点西蓝花烩牛肉。服务员记下我们点的菜，这时，我又打开菜单，看着上面的菜名。

"还要一份北京烤鸭。"这是最贵的菜，至少要十美元。服务员的笔悬在本子上方。他看着母亲，像是在征得她的同意。

"你又不喜欢吃烤鸭。"母亲说，她的声音显得那么疏离，语气很像个老师，好像她在和别人家的孩子说话。

"我喜欢。"

"要二十七美元呢。"吉米厉声道，"你都没吃过。"

"我在朋友家吃过。"

"哪个朋友？"吉米问。

"海星。"在海星家吃烤鸭的记忆浮现出来：肉是深色的，有些油腻，甜面酱放在一个小瓷碗里，海星家的餐桌是玻璃的，很容易变脏。"她父母经常做烤鸭。"

"好吧。"母亲说。然后，她对服务员道，"加一份烤鸭，鸡蛋卷不要了，炒面也不要了。"服务员松了口气，点点头便走开了。

"太好了。"吉米说，"谢谢你划掉了我最喜欢的食物。"

"你又不用上学。"

"你说得对。"吉米说，"我只需要工作八个小时就够了。"

"够了。"母亲说。我们都安静下来。

吉米让我把我房间里地毯上干掉的油漆刮掉。我就说他又不是我父亲，他可以去把那些干油漆吃掉。然后，母亲要我住口，吉米则让她别再插嘴，我说他们两个是要毁掉我的生活，吉米就说我是个该死的疯子，母亲翻翻白眼，喝完红酒又要了一杯，我们三个人沉默了一会儿，然后，服务员端上了炒饭。

　　其他食物都端上来之后，烤鸭才送上来，服务员用巨大的盘子端着烤鸭走过餐厅，吸引了每一桌客人的目光。盘子上有几十片鸭肉，每一片上都覆盖着金色的鸭皮。这样的奇观让我的脸顿时变得通红，吉米注意到我的样子，便得意扬扬地向后靠在椅背上。

　　"真是美味啊。"吉米说。鸭皮下面的鸭肉有点发紫。

　　"这下有人有的吃了。"母亲对着她的红酒杯说。炒饭是我的最爱，但我一口也不吃。我只是吃了很多鸭肉，感觉我的脸都鼓起来了。

　　在我们离开餐厅的时候，母亲站在大厅的布告栏前，仔细端详上面的传单：寻找丢失的宠物、招保姆、个人广告、音乐课的广告，这些传单的边缘都有电话号码，在散热器喷出的热风的吹动下来回晃动。她撕掉两三个电话号码，塞进外套口袋。父母离婚之前，母亲从没工作过，只是偶尔替别人照顾孩子。在上学的日子，早晨，她带着进行仪式的快乐把我叫醒，打开我卧室的门，摆上麦片和牛奶，把车子预热二十分钟，然后我们开车去学校。后来到了银湖，她不再这么做了，我才注意到这一切。她以前喜欢找扁平的石头在上面画画，这个嗜好让我烦恼不已。海星很喜欢我母亲为她画的那块石头，她一直把它放在梳妆台上。她在石头较宽的一面上画了一架很小的大提琴，她的名字的首字母缠绕在琴身中间较细的部分。后来，我把一块石头放在我的工作台上，那是一块扁平的灰色石头，被母亲画上了向日葵的图案，两片花瓣被碰掉了一半。我把另一块石头放在火炉上方的架子上。母亲打电话来的时候，我就把手机放在石头边上，并且按下了免提键，这样我就可以一边听她说话，一边做饭或是打开电邮，她的声音响彻整个公寓。我真后悔这么多年来一直都在避开她，而我刚一真正地逃离，便希望她回来。我现在很容易就能说出我爱我的母亲，但在那一年，以及那之后的五年，我真的不这么认为。我记得我恨我所有的朋友都喜欢她，我有时候还希望她不是我的母亲，这样我也能轻而易举地爱着她，自然地爱着她。

"看，这家雇人清扫房屋呢。"母亲在我们坐到车里的时候说，她扭头面向我，挥动着一张碎纸，"侍候你们两个孩子这么久，我现在都变成打扫屋子的能手了。"我没把她的话听进去。我唯一关心的是，我能把逃学这件事瞒多久。

那天晚上，我翻来覆去也睡不着，自从来到银湖，我一直这样。我把我的右手伸进睡裤，把我的中指插进我的身体。一阵刺痛在我的下半身蔓延，我将我的骨盆挺向我的手。我闭上眼睛，试图随着我的手指的移动，抹去在我脑海中盘旋不去的回忆，各种各样的颜色，烟雾弥漫，玛莲娜指甲上带有缺口的丁香花，还有那些字眼，比如：老爸，不，是的，好吧，是的，是的，是的。在这些情境中，有一个影像一直在旋转：一只带有文身的强壮手臂，那只胳膊缠绕在头发里，那头发是铂金色的，像是我的头发，就像在梦中，你是你，却又不是你。我的头皮很痒。

感觉越来越强烈，却也令人沮丧，我的上嘴唇和太阳穴冒出了汗珠。我掀开盖在身上的被子，将裤子脱到膝盖处，依然在内裤下面揉搓我的身体，我有一种奇怪却实在的肯定，那就是如果我停下，即将发生的那件巨大而可怕的事将不会发生。我抬头看着窗户，突然很紧张，生怕在家里睡觉的玛莲娜会听到我的声音。我更用力地插入自己的身体，但那种紧迫感消退了，兴奋感消失，我再次感觉刺痛。我抽出我的手，用手心遮住眼睛。我的手指有股味道。我捏着我的上臂，将皮肤捏起来。松弛。松弛，叫人恶心。

就好像有那么一刻，我忘记了我是谁。我的身体叫我感觉尴尬，特别是我无法和别人对比而去判断常态如何的身体部位。我知道，海星常用她父母浴室里那个可拆开的淋浴头来达到高潮。但我就是无法复制她描述的那种强烈的快感，每次我告诉她我觉得我到高潮了，感觉飘飘然了，她都会自鸣得意地看着我。"这可不是你以为的那么简单。"她说，这话来自我也看过的一本女性杂志，"到了那个程度，你自然就知道了。"

"我知道是我以为我达到了高潮。"我这么说，但她还是用那种眼神看着我。那是种什么感觉？我通常会在洗澡的时候站着尝试，还会紧紧闭着眼睛。在经历了无限漫长和痛苦的几分钟后，我会有种异样的感觉，像是有些痒，感觉越来越强，然后便没有了任何感觉。海星告诉我要想象，于是我就想象阿贝克隆比广告牌上的男模，而且，多亏了我的注意力，他们的形象最终会只剩下一块块腹肌。在那个时候，我私下里相信我这个人有问题。我不只担心自己在性方面有问题，虽然在这方面尤其严重，我还感到了一种强烈的羞愧感。我不知道我为什么会这样。也许和我的父母有关，他们要么对彼此冷冰冰，要么就非常亲密，我们家里的气氛在很大程度上取决于他们在卧室里发生的事，以及让他们两个都很忧伤的事。或者，这一切只是因为我是个小女孩。

我从床上下来，来到卫生间，在热水里洗了两次手，弄得我的前臂上都是肥皂泡。回到床上，我总感觉有人一直在看着我。在回来的路上，我得出了一个想法，那就是性这东西，以及我的身体，除非有个男人先让我获得快感，否则我无法让自己得到任何快乐。

如果我并不热辣，而且迄今为止我觉得我没理由以为自己很热辣，那我的身体有什么用呢？我躲在被子下面，用被子蒙住头。与很多青少年一样，我一直都很担心会被人发现我在干坏事，见没人发现，甚至都没人像我注意我自己那样注意我，就会感觉到一种充满了矛盾和泄气的惊喜。

于是，我错过了很多。有的是关于玛莲娜，特别是关于我的家人。我大半生都与之共度的三个人将变成和其他人一样的陌生人。

第二天早晨，我乘坐巴士去学校，玛莲娜明明说过萨尔也会坐车，但我到处都见不到他。我在学校门口徘徊了一阵，等所有人都进了学校，我以为这样我就能见到她、格雷格或是小不点儿，对于那个瘦骨嶙峋的姑娘，我只听过别人叫她这个名字。

前一天，瑞德不再在帘子后面鼓捣，便来到床边和玛莲娜坐在一起，他们从玛莲娜的锡盒里又拿出一根大麻烟卷。她走到外面把烟卷点燃，等她回到屋内，他们两个和格雷格、小不点儿一起抽。现在我才明白，在那个下午，我们四个人随时都可能把自己炸成碎片。玛莲娜去外面点烟，免得引燃角落里那堆化学品合成的鬼东西，但这样的预防措施充其量只能算权宜之计，这就好像你明知做某件事会要你的命，你还是耸耸肩，照做不误。现在，所有那些东西在我看来都像是征兆，而且，我想，她在当时就已经知道危险有多大了。

格雷格作势要把大麻烟卷交给我，玛莲娜见状便一把从他手里夺过烟卷，皱着鼻子冲我微微一笑，就这样，我逃过一劫。我坐在一张床头柜上把膝盖抬到胸前，用后背抵着墙壁。如果不坐床头柜，我就只能和玛莲娜、瑞德一起坐在床垫上。她的一只腿塞在他的大腿和腹股沟之间，他的一条腿则舒舒服服地弯曲着，放在她的腿上，这样一来，他的膝盖便挨着她的牛仔裤内缝。他们的碰触明显不顾忌他人，我不理解这样的方式。他用一只手勾住她的腰，在她的衬衫下面徐徐向上，他的手指在她的衬衫下面凸出。

我应该看向何处？我从没接过吻，也没拉过男孩子的手。就连海星都交男朋友了。我直勾勾地看着他们，似乎很不礼貌，但正是玛莲娜一直在说个不停。再说了，要是我不看，那不是显得太幼稚了吗，仿佛我觉得很尴尬，或者更糟，好像我对他们这样很感兴趣？我站起来，告诉他们我三点就得回去，不然就赶不上车了（我的语气特别强调，好像来接我的人不是我哥哥，而是一个更为迷人的男士），玛莲娜听了，只是从瑞德怀里恍惚地抬起头，说了句"好吧"，便继续把她的脸埋在他的 T 恤衫里。格雷格和小不点儿依然在聚精会神地鼓捣脚踏车，他们把链条弄得缠绕在了一起，踏板也不转了。

"你从来没有来过这里。"瑞德说。他的眼睛是棕色的，颜色柔和，就跟牛的眼睛一样。

"是的，是的。"我道，"就算他们砍断我的手，我也没有来过这里。"

"哈哈。"小不点儿说。她舔了舔她手心里的一块油渍，又用手指揉搓了两下。我走到外面，一团烟雾从密闭的房子里随着我飘进冬日的寒风中。

第一遍铃声响了，早晨最后几个闲逛的学生也走进了基沃尼高中。我绕到狗舍，但马上就走开了，我可不想藏在里面（如果我藏在这里，那我真成猫狗了），我不想等并不是在等我的人。比起前一天，我今天更没有理由去上学了。如果去上课，老师肯定会问我礼拜四为什么没来，然后，老师还会把母亲请到学校去，插手本就乱糟糟的局面。

但是，前一天晚上，我们从华皇自助餐厅回到家，电话上并没有留言。我暂时是安全的。

我沿着玛莲娜带我走过的路线，步行到商业区。所有事全都在毫无结果的自由落体中发生。以前有一次，我在没有父母的陪同下独自去旅行，在机场的时候，有那么一刻，我也体会到了这种感觉。做越轨行为，会带给人一种头昏目眩的愉悦，我发现自己笑了，然后，我停下脚步，满脸通红，像是被别人抓个正着。

来到地平线咖啡馆，我叫了杯黑咖啡，虽然父亲教我要在咖啡里加上奶油和糖。柜台后面的女孩子染了一头番茄汤红色的头发，在我点完咖啡后，她用古怪的眼神打量着我，但她猜了一会儿我这会儿应该在干什么，便觉得无聊，继续玩手机了。我蜷缩在窗边的座位上，从头到尾看完了《基沃尼新闻报》，"海滨豪宅减价出售""当地青少年独唱演员出席州长晚宴""八十七岁的安妮·科尔瓦斯基有十七个孙子孙女""滑雪季节正当时"。

我离开咖啡馆，向图书馆走去，图书管理员位于大厅中央，我向她挥挥我的康科德学院学生证。她轻轻一点头。我不知道还能做什么，还能去什么地方。图书馆很大，就跟网球场差不多，布满了蛛网形状的书架。在童书角落旁边有一排电脑，电脑面冲临街的落地窗。我坐在一台电脑前面，晃动那个脏了吧唧的鼠标，直到屏幕亮起来。电脑上方有一扇窗，窗玻璃上蒙了一层霜，我盯着我在玻璃上的倒影，倒影比我本人更美。在商店橱窗、水洼、路过汽车的引擎盖上和玛莲娜的幽深眼中，倒映出的那个由碎片构成的我，具有无限潜能。

我把贝琪的名字输入搜索引擎，却没有找到任何信息。我登录我的微软电邮账户，打开最近一封父亲发来的电子邮件。发送日期是将近一个月前。我几乎没怎么看这封邮件，因为正文只有一句话：我的凯瑟琳怎么样？！想你！测试新扫描仪的质量！太酷了，是吧？这句话下面是一张他和贝琪的合影。我握住鼠标的手有些颤抖。在我上中学的那一年，贝琪从伟谷州立大学毕业，这表示她现在二十七八岁。在那张照片中，她依偎着我的父亲，脸上带着灿烂的笑容，还捧着一束很丑的鲜花。鲜花上有霓虹色的脉络，由此可见那些花很蹩脚，是廉价的染色花朵，就像咖啡馆里的那个女孩，他们以为只要改变样貌，就能把自己变得更像自己。

有什么东西从我头顶上方的窗玻璃上弹回，过了一会儿，我才探明声音的来源。我看着图书管理员嗒嗒嗒走开。她运动衫上的那只猫在冲我眨眼睛，它那莱茵石做成的虹膜反射着荧光灯的灯光。另外一阵噼里啪啦的声音将我的目光重新吸引到了窗户上。在外面，玛莲娜、瑞德和格雷格呈三角形站在几英尺开外。瑞德的左手拿着很多鹅卵石，是从图书馆附近一片园景区捡来的。他把石子朝将我和他们分隔开的玻璃丢过来，目的是吸引我的注意。

我关闭电子邮件。从鸟瞰的角度，我看到自己站起来，在我的身体离开之际，椅子轻轻转了一圈，我从正门离开。我真的是这么做的。但是，在我走出去的时候，有个女孩，那是另一个我，依然坐在电脑前，安安全全地待在图书馆里。换句话说，我看到我变成了两个我。

冒着正午阳光，我们爬上圣帕特里克教堂的台阶，活像是礼拜二下午一点，这么做很正常。在大厅内，他们三个没有开玩笑，而是都把手指浸在盆中的圣水里，并在胸前画十字。教堂里空无一人，洒满了漂亮的点点阳光，耶稣被钉在圣坛的十字架上，他的下巴垂在胸口，他的身体紧绷，肌肉发达。我也把手伸进圣水，然后手指轻轻点在额头、左肩、胸口和右肩上，不清楚轻触身体画十字的正确顺序是什么。我们跟着玛莲娜穿过一条昏暗的过道。瑞德一直在捏玛莲娜的屁股，她作势要打他，他就围着她绕圈跑。这会儿，他绕着她跑了三圈，正要靠近她，却忽然拉了一下我的发根。他的指关节从我的衣领上滑过。

　　我们来到健身房，突如其来的光亮让我们皱起了眉头。半场线上放着一盒全脂牛奶，盒口打开着，里面插着一根吸管。墙壁上固定着一排磨损的垫子，中间有一个壁橱，我们躲进壁橱里。瑞德从角落里拉过一个装满了篮球的大桶挡在橱柜门边，下面有一个活动门，门后是一架梯子，通往阴影之中。"新来的先走。"玛莲娜说。她有些无聊地看着我。

　　我来到底部，仰头看着他们三个人的脸，就好像他们在图书馆窗外时一样。他们呈三角形，玛莲娜永远在尖角的位置。这在多大程度上是我的视觉幻象？瑞德用肩膀碰了她一下，她犹豫地对他笑笑，消失在了视线中。活动门砰一声关上了。

　　黑暗从四面八方合拢过来，我感觉黑暗压在我的身上。玛莲娜的声音起起伏伏，很像附近公寓里的邻居正在发脾气，生气的声音中还夹杂着笑声。在我身后，像是有什么东西在呼气，一股油腻的风吹到我的耳边，如同打嗝呼出的热气。这世上没人知道我在这里。

我伸出一只手，稳住身体，但我的手指碰到了布满灰尘的表面，一划而过，悬在空中，我跌跌撞撞地往前走，小腿撞在了梯子上。

我爬了上去，用拳头猛击活动门，差一点就失去了平衡。门一开，光线倾泻下来，我向着光爬了过去，心脏扑通扑通狂跳。

"喂。"瑞德说，"我们去找手电筒了。"

我拉着篮球桶，爬了上去。"对不起。"玛莲娜说，她的呼吸扑到我身上，夹杂着一股沉滞的咖啡味。"他就是个烂人。"她把T恤衫套在拇指上，擦擦我的鼻子："你的脸脏了。"

这次瑞德先下去，格雷格在他后面。瑞德用颤声发出一声令人毛骨悚然的呻吟声，消失在了下面的洞里。

"我才不要下去。"

"他们以前也这么捉弄过我。"玛莲娜道，"我保证，现在有了手电筒，就不那么可怕了。"

我该怎么做？我早已不能拒绝他们了。

我们沿着一条隧道前行，地面和四壁都用水泥建造而成。一排锅炉冒出了热气，感觉像是有人在呼吸。格雷格和瑞德各拿着一个手电筒。两道光线在天花板上互相追逐，洞顶上布满了涂鸦，诠释着迷恋、怨恨和胡言乱语。玛莲娜勾着我的手臂，把我拉到她身边，我们距离太近了，如果我们的步伐不一致，我的手肘就会撞到她。

"这里是教堂的地道。"格雷格说，"和圣帕特里克大教堂一起建造，与小学校建造于同一时期，小学以前是个女修道院，有了地道，修女们去教堂、为牧师处理琐事，就不会在冬天挨冻了。"

"啊。"我的全部注意力都在玛莲娜的手臂上，我依稀仿佛看到黑色道袍在我们身后没光的地方飘浮，但我努力不去注意。

"琐事里也包括吹箫。"瑞德说。

"我们就是在这里上的小学。"玛莲娜说，"我老爸老妈都不上教堂，但我接受了坚信礼。"

"宝贝，你那是为了免费的午餐。"瑞德说，"你是饥不择食。"

"我看得出，神学是你的强项。"我说。

"犯人说话啦！"瑞德喊道，还将手电筒对准了我的脸。"她的话在燃烧！"玛莲娜一巴掌打在他的手电筒的根部，光线猛烈晃动，划过墙壁。

经过一道拱门，我们来到了一个房间，房间对面像是一片凹地，有很多机器堆在黑暗中，没有发出任何声音。说不定每台机器里都睡着一个修女，她们的双手交叠着放在胸前。"甜蜜之家到了。"瑞德一边说，一边用手电筒照着堆在金属栏杆边的一摞毯子。格雷格从毯子中翻出一袋多力多滋牌玉米饼。偶尔有手电筒的光照射在锡箔包装纸上，会反射出点点光亮。现在在地下，他们还会做我见过他们做的那些事。玛莲娜拿出一根大麻烟卷。瑞德吓唬我们，让我们轮流抽烟卷。格雷格吃完了玉米片，然后张开嘴，晃动着袋里的碎渣倒进嘴里，吃完，他在牛仔裤上擦擦手指，在膝盖处留下了一片污渍，即便这里光线暗淡，那片痕迹依然清晰可见。和这群人出来玩就是这样。我情不自禁地将之与我和海星一起出去闲逛的情形做对比。我们在指甲上画上精致的图案，测试对方的法语，用我们的乐器弹奏流行歌曲。我们还会去晒日光浴。我们只是两个小毛孩，而他们不一样。我意识到，他们是困惑的少年人。

大麻烟卷传了一圈又一圈，烟卷散发出的林地气味弥漫在空气中。没有人把烟卷递给我。说到大麻，连我自己都不确定我的态度，又怎么会在他们面前表明得这么清楚呢？玛莲娜躺下，把头枕在我的大腿上。我坐在那里，双腿伸开，膝盖贴着地，弄得肌肉僵硬，但我不敢放松，不然的话，她的头就会滑到我的双腿分叉处。

"怎么样，你不去上学了？"格雷格问。

"不去了。"我说，"我应该在第三学期初才开始入学的。但我就是不去了。我想不会有人注意到的。"

"坏蛋。"瑞德说。我骄傲得脸颊发烫，虽然我的双腿因为静止不动而疼得厉害。

"她是从底特律来的。"玛莲娜说，不过这并非事实。庞蒂亚克不过是在底特律的郊区，而且非常落后。我没有纠正她。她的头发在发根处总是十分油腻，此时，她的头发披散在我的膝盖上，她每次一动，都弄得我很痒。"见鬼，小姑娘，躺在你的腿上真舒服。压扁，压扁，像个枕头。"她坐起来，把大团的烟雾吹到我的脸上。每次有男孩子在场，玛莲娜便会拿出不同的态度对我，她会和我调情，几乎有些下流，就跟她和他们调情一样。

"你有的是自由，可你偏偏去图书馆。"格雷格说，"这不是很矛盾吗？要是我的话，我不用上学，就绝对不会当书呆子。"

"我是无所谓啦，伙计。"瑞德说，"那些电脑里可没有安全过滤器。"

"是呀，我肯定她是用那些电脑上色情网站。"

"我可没说色情网站！谁说到色情网站了呢？"

"你说我没有，是不是有点性别歧视？"我插嘴道，还一把从玛莲娜手里抢过烟卷。我将青菜味的烟雾在胸腔里闷了几秒钟，就跟我看他们所做的一样。我强压下喉咙里的刺痒感，眼睛里充满了泪水。

"你真是个坏蛋。"格雷格说，他的声音中夹杂着做作的高傲自大，仿佛他正伸着兰花指，捧着一杯茶。

大麻烟卷传了一圈又一圈。我是不是进入兴奋状态了？时间像是一滴水，悬停在水龙头的边缘。水滴越来越大，但没有落下。我口渴到了极点，我的舌头变得很大，一股古怪的味道传到我的喉咙里，像是吃到了沾满灰尘的苹果皮，有些酸涩。如果这就是兴奋状态，那看起来也没什么大不了。我喝多了私酿威士忌，会失控得更严重。过了一会儿，大麻不见了，取而代之的是一个凹陷的水壶（啊，是酒！喝了第一口之后，我心想），喝了酒，我的嘴巴像是在燃烧，手指变得绵软无力。每次水壶传到我这里，我都会接过来，后来，玛莲娜都直摇头，含糊地说："拿开拿开。"过了一会儿，格雷格把水壶上下颠倒，示意"喝光了"。

"不。"瑞德哀号道，一巴掌把水壶从格雷格的手里拍掉，水壶从栏杆之间滑过，掉到了下面。哐啷一声，水壶撞上一个铁桶，随即滚到了我们看不到的地方。

"不！"我也哀号道。

我既不害怕，也不紧张，脑海里一片空白。他们在说话，但我只能听到声音，却不知道他们在说什么，就好像调大声音倒带，所有人说的都是反话。我不记得了。喝酒喝到恍惚并不是新鲜事。有那么一种说法，酗酒者会被置于琥珀中，永远十二岁、二十岁或十五岁，反正就是定格在第一次喝酒时的年龄，永远都要被同样的恐惧和欲望所纠缠。他们在未来只会面对一瓶又一瓶的酒。在圣帕特里克教堂的那段时间就是开始，也是结束。

对于那个下午，我能想起的最后的清晰记忆是关于玛莲娜的。

她把脸探到我的脸边，她的脸是彩虹色的，像是刚刚才把脸上的泪水擦干净，她的嘴巴贴着我的下巴，寻找我的嘴唇，然后，她的舌头——像是一个又生又湿的东西，而且可笑至极——伸进了我的嘴里。我用了一个词来概括现在发生的事：接吻。这时候，她爆发出一阵狂笑，她的呼吸扑进我的嘴里，我的喉咙像是起了气泡，气泡满溢出来，仿佛她的笑是从我的身体里发出来的。跟着，我闻到了一股味道，像是用手抓挠树枝，直到抓出里面的绿色嫩肉，而手指上的残留物发出的就是那种味道。我的初吻，那是我最重视的东西，至少在未来几年内是这样的。我第一次喝酒。在那之后，我彻底昏睡了过去。

从你以为你绝对不会睡着的那一刻到你猛地张开眼睛后那一刻，你的卧室洒满了令人迷惑的淡粉色晨光，你是否尝试过回忆这之间一共过了多久？从 A 点到 B 点，你存在，你活着，你的呼吸放缓，你的体温下降，随着月亮在你家那栋粗糙劣质的房屋上方的天空里移动，你的家具投下的阴影拉长、收缩。在每一个晚上，任何事都有可能发生，而你不可能变得更为明智。我要说的是，那天，我了解到，时间并不属于你，你所拥有的只是你记住的东西。可能只是一个碎片，甚至更少。


我在黑暗中醒来。一张书桌，靠墙处有一个灯罩，一张摇椅，很快我就开始把碎片拼凑在一起。在我以后的人生里，每当我醒来后不知道自己身在何处，首先想到的是其他迷失的早晨，而我必须在杂乱无章的记忆中寻找我要找的记忆。那个早晨在玛莲娜房间里醒来的记忆经常冒出来。我躺在一张床上，一条毯子盖到我的膝盖处，有个人睡在我旁边，距离我只有几英寸。他们的呼吸很粗，在房间里清晰可闻。我只穿着胸罩，用一只手（我的手不像我的身体部位，更像是一只惊慌失措逃窜的小动物）摸过之后，我意识到我穿着一条短裤，和男士四角裤一样在前面有个开口。我依然穿着我自己的内裤。我的右腿传来一阵痛楚，若是我翻身，疼痛会变得更加剧烈。我试探性地按了按屁股下面的皮肤，忽然觉得一阵剧痛，不由得紧皱眉头。我并不累，但我非常渴，我的嘴巴肯定出大问题了。看来真像是我已经死了，随即又复活过来。

在黑暗中，玛莲娜的头发闪动着银色的光泽，像是缠了金属箔。钻石图案的汽车旅馆毛毯一直盖到她的肩膀，只有头发和长有肌肉的手臂缠搭在枕头上。她一向都是趴着睡觉。在以后的晚上，我们喝得太醉，或是太累再也说不出话，没法继续聊天了，她就会摆出这样的姿势。如果她趴在床上，就表示她不想再和我聊天了。她先是仰面躺在床上，盯着天花板，或是侧躺着，和我面对面，然后转为趴着的姿势，我渐渐地视之为"真要道晚安了"的意思。她趴在床上，会把左脚的脚底搭在右膝外侧，将手臂举过头顶，像是一个芭蕾舞演员被侏儒绊倒了，她的呼吸很轻。在那些晚上，她转过身后，我都会觉得如释重负。

我坐起来，把毯子从她身上拉开。

"嗯。"她趴在枕头上嘟囔道，把手挪到身侧，把毯子拽了回去，"你还活着。"

"出什么事了？"我小声道。

"你醉得不省人事了。你还流口水呢。格雷格只好把你背回来。"

"我的腿怎么这么疼？"

"你爬梯子的时候摔了下去。"阴影晃动,我的上方有一道四四方方刺眼的光,一根绳子飞快地从我的手里滑过,感觉热辣辣的,不管我有多努力,都抓不住那根绳子。

"我们在什么地方?"

"我家呀,你以为我们在什么地方?"

"我得回家了。"

"嘘。我把所有事都安排好了。我用你的手机给你老妈发了短信,说在隔壁过夜,她回信说让你玩得高兴点,还用符号打了一个眨眼睛的笑脸,所以,你现在可以继续睡了。我甚至还给你上了闹钟,因为你必须早晨八点回家。请不要让你那该死的闹表响,因为今天是礼拜六,而早起不是我的作风。"

"你怎么知道哪个是我老妈的电话号码?"

她翻了个身:"你在手机里把她的号码设置成了'老妈',美人儿。拜托,现在能睡觉了吗?人家困死了。"

"我很渴。"我感觉有些头昏眼花,像在圣诞节的早晨那么兴奋。我从未来过她家。然而,在兴奋背后,一种令人作呕的冰冷恐惧潜藏在我的心里。我失去记忆的那段时间有多久?我做过什么?

"水在楼下。安静点吧,萨尔睡觉很轻的,如果他起来,我就必须起来。"她继续趴着,把手臂抬起来。

我悄悄下床,在她的手袋里翻出了我的手机。走廊就跟儿童滑梯一样窄,唯一的作用似乎就是为了隔开玛莲娜的房间和对面的卧室。房门开着一条缝,我只能看到一个我觉得是萨尔的人正在一张打开的躺椅上睡觉。我爬下梯子,来到一个摆着沙发的房间。大部分天花板都延伸到谷仓的横梁上,在其余的地方,也就是我爬下来的那个地方，是一个容纳两个卧房的简单阁楼。在较低的天花板下面隔出了另一个房间，而在对面的角落里，是一个凌乱的厨台，厨台和墙壁一样长，后门外有一盏昆虫灯，灯光自窗户照射进来，笼罩在厨台上。我走到厨房，把脚抬得特别高，生怕会踩到什么东西。最近的那张沙发上有个人，他窸窣地动了动，我愣住了，数到一百才继续往前走，父亲说过，一百下之后，人就会睡着。

水槽里摆满了碗碟，食橱里空空荡荡，但在较高的架子上，我找到了一个塑料碗。我用碗接了点水，大口喝光，然后又接了一碗。每喝一口，前一天的事就距离我更近一步。玛莲娜说我流口水了，她是在开玩笑吧？最后发生的事像蝴蝶一样徘徊在我的记忆边缘，是什么呢？我们接吻了吗？我不能想这件事。

油毯上有很多沙砾，细沙黏在我的脚上。我的鞋呢？我的 T 恤衫和背包呢？我拉了拉后门，门一拉就开了，我这才意识到我原以为门是上了锁的。我看着我们两家之间的雪地里有一条人踩出来的小路，通向我们两家之间共用的垃圾箱，我决定冒险一试。我回头看了一眼。玛莲娜的父亲肯定是听到了我闹出的动静，此刻，他就站在厨房边他的小卧室的入口，兴致寥寥地盯着我，一脸警惕，活像是个精神病患者。

我飞快地冲出门，也不在乎大门砰然关闭，会吵醒萨尔和玛莲娜，我只是赤着脚在雪中狂奔，溅起了很多雪末，我的手臂、胸口、肚子、脚趾冻得冰冷，感觉火烧火燎的，像是我的身体挨了冻，就变成失心疯了。

当时，我已经意识到玛莲娜的父亲自己制造冰毒，他就在我们房子后面的轨道车里干这个勾当，就好像虽然我想不起来海星是否直接告诉过我，但我还是知道她父亲在医院里工作。就和任何与我们的父母有关的事一样，他们的职业同样是那么粗俗和无聊，而且，就算冰毒吓到了我，我对它的可怕之处也没什么印象，却只是清楚地记得我认为冰毒很无聊。然而，那天早晨，看到玛莲娜的父亲，我忽然想到，他可能做过一些我想象不出来的事。

我打开我家前门，真感激门没有上锁，赤足从肮脏的雪地里跑过来，我的双脚都冻红了。我直接走进浴室，将水龙头调热，直到水变得滚烫。我一直待在浴室里，直到母亲砰砰砸门，大叫着说我们该走了。


我坐进母亲汽车的副驾驶座，我的脚边有个桶，桶里放着海绵、蓝色清洁喷雾、钢丝绒球。我的脑袋隐隐作痛，疼得越来越厉害，仿佛我的脑袋里塞满了棉花，在不断变大。

宿醉的感觉原来是这样的。

"我在公共演讲那天偷偷溜走，从没想到我到了四十岁，还没拿到大学本科学位。"母亲道，"也没想到我会为了钱去给人家打扫房屋。"

"更没想到你会住在银湖。"我说。

她打开收音机。谁知道亲吻的感觉又湿又黏？也许只是和玛莲娜接吻是这样的。我不能想这件事。

"我喜欢银湖。"母亲道。

我们驱车沿密歇根湖前行，向科勒尔斯普林斯市驶去，那里比基沃尼小，却比基沃尼有意思。我们下了高速公路，来到一片居住区，那里有一栋栋四层洋房，房前有很长的车道。汽车收音机里传来四十大金曲，玛莲娜绝对忍受不了这样的垃圾音乐。母亲上过七个月的大学。*宝贝，我孤单一个人。*对于这个故事，我都听了无数次了。她上高中时是班里最优秀的学生，成绩优异，美貌被一副眼镜遮盖了起来，她还是密歇根青年管弦乐队的首席中提琴手。她在密歇根州立大学主修英语，她曾想当一名教师，但她再也不能专心学习。在学校里待了这么久，一想到还要上四年，按照她的话说，她就觉得生不如死。我算过了，她退学的时候，肯定已经怀了吉米几个月了。我们在银湖安顿下来后不久，母亲就在当地的社区大学报名参加了夜校，修习两门核心课程。她在晚餐时问我们，是主修护理专业，还是普通学科，这样就能为拿硕士学位打下一个很好的基础。"各位，我真的很聪明的。"她说，"我有很多选择。"我无法理解她所有的计划有何意义。这是为了什么？她想要什么？她是一个母亲，她怎么可能成为别的什么呢？

母亲不再说话，却露出了紧张探询的表情。她喜欢谈论过去，特别是喝了一两杯酒后。*听众，孩子，很多的选择。*在我十五岁的时候，我老是评判她、讨厌她。和我在一起，肯定感觉很糟糕。后来，我发现自己经常回忆银湖，就好像在我住在那里的时候，一次次地回忆我们在庞蒂亚克的老房子，我不知道对往事念念不忘这样的习惯是否和甲状腺疾病一样会遗传。

"我们要去 2044 号。"她探身向方向盘说。她鼻子边上的毛孔很大。我们慢慢地开过 2038 号，那栋房子的屋顶上积了雪，大双开门上方有一扇巨大的窗户，像是一只正在打盹儿的眼睛。收音机的静电声大作，随即便消失了。所有这些房屋都上了锁，无人居住。就跟密歇根州大部分地区在冬天那样，这个街区感觉就像一艘遇难船，一部分结构被埋在雪里，为了生存的目的而被遗弃。

2044 号是一栋巨大的城堡式建筑，通体呈现出石蓝色，到处都是窗户，是迄今为止我见过的最大的房子。车道上有很厚的积雪，我们驾车费力地驶过，停在车库边上。母亲假装很有活力地跳下车，从门边悬挂着的一盆常春藤里拿出大门钥匙。算上车库，这栋房子其实包括两幢建筑，一栋是主建筑，另一幢较小的建筑位于其后，更靠近湖水，几乎完全一模一样。即便最小的那栋建筑也是我们的组合房屋的两倍大，而且人家还有二楼。

"连那栋也要打扫吗？"我指着问。我一抬起手臂，便感觉头昏脑涨，心跳很不规律，我的心跳从没有这么弱、这么混乱过。

"如果那里是给客人住的，那么就要打扫。"母亲道。

我们将清洁用具拖进屋内，我费了不少力气，因为每走一步，我的腿便痛苦地抽搐着，而且，我必须特别小心，才能不让母亲看到我疼得直皱眉。要是被她知道了，她肯定会问发生了什么事，而她特别擅长逼人说出真相，毫无疑问，我会坦白交代出全部事实，然后被禁足。前门打开，里面是一片很大的空间，远处的一面墙都是玻璃做成的，可以俯瞰湖泊。这里看起来一点也不脏，不过有股房间关闭太久的气味，犹如屋内某个地方有朵花，插在脏水里，渐渐枯萎了。

"我的天啊。"母亲说。她就像个灰姑娘，站在大理石地面上，一头金发上包着轧染印花大手帕，穿着黑色运动紧身裤，一只手拿着一块抹布。这栋房子有三层，中间是天井，我上九年级那年参加合唱比赛时住的芝加哥酒店就有一个这样的天井。不管在任何楼层，都能从眺台上看到下面的起居区。我们到处转转，边走边评估状况。

"真大啊！"

"你打扫这里收多少钱？"

"一小时二十美元。扣除了给你的钱，还剩下十六美元。所以，我亲爱的凯茜，现在请你快点开工吧。"

餐桌可以容纳十二个人就餐，每一把椅子都使用一种不同的兽皮做成，那些动物来自异国，很像是豹子。收二十美元一小时看来太低了。我其实并不清楚家里的财政状况有多惨，我也不知道玛莲娜、瑞德、格雷格是不是有钱，是不是只有穷光蛋才会住在枫树旅馆。我们那栋破烂小房子是按揭买的，三分之一的房屋贷款由吉米支付，在每月的一号和十四号，我的抚养费支票兑换后，母亲总是高高兴兴地去杂货店购物。她从学生贷款里拿出的钱比她欠的学费还多，还告诉我要感谢她的政府"酬金"，我才能穿上新的雪地靴。几天前，在格伦杂货店，我把一块冷冻比萨饼放在手推车里。两秒钟后，母亲把比萨放了回去，还告诉我，一顿饭花掉5.99美元，简直是罪大恶极。

母亲走上弯曲的楼梯，去了楼上的房间。墙上挂着的兽头可能是羚羊，也可能是麋鹿，它们用无神的眼睛盯着我。一块宽大发黄的兽皮做成的地毯铺在两张L形皮沙发之间的区域。这栋房子的主人就是谋杀犯。我脱掉鞋子，把我的脚趾在皮毛上蹭。

在咖啡几上，一个金刚石刻磨的罐子里装满了生杏仁。我从没吃过整颗的生杏仁。我打开盖子，抓起一把，把一颗丢进嘴里。我用牙一咬，杏仁碎成两半，释放出一股香甜味，有一种香腻的熟悉感，仿佛我终于找到了一个源头，而在从前，我只听过它发出的回声，看过它做出的姿势，杏仁乐巧克力的软心里有碎杏仁，加油站卖的那种加了糖浆的咖啡里也有碎杏仁。杏仁在我的舌头上化作了白色的烂糊。我不停地吃。现在,生杏仁吃起来就像这栋房子,就像别人的成功,有种偷偷摸摸的味道。对我来说,杏仁始终都有金钱的味道。

不到一个小时,我开始在主卧卫生间里呕吐,我开着水掩盖呕吐的声音,虽然我在三楼,母亲在楼下用百洁布擦洗灶台,边擦边随着收音机哼唱乡村音乐。杏仁又开始向上涌,如同粗沙砾一样哽在我的喉咙里。玛莲娜的脸浮现在我的脑海中,她的脸颊如同苹果,亮晶晶的。是她每时每刻都带着妆,还是她的皮肤生来如此?就跟磨砂玻璃一样,也好像在一个晴天,把雪球举到眼前看到的样子。她的手指黏黏的,在我的下巴上摩挲。

我拼命打扫,像是在做忏悔,最后,我的胳膊累得生疼,我的眼睛因为进了灰尘而刺痛不已,连我的嘴里都能尝到高乐士漂白水的化学刺激气味,甚至连我的思想都被漂白了。母亲来检查我的工作成果,但她没必要这么做。我早就学会了,毕竟我曾见过她清扫,而且十年来我每周都要做家务。我先把抹布浸上清洁液,再将抹布一角拧成麻花,去擦厨台上的每一个缝隙。在厕所里,我清理了哪怕是最细小的毛发,我跪在地上,膝盖骨不自在地移动。等到我和母亲完工,太阳已经落到湖面以下,将整个苍穹染成了粉红色,仿佛世界末日已经来到。

我站在前门廊,注视着荒芜的街区,母亲则一边拖地,一边走出大门。我的手指都伸不直了,自我的脑袋根部到我的脖子感觉那么僵硬,像是一根绷直的绳索。天很快就要黑了。在密歇根,傍晚的天空就是这样的:天空先是变成粉色,但片刻后,四周就会陷入墨黑色。母亲锁上门，把拖把夹在腋下，将房子钥匙塞回常春藤植物。这栋房子那么大，比我们的家大上四五倍还余一个房间，却大半年都是空置的。我现在依然相信，在那一刻，我并没有做任何决定。

我发誓。


我和母亲回到家没多久，玛莲娜就出现了。我正在沙发上看书，每看几页，我就用一块去掉奶油夹心的胡椒味饼干插一小块布里干酪，去了皮的奶酪味道很辛辣，不太好吃。这两种异国食品是我从豪宅里偷来的，我还塞了一把杏仁在外套的内袋里。母亲说，把奶酪和饼干拿走也没关系，因为在霍德森一家回来之前，它们就该过期了。玛莲娜没有敲门，只是把门推开，把头探进来，她的脸上像是写着一个问题：我能进来吗？我刚一放下手中那本有股酸腐牛奶味的破烂《大卫·科波菲尔》，她就一阵风似的走了进来。

"你总是那么漂亮。"玛莲娜没打招呼，便对母亲这么说，"在认识你之前，我都不知道妈妈们还可以这么热辣。"

"你的小嘴真甜。"母亲说，站得更笔直了，活像是有人给她浇了水。玛莲娜的举手投足显得十分稚嫩，但她就是父亲所说的那种可爱的姑娘。她会做出一些唐突的举止，而我总以为只有粗鲁的人才会这么做，但只要是她感兴趣的东西，她就会赋予那些东西一层光辉，如果她碰巧对你感兴趣，那就没有比这更美好的事了。当她的注意力渐渐散去，就像是探照灯去照射地平线上的其他部分，便会让人感觉十分苦恼。她在纽约一定如鱼得水，那里有很多人都在冷漠地培养这种热情。

来到我的房间，她扑通一声坐在我的床上，提起双脚，盘起双腿，准备闲聊。墙壁上刷了油漆，我的房间里弥漫着油漆味，我觉得我们把我的房间叫作油漆罐，的确非常聪明。有时候，她会猛地打开我卧室的门，大声唱"我住在油漆罐里"。我就会关上门，祈祷她不会提到那个吻。对于那个吻，我记不太清楚，但那些模糊的细节很有影响力，即便是警惕地触及那些记忆（瑞德和格雷格在大笑，玛莲娜的前额咚一声撞在我的鼻子上），我都会陷入恐慌。

"你真能喝啊。"她边说边摆弄她的胸针，转来转去，把衬衫都弄扭曲了。她的语气轻松自如，说不定她对那个吻的记忆还不如我的深。

"是呀，我也是刚知道。"我躺在她身边答。

"你以前真没喝过酒？我好像记得你说过的。"

"除非算上喝过我老爸的一口啤酒。"

"见鬼。看你喝酒的样子，活像是在喝果汁，一口一口的，把酒瓶里的酒都喝光了。你看起来就像个酒鬼。"玛莲娜就喜欢说粗话。我曾听到她告诉我们的合唱老师"不要把精液弄到裤子上"。我觉得她是在用这样的方式使她自己不再显得可爱，她认为，长得可爱与其说是一种福气，倒不如说是一种诅咒，而我觉得这是我听过的最荒谬的事。但现在我觉得我明白，她那样的美貌会将人限制在一个很小的范围内，让你的生活变得越来越小，到最后，所有人都会觉得你除了容貌就一无所有了。

"抽了大麻，我渴坏了。"

"废话。下次拜托你考虑一下我们其他几个人。你喝醉是你的特权，但在圣帕特里克教堂不行，因为必须有人背你回来。"

"特权。"我说。她的发音很含糊。

"什么？"

"你就是这么说的。"

"你还当真了。"她说，"你是在纠正我的发音吗？我用错词了？"

"没有。"

"那你就是想表示你比我聪明？"

"不是的，我只是……"

"你还真自以为是。"

"对不……"

"你要说对不起？是我该说对不起。这还真是个低劣的品质。"见我没说话，她软化下来，可能是意识到了我感觉很丢脸，而她想得不错。"算了。此时此刻，我真正需要的是你就当个女孩子。能做到吗？当一个傻里傻气、就爱八卦的女孩子，行吗？"

"啊，当然。"我坐起来，脸依然很红，我开始扮演聆听者。我做了什么才不像女孩？

玛莲娜的问题是这样的：她和瑞德不再做爱了，至少是在他们没有快感或没喝醉的时候，而且，最糟糕的是，她压根儿就不在乎。她甚至都不想念与他做爱。但她依然喜欢和他亲亲抱抱，这难道不是很奇怪吗？她依然爱他，她会永远爱他。我是说，除了对他的爱，她甚至都不清楚爱是什么，而她就算是讲出这件事，也感觉很糟糕。是不是他们长大了，不再适合彼此？这一切都是可怕的背叛。如果她发现他和她想的一样，她就会切掉他的老二，喂给闪电吃。

"听起来很不公平呀。"我说，"特别是闪电可能很乐意看到瑞德没了老二。那样就少了一个竞争对手。"

她假装干呕："你觉得瑞德也是这么想的，是吗？我自己都不会和他有高潮，那为什么一想到他不会百分之百为我疯狂，我就受不了呢？"

"很多年前，我老爸老妈不再做爱了，我听到我老妈和她的朋友说起这件事。"我挺想问她做爱是什么感觉，但我也不想她知道我是个处女，除非她只是看着我，就知道我是个处女。男人与她做爱，她也与男人做爱。她怎么知道该做什么，什么时候做，男人所做的是什么意思，那些事是不是她想要的？会不会也有人和我做爱？

"呜呜。所有人的老爸老妈都不做爱。不过他们离婚，并不是为了这个。他们离婚，是因为他们受不了对方，还可能因为他们当中的一个人和别人上床了。"

"是的，我想是的。"

我说这话时的样子泄露了我的想法。也许是因为我说话时不敢看她，也许是因为我的声音有些沙哑。

她一个翻身，不再趴在床上，而是坐在床尾，双腿悬在床边。

"喔，你还在为那件事不开心吗？"

"那倒不是。"我的泪水涌了出来，我不能再说话了，但我还是说个不停，"我只想回家。"几滴泪顺着我的鼻子流向我的嘴。至少我尝试过了。"我的脑袋里很乱，我甚至都不知道这一切有何意义。"

玛莲娜向前探身，用指关节擦去了我脸上的泪水："没事的。放开怀抱，继续前进。"她拥抱了我。我像根木头一样伏在她怀里。她用手从我的发根捋到发梢，母亲以前常常这样做，但现在不会再做了。我不假思索地伏在她的肩头，最终将脸埋在她的脖颈里，号啕大哭。

"嘿。"玛莲娜道,"你还有我呢。"

母亲在敲门。我马上从椅子上惊起,猛地扭头面向房门。

"姑娘们。"她说。

"有事吗?"我们答。

她走进房间,看到我身体紧绷,双眼红肿,玛莲娜则呆愣愣地待在原地。

"玛莲娜,亲爱的,你今晚在这里睡吧。"母亲道,"要不要给你家里人打个电话?"

"啊,不用了。"玛莲娜说,"没关系的。"

"好吧。"母亲盯着我们看了一会儿,"那我去睡觉了。"


母亲房门下的缝隙刚一变黑,我和玛莲娜就开始设立营地。她从我家橱柜找出了一罐炸豆泥和一罐与猫粮罐头差不多大小的青辣椒碎,这不是我们会吃的东西,肯定是这栋房子之前的主人留下来的。她将这两罐食物混合成一摊糊糊,放在烤板上,然后在这些棕色的糊糊上覆盖了一层美国芝士,再把烤板放进没有预先加热的烤箱里。

"哎呀。"她说着打开烤箱,"有喝的吗?"我打开冰箱,拿出一加仑全脂牛奶,假装这罐牛奶足够我们喝到死的那一天。玛莲娜大笑起来,嘴巴张得老大,她笑的样子真丑。她俯下身,用拳头猛打她自己的大腿,却只是发出了一声喘息声。我们都冷静下来后,玛莲娜又开始搜查食品柜。架子底部放着很多箱风时亚酒,自打我有记忆以来,母亲总是在晚上喝这种酒。玛莲娜从最后面拿出一瓶。"你老妈是真喜欢这种白葡萄酒啊,这里足有一百瓶呢。"

玛莲娜在两个大塑料杯里倒满白葡萄酒,我开始把酒箱重新排列，免得母亲注意到少了一瓶。我心中忐忑，像是有一团油腻的东西堆积在肚子里。其实眼前的情况并不讨厌。我感觉非常警惕，我和玛莲娜在一起，一向都是这样，像是处在暴风眼的感觉。母亲没理由不相信我，而且，她每次去杂货店，都会买一箱酒。要是赶上梅杰公司搞促销，她就会买四箱。我被发现的机会很小。我想象母亲听到我们咚咚地走来走去，发现我们喝醉了；母亲在无意间收拾食品柜的时候发现少了一瓶酒；母亲闻到做饭的气味，立马惊醒过来，以为房子着火了。但我还记得，在一个礼拜六的晚上十一点，母亲在沙发上睡着了，我和吉米使劲儿摇晃她的肩膀，她没有醒。在他们离婚前的一个晚上，父亲依然没有回家，我们在她卧室外的卫生间里比谁叫得声音大，她也没有醒。母亲睡着之后，除非她做好准备，否则不会醒过来。我搬动酒箱，盖住空出来的位置。我们是不会被发现的。

我们往返两趟，才把酒盒、杯子、豆泥、一桶咸饼干搬到客厅，没有墨西哥薄玉米片，只好用饼干代替。在那里，我们吃了很多食物，又喝了酒，眼前的情况比我预料的要好，特别是我喝了第一杯酒之后，然后，我们开始在客厅的墙壁边玩倒立。过了不知道多久，我的脑袋重重地撞在了咖啡几上，第二天早晨，我的太阳穴上起了个半个乒乓球大小的鼓包。玛莲娜震惊地说了一串听起来像是法语的话。我坐在电脑椅上，打开调制解调器，玛莲娜则瘫倒在沙发上。等屏幕亮起，我才发现已经凌晨一点多了。

我把最后一点豆泥舀在一块咸饼干上，登录我的电子邮箱，输入用户名和密码，希望能收到父亲的邮件。但什么都没有。我打开一个空白邮件，只盼着我能足够清醒，可以写出他在哪些方面很失败，盼着我能知道如何组织词语，描述我那可怕的内心，解释一切。他这么早收到我的电邮，会不会很担心？

"你得看着我。"玛莲娜要求，将一条腿伸过沙发扶手，用脚踢着我的手肘，我的手随即滑过键盘。

"好啦，好啦。"我说。

"如果你想自杀，"玛莲娜问，咬了一口饼干，"你会选择什么样的死法？"她把一只手臂枕在头下，用雪白指尖按在下巴上。

"淹死。就跟那个作家一样，她叫什么来着？弗吉尼亚·伍尔夫 ①。她的口袋里装满了马蹄铁。"

"淹死！太可怕了。绝对是最可怕的自杀方式。要很长时间才能淹死的。"

"不，淹死跟冻死差不多。"我在椅子上转了一圈，以示强调，"一开始很疼，你可能会后悔，但只是疼一会儿而已。这之后，就能进入平静中，而你只想睡着。"

"我觉得我会开枪自杀。"玛莲娜盯着天花板上旋转的风扇说，"要不就是嗑很多药，在快感中死去，多么轰轰烈烈啊！"她用力地一脚踢在我的椅子上，我飞快地转了起来，差一点儿跌在地上。

"你知道我最恨谁吗？"我边说边刷新我的收件箱。依然没有父亲的信息。

"我来猜猜看。"

"他现在留了胡子。"我说，"我恨他留胡子。我恨贝琪其实只比我大十二岁。他去主日学校接我，竟然迟到了一个小时十分钟。

---

① 弗吉尼亚·伍尔夫（1882—1941）：英国女作家、文学批评家和文学理论家，意识流文学代表人物，被誉为二十世纪现代主义与女性主义的先锋。代表作品有《达洛维夫人》《到灯塔去》等。

我遗传了他那双该死的眼睛，还有他那愚蠢的酒窝。"

"你知道的，总不能因为一个人留了胡子就恨那个人，是吧？其实，大多数这种事都构不成恨一个人的理由。我恨我老爸，是因为他把我们家里的钱都花光了，我只能找邻居讨饭吃。"

"胡子就是理由。胡子很恶心，是个象征。"我说，但我很清楚我太幼稚了。接着，我害怕她会觉得我一个人夸夸其谈，便道："你呢？"我还以为她会谈起闪电，毕竟我们现在混熟了，我觉得她会给我解释一下这个神秘人物，"你最讨厌谁？"她坐了一会儿，吸吮着一块冰。"是谁呀，快说？"

"拉特纳老师。"她说着把冰块吐进酒杯里，"我九年级那年的科学老师。"

"不是闪电吗？"

"他只是个无关紧要的人。"她说。但她撒谎了，即便我喝醉了，我也清楚这一点。"在学校里，女学生每天都围着拉特纳先生，每周五天从不间断。他一开始找这份工作，可能就是为了这个。"

"好吧。"我说。

"拉特纳老师。"她说，"我恨他，因为他对我很好，他让我感觉我是那么特别，比其他任何人都要优秀。一开始，感觉像是我赢得了什么东西，他很清楚是这样的，以前没有老师注意我，他们只是会记录我没参加考试什么的。他喜欢从教室前面看着我，像是在说，'喂，就是你'。而我真的相信是这样。好像我的科学成绩很好。"任何女孩子都可能遇到这样的事，或许正因如此，她才愿意讲这件事，而不是谈起闪电。有一天，她去用品柜里找烧杯，拉特纳老师把手伸进她的牛仔裤后兜。她转身走开了，随后得到了 D

这样的成绩，不过严格来说，这是她应得的成绩，毕竟她后半学期都没再去上科学课，但我们还是特别讨厌拉特纳先生。

她很快便从犯罪转向了正义。她花了很长时间来描述拉特纳老师应该受到什么样的惩罚，她说到的办法不仅暴力，还很有创造力，比如把老鼠系在他的老二上，诱使鹰隼俯冲下来，咬下他的睾丸。玛莲娜擅长正义，犯罪让她感到压抑。她想把煮鸡蛋的蛋黄换成陌生人的小液囊，给那些误解她的人吃。我们希望他们被人谋杀、肢解，尸块存放在冰箱里，然后被他们的兄弟在无意间吃掉。然而，那几个月我们无聊地夸夸其谈，添油加醋地说着大部分我们认识的男人对我们所犯的罪恶，她却一次都没有提到闪电。她捏造出来的可怕而荒谬的暴力，有多少其实是针对他的？

"我不知道。"玛莲娜说，说这话之前，她提议将拉特纳老师头朝下沉进硫酸里，"我还是觉得这些办法都难解我心头之恨。"

"你说得对。他对你做的事其实更像是一场心理游戏。他就跟我父亲差不多。'操纵大师'，我老妈就这么叫有些人。"

"老天。"吉米说，"现在可是凌晨三点。"

他站在客厅的门口，电视把蓝色的阴影投射到他的脸上。

"嗨。"玛莲娜坐起来说。她掸掉胸口上的碎屑，把衬衫拉下来。

"工作得怎么样？"我问。

"工作就是工作。"吉米说。

"好极了。你能走开吗？"

"如果我想看看电视呢？"

我咕哝一声。玛莲娜挪过来，紧靠在我身边，留下两个沙发垫的宽度给吉米坐。房间里很空，他还是坐在她旁边的垫子上，跷着二郎腿，脚踝悬在他的膝盖上方，脚底和她的膝盖距离很近。

"要不要换个频道？"她举起遥控器问他。他小心翼翼地拿过遥控器，仿佛他们是在传递一个易碎的东西。我觉得他们并没有肢体接触，玛莲娜正靠在扶手上。天边现出了鱼肚白，我们终于还是要起来去睡觉，这时候，他叫出了她的名字。

"玛莲娜，"他说，"晚安。"

"你也是。"她告诉他，站在沙发边上踌躇不前。

"你需不需要牙刷？"我在打开的卫生间门口喊道，凌晨时分，我的声音显得太大了。不管他们还说了什么，我都没有听到。


玛莲娜从不缺席的便是合唱队排练。所以，大多数上课的日子，我先乘巴士或搭吉米的车来到学校，然后我便翘课，去狗舍见她，我们从那里出发，在方圆一英里的范围内闲逛，包括商业区、枫树旅店、圣帕特里克教堂的地下世界，以及灯塔附近的防洪堤。我们在那里抽烟和大麻，还分吃过一片神秘的药片，而药片是玛莲娜在她家用来当饭桌的乒乓球台下面找到的。药片有橡皮大小，没有任何印记，尽管我们上网查找过，玛莲娜也对药丸的种类和用途如数家珍，我们却还是分辨不出那片小白药片到底是什么。我们在上午十一点吃了那片药，四十五分钟后，我们确定那是摇头丸。那天剩下的时间，我们都待在圣帕特里克教堂，用玛莲娜从她的帽子上扯下来的一根线系在我们的手臂上，勒出血管，同时讨论到底有没有天堂。玛莲娜相信天堂，我却不相信，后来，摇头丸开始尖叫着传遍我的血管，在我的指尖绽放烟花。在我看来，天堂其实并不是一个概念或一种心理状态，我们不应该渴望在现世而不是在不可靠的未来进入天堂。在未来，我们极可能成为蠕虫，也可能成为神仙，如果你能认真思考未来几个钟头，那未来也可能就是天堂。等兴奋的状态消失，我们都仰面躺下，我们把脑袋倾向彼此，头碰着头，我问她做爱是什么感觉。"有时候感觉好像你的身体深处，比如肚子里，产生的一种痒。"玛莲娜说，"有时候真他妈疼。有时候，做爱没有感觉。性只是性，凯特。如果要我像奥运会那样给性打分，那我会给 3.5 分，或是 4 分。"

有时候，她不是逃课一整天，我便在图书馆或书店里等她，消磨时光，等合唱队结束或三角学课程下课，真不可思议，这竟然是她第二喜欢的课。我从未把我的旷课和父亲那几个月里做的事联系在一起，当时，他假装去上班，却是去做别的事，当然是和贝琪鬼混，但他也可能花费大把时间做一些无聊事，借此打发时间，而我发现自己也在做相同的事。坐在咖啡馆里呆呆地望着窗外，在同样的十个街区里闲逛。这里是个小镇，我没有被发现，唯一的原因是没人知道我是谁家的孩子。

在那些没课的漫长日子里，基沃尼既是我们的监狱，也很像游乐园，随时可供我们冒险，因为我们两个对这个小镇而言不够大、不够美、也不够狂野。我们两个人以为只有经过我们允许，别人才会看到我们。我们逛詹姆斯·潘尼百货公司，在衣服下面穿着六层内衣走出百货公司；偷偷溜进酒吧，把衣架插进自动售烟机，弄出一包或二十包百乐门香烟；解开被拴住的狗；诱使住在自助洗衣店楼上公寓里的四十岁的弗莱德·迪克森喝掉大麻烟枪底部的黄色液体，搞得他到窗户外面狂吐，我们便大笑地跑出他家的安全出口；用德国口音点咖啡饮料；在枫树酒吧的卫生间里剪掉对方的头发，等瑞德的母亲抱怨我们弄脏了卫生间，我们便装傻；把偷来的丁字裤系在镇中心的公园长凳上；在街角为四个过路人唱放慢节奏的电台歌曲；有一家法式面包店拒绝招待我们，我们就从店外垃圾桶里找出放了一天的羊角面包吃；把我们敌人的名字写在我们走进的每一个公共厕所的墙壁上；只说故意颠倒字母顺序拼凑而成的行话，把瑞德和格雷格逼得抓狂；只是用我们的眼睛和双手，比画出只有我们能理解的信号来沟通。我们太无聊了，现实太叫人沮丧，太悲惨了。我们难道不配得到更好的吗？我们难道不是这个地方最特别的人吗？

乡愁不再被视为一种病，严格来说并不会，但曾几何时，想家是一种病。十七世纪，瑞士医生约翰内斯·霍弗使用希腊词语 nostos（意为家或回家）和 algos（痛苦）给这种人类的苦恼命名。这种病会导致人自杀，出现幻觉，听见空洞的声音，会让人充满对家的渴望进而发狂。这是严重的忧郁，但只针对某个特定的物体或地方。在某些季节，一般是秋季，以及听到了某首歌曲，人便会出现乡愁。《河》《山崩》《加州》《乡村路》，和弦进行曲。唱歌更好。乡愁。我想回家。在我快睡着的时候，排队买咖啡的时候，按动电梯按钮、一点点升向我的公寓的时候，这句话便不断地出现。我担心这句话就像幸运石，然而，我的渴望并没有与某个特定的地方相连，不是银湖，不是玛莲娜，也不是父亲、母亲或吉米。我想回家。我想回家，但我所指的，我所渴望的，并不是一个地方，而是一种感觉。我想回去。但我想回到哪里去呢？也许是回到那时，我第一次听到史蒂薇·妮克丝的歌；回到那时，我看着窗外雪花飘落，一本书打开放在我的腿上；回到我酗酒之前；回到我天真无邪，并不知道美好的事物会消亡的时候；回到从前，我还相信未来会更好，我也还没有做出一连串决定，将我送到现在的生活。有时候，我会后悔过现在这样的生活，我想我之所以会后悔，是因为那是我的生活，因为我的生活是这样而不是别样，因为我不能回去，改变一切。

怀旧，想家，这是埋藏在我内心深处的痛苦。

就是这样，只不过短短几个礼拜的工夫，她就成了我最好的朋友。她告诉我，我是第一个和她一样脑筋快的人，能明白她说的那些怪话、玩笑、卑鄙虚构的誓言，还可以用我自己的怪话、玩笑、恶劣虚构的咒骂来使她的变得更加尖刻。有个最好的朋友是一件神奇的事情，就像找一个满是水的树桩，能让你长生不老，或者走进一片独角兽出没的田野，也很像这一秒还站在衣橱里，下一秒就置身于白雪皑皑的森林。我不打算把这当成理所当然，因为会有奇怪的巧合，而且需要热情的承诺（说出来的和埋藏在心里的）才能维持友谊。我日复一日地做出牺牲，尽管当时我并不觉得是在牺牲，并且根据她的身份重新定义自己，直到我们成为完美的团队。她冲动大胆，我警惕谨慎；她危险，我值得信赖；她漂亮，我可爱；她有嗑药的快感，我喝得烂醉如泥，等等，等等。我向收银员问路，她偷戒指、精装书、一双男鞋，然后，在店员换班后，我把所有东西拿去退钱；我喝拿铁，因为穆哈咖啡是她的最爱；她唱歌，我伴奏；她金发碧眼，身材苗条，我皮肤黝黑，体形微胖；我们两个在一起，便成为一个完美女孩。

有时，看到精品店天花板上的监控摄像头，当我们藏在凉亭里，而警车在公园里转了一圈又一圈，我也会害怕。玛莲娜口袋里的大麻非常潮湿，我确信，即便警察并没有摇下车窗，也会看出来。当她在码头遇到闪电，便让我去走走，三十分钟或一个小时后回来，当我偷偷地提早回来，便会看到她跨坐在他的大腿上，脸上带着灿烂的假笑，而在那之后，她一整天都会闷闷不乐，不肯袒露心声，用手指拨弄她衣兜里新弄来的药丸，不管我多努力地尝试让她清醒过来，她依然魂不守舍。当闪电出现的时候，有一半时间，她的整个身体都关闭了，如同一台进入休眠的电脑，几个小时后，她会把他的名字从谈话中抹掉，就像打死了一只虫子。现在我觉得她其实只是无法决定。当她能控制自己的时候，闪电是一回事。有些时候，她会利用他搞药丸，不管她让他做什么，他都会去做，换取一个吻或是更亲密的接触。而大多数时候，他们亲近，都是在她进入快感之后，每逢此时，她会觉得与他的亲密并不真实。但在她独处或和我在一起的时候，我都觉得她只要想起闪电，就很害怕，不仅如此，她还会觉得很屈辱。对玛莲娜这种知道如何带着恐惧去生活的女孩子而言，这更加糟糕。我觉得正是由于这个原因，她才不会在我面前提起他。她不希望我看轻她，而且，不知道在什么时候我做了什么糟糕事，给她留下了印象，认为我知道后会瞧不起她。

我从不说不，也没有阻止或是强迫她告诉我她和闪电之间到底发生了什么，也没有重新考虑要不要回学校去，特别是我意识到，压根儿就没人注意我有没有去上学。那些时光是如此漫长，如此刺激，像是吞没了未来和过往。她走在我前面半步远，我用眼角余光看着她，她的脸颊红红的，嘴角上扬，哈哈笑着。我很清楚一件事，如果我放弃玛莲娜，我就会在失去她的同时，也失去很重要的一部分自己，并且再也找不回来。

我当时确实相信这一点，并且发现事实确实如此。

# 纽　约

　　第三杯马蒂尼也被我喝光了，休息室里坐满了人。这些人来这里喝酒，度过欢乐时光。我吃了一顿简单的午饭，一个香蕉、一碗蔬菜汤。在服务生过来的时候，我又点了一杯酒，马蒂尼鸡尾酒喝起来没有任何味道。

　　我把酒喝光，盛坚果的碗已经空了大半。一群二十来岁的女人走进来，坐在每一张空位上，唯独没有坐我旁边的位置。也许她们只是讲礼貌而已，也可能是以为我在等人。她们的头发很长，梳得很松，而且大都穿着牛仔裤、盖住臀部的衬衫、昂贵的丝绸 T 恤。我离得很近，能听到她们说话，"我很抱歉，但是，"最高的那个只要一开口，就会这么说；那个趴在扶手上的女人很生她丈夫的气，并且把她生气的原因讲了两三次，还给每个版本都添油加醋；一个女人不停地示意女侍者过来，每次都比其他人快；另一个人从她们来的时候就一直慢慢地喝着半杯白葡萄酒，那杯酒一直都维持在不变的高度上，让我感到焦虑；瘦女人用她的手指拿起了那块三角形的白奶酪；她右手边的女人用叉子叉起一片半透明的青苹果片；她们经常摆弄手机。

"垃圾。"最漂亮的那个对着她的杯子说。其他人继续谈话之后，她抬头看了看她们，用眼神问了一些她说不出来的东西。

"她就跟着魔了一样。"一个女人对另一个女人说，她们谈的是一个怀孕的朋友。我盯着她们，放声大笑起来，忽然之间，她们全都意识到了我的存在。她们有些惊恐地相互看着。

"不过真是这样的。"我说，但我说错话了。一个女人嗤嗤地笑了起来，这是个友好的行为。我确认我签了贵得离谱的支票，并给了小费，然后穿上我的外套。

每当我希望能和某个女人交朋友，我们最初通常都是在酒吧里结识的。光线昏暗的地方，复杂的酒单和装在小盘里大伙分吃的食物。我们点昂贵的食物，调整各自的选择适应对方。当你用餐刀轻拍，那美丽的金枪鱼圈就会像未经加工的宝石，滚到盘子上。酱料丰富的楔形佛卡夏扁面包，面里含有迷迭香。就像烹饪、看糟糕的电视，就像吃东西、在黄昏后的世界里存在，如果不喝酒，我也很难说话。一个小时后，如果不去上班，我就会开始注意到她打断别人的方式，或是给我讲她的故事，要不就是问我一个又一个问题。我还会注意到她是怎么要第二杯酒的，她通常都是第一杯还没喝完就会叫第二杯，或是注意她什么时候准备好叫第二杯，或是根本不会叫。我会注意她吃东西是否挑肥拣瘦；她是否善于聆听；当她提到她的伴侣时，她的语气如何；她是否在乎我的想法；是否有下意识的动作，爱打手势，坐立不安，咬嘴唇，回避目光接触。那个我立刻就很欣赏的女人为了强调一件事，便会靠得很近，着重地将一只手放在她能够到的我的身体部位，试图通过触摸我让我理解。我注意而且开始看到我最好的朋友的轮廓，那个自己塑造自己的女孩。对于如此之多的女性而言，成为朋友需要两个过程。要认出另一个人留下的痕迹，并不难。

来到外面，我摇摇晃晃地站在入口附近。路灯散发出伤感的光芒。整个世界是一个在不断收缩的圆，而我站在中心，圆的半径很短。我掏出手机，捧在手里。我穿过马路，走进华盛顿广场公园，在喷泉的边缘坐下。

第二声铃响，萨尔接听了电话。"喂？"他说。我必须集中精神，才不会说话含糊。"是你啊。"我说。我此刻喝得醉醺醺的，绝对可以假装我们通电话是很正常的事。他的声音听起来不像语音信箱里的那么老，我差一点就把这话说了出来。我和他说话，仿佛我是从一个很亲密的距离看着我的自己。"我当然记得你，真高兴你打电话来，明天，当然，是六点，听起来很好，我期待和你见面，到时候见。"然后，我的声音有点颤抖，和一个知道一切的人谈谈她，会很好。我陷入了沉默，"是的"这个词，在一阵沉默后，终于出现了。是的。

我挂断电话，用短信把我们第二天晚上见面的酒吧地址发给萨尔，在那里也可以点到咖啡和茶。为什么他的声音有些犹豫？她肯定乐于见到这样的事。时隔这么多年，我们两个再次见面，多么富有戏剧性，这更进一步证明了她的魅力经久不衰。

公园里到处都是人。三个二十来岁的漂亮姑娘穿着高跟鞋嗒嗒走过，她们留着短发，头发都很闪亮。我看着她们吸引空气中的粒子，她们从谁身边路过，就会吸引谁的注意力。过了一会儿，我站起来离开，但没人看我。

# 密歇根

在我高中那段短暂逃课时光的五年后，在大学的一节英文课上，我了解到了亚里士多德对故事结局总结出的规则。我看到我自己穿着膝盖上有破洞的牛仔裤，和我母亲一起坐在莱西校长的办公室，咬着一支圆珠笔。那时的我是那样年少轻狂。我怎么会哄骗自己认为，从开篇便追杀我们的凶手到最后不会杀任何人？尽管我一直都知道事实。震惊和不可避免，还有哪个词能比这两个词更好地描述谎言被戳穿的感觉？

我的谎话被揭穿的那天，母亲看了贴在冰箱上的我的课表，于是她订好她一天的安排，正好赶上我下世界史课、肚子饿去吃午饭的时候。在开车来镇子的路上，她花了五美元在鲍勃餐馆买了一张比萨饼，那家店的外卖餐口就在壳牌加油站里。这并不是她精心策划好的，她拿着比萨饼的盒子，在食堂周围转了三圈，然后给我发短信：我带了比萨饼来学校，不管你在哪里，快出来，快出来！几分钟后，她走进主办公楼，问是否可以通过广播叫我出来。于是，接下来就开始了我想象中的充满理解错误的沟通。母亲坚持说我从学期开始就每天来学校，而旷课督促员坦利太太更坚定地说我一直没来上学，而且，她认为我一直旷课，是因为我们还没有安顿下来。

我刚收到母亲的短信，就要瑞德送我到镇中心，只是告诉他我要去见一个人。我步行走过剩下的半英里来到学校，腰背挺直，带着一个被冤枉的人特有的决心。

"我告诉过你们她会露面的。"母亲道。坦利太太带我们来到莱西校长的办公室，母亲的信心也随之枯萎。在那里，我们烦躁不安却一声不吭地等着一群忧心忡忡的成年人重新倒满咖啡、把椅子摆放成弯月形。莱西校长的脸上有剃须后出现的皮肤过敏痕迹。除了他和坦利太太，我们还要向一个长了张鸟嘴、负责做记录的女人解释（"啊，叫我切尔就行了。"她在介绍的时候说），她要么是心理学家，要么就是社工。

坦利太太要我解释我这六个礼拜没来上学，都去了什么地方。"我去图书馆了。我到处游荡。你们可以去问图书管理员。"我说，不知道图书管理员是否还记得我在图书管理处待过两个钟头。

"可你为什么不上学？"母亲问。

那天早些时候，我在巴士车站与玛莲娜、瑞德碰头。我精心打扮了一番，因为我知道我会先见到瑞德。我的牛仔裤在膝盖处有个破洞，上衣是吉米几年前穿过的一件格子衬衫，衬衫很大，但我穿上并不松松垮垮，我用一个安全别针将衬衫和我的黑色上托胸罩别在了一起。几颗扣子早就丢了，我只好用别针代替，因为我注意到玛莲娜经常用订书钉或别针改变她的衣服，她更喜欢这样的快速修复，而不是将衣服缝好。巴士像只毛毛虫一样，慢慢地翻过发白的山丘，向银湖驶来，这时候，瑞德已经开着面包车来了。

玛莲娜打开储物箱，拿出一罐花生酱丢给我。她穿的桃红色棉布裙在腰部呈喇叭形展开。此外，她还穿了一条牛仔裤。看不到订书钉或安全别针。

"当心点。"瑞德说，从后视镜里盯着巴士。按照玛莲娜的话说，她和瑞德已经分手两三个礼拜了。前一天，他们还对彼此冷冰冰的，讨厌对方，第二天，他们就开始调情，像是全世界只有他们两个人。今天，他们介于中间状态。

"钱钱钱。"玛莲娜说。

"是我的钱。"瑞德纠正道。

罐子很轻，我将其打开，罐子以前装的花生酱都被清理干净了，不过还留有淡淡的花生味。罐子里面被刷成了土色，乍一看，会以为里面依然装着花生酱，不过是已经腐烂且变得过黑的变异花生酱。罐底有几个塑料袋，每个都可以装下一个儿童固牙器。我捏着封口，拿出一个，举到面包车布满盐渍的玻璃前。袋里有紫色晶体，看起来很像没有棒的棒棒糖。很有意思，但我知道事实并非如此。

"班尼 ①毒品。"玛莲娜说。

"这是冰毒吧？"我意识到我从未大声说过冰毒二字，我向来都是避开这个词的，"为什么是紫色的？"

"冰毒？"瑞德模仿我说。我八成是叫错了名字。他们只说冰或水晶，有时候甚至玩味地称之为乡巴佬可卡因，但我要是也这么

---

① 班尼：紫色小恐龙，一部国外很流行的儿童英语节目的吉祥物。

说，肯定听起来更古板。"没错，就是冰毒，加了几滴食用色素就这样了，满足市场需要，效果其实没什么不同，但我能让人们看到外观，就以为会有不同的效果。"

"他还加价呢。"玛莲娜说，"虽然这不是什么好东西，但看起来可爱极了。"

"现在我知道你们的全部秘密了。"他们现在很相信我，做什么都带着我，为此，我几乎心怀感激，而且感觉很荣幸。不管他们要我做什么，我都不会推辞。

"真是太可怕了。"瑞德说，"你知道你其实是共犯了吧？"

"她不会说出去的。"玛莲娜道。她坐在座位上转过身，翻着白眼，噘起嘴，给了我一个"瑞德是白痴"的表情，"漂亮女人的口风都很严。"

"为什么管这叫班尼？"我问。共犯？

"我爱你啊，你爱我。"瑞德唱道。他也有一副好嗓子，"紫色大个子猥亵者切斯特？格雷格觉得人们买一个与童年记忆有关的东西，会感觉更安全。我觉得人们买毒品，就因为毒品是毒品，但最优秀的领袖偶尔也会松开手，让奴隶以为他们自己可以做主。班尼就是这么来的。"

"格雷格知道你把他当奴隶吗？"我说。

"不知道。"玛莲娜说，"因为瑞德老爷是个胆小鬼，只敢在我们这些温顺的小姑娘面前说那些话。"瑞德大笑起来，用一只手捋捋头发，另一只手继续扶着方向盘。我一直都看不出来，他在被人调侃后是生气还是觉得好玩，我曾见过他因为无伤大雅的小玩笑而大发雷霆。玛莲娜似乎并不关心他是生气还是开心。

我把塑料袋放回花生酱罐子，把盖子拧紧，交还给玛莲娜。她把罐子放回储物箱。我感觉手指很不舒服。我把指尖揉搓在一起，试着确定是否有任何粉末或残余物留在我的皮肤上。共犯是个不错的词。

我们开车穿过闹市区，瑞德和玛莲娜一起跟着唱一首很傻的乡村老歌，歌曲讲的是烤肉污渍。每次玛莲娜扑通一声倒在我的床上，诉说他们分手后的消息，我都感觉十分嫉妒。在他们关系冷淡的那几个月，一个念头钻进了我的脑海，如果玛莲娜不和瑞德在一起了，那就表示他可能会喜欢上别人。这个想法很讨厌，但每次只要他给我一点特别的关注，我都会这么想。就比如现在，在她的歌声中，他一直在唱高音。她叫他换掉这首歌，他要等我点头，才会同意。

我们转入距离基沃尼镇中心几英里远的一条死胡同，这里有很多豪宅，与我和母亲打扫过的那栋差不多，大房子整齐地坐落在一条圆形车道周围。我和玛莲娜在面包车里等，瑞德则跳下车，用力地敲打车门。瑞德十七岁，他的体重可能不超过一百四十磅。他站起来，比玛莲娜高不了多少。他不穿上衣，就能看到他的身上肌肉发达，肌肉可以活动，一半像野兽，一半像男孩。而我们一坐下，肚子上就会出现很多褶皱，我们两个的乳房也差别很大，她的又小又宽，乳头像是好时之吻巧克力，我的比较大，却很难看。我们两个的身体看起来是那么差劲，仿佛上帝随手捏出了女人的身体，连个蓝图都没有。你看着瑞德，会觉得他就该是这样。当我看着我自己，我能看出一百万种不同的可能。那里可以瘦一点，胸部还可以抬高一点，肤色再黝黑一点，留个不同的发型。哪种最好？他最喜欢哪样？

他摊平手掌，又一次使劲儿拍在门上。

"我真讨厌他们不接电话。"玛莲娜说，"我总觉得这表示他们报警了。"

瑞德从口袋里掏出手机举到耳边。他脖子上方的铜色头发有些蓬乱，当他侧身站着，便能看到他颧骨上那片淡淡的泪滴形胎记。从远处看，那块胎记让他看起来是那么忧郁，而随着他越走越近，那块胎记就会改变样子，看起来是那么狂野，好像他是一锅很快就会开的水。他又敲了一下玻璃。

车门打开一点，瑞德的嘴巴动动，随后车门大开。两个和吉米年纪相仿的男孩子站在空旷的区域，他们都穿着马球衫，衣领竖起，其中一个人带着一脸傻笑，用一沓钱买走了瑞德的花生酱罐子。

"有钱啦有钱啦。"玛莲娜说。

那两个男人走回了他们的大宅，瑞德站在那里数钱，他把钱折叠起来，塞进衣兜，随后返回面包车。整个交易只持续了两三分钟。就连有钱人家的孩子，上大学的孩子，都会买毒品。我早已不再认为冰毒是可怕的东西，那些住豪宅的男孩子也是如此，如此一来，毒品就更显得普普通通了。

当然了，这是另一个错误。

我们去接格雷格（他站在 7-11 便利店外，双手插在衣兜里，脸颊通红），他挨着我坐在后座，带进了一阵刺骨的寒风。然后，我们去了塔可贝尔餐馆。来到柜台，瑞德点了一大桶二十五个炸玉米饼（我只亲眼见过一次有人点大桶炸玉米饼，是一个家长点了带去康科德学院足球赛的）和四份超大桶爆米花。他用一张五十元纸钞付钱。我很饿，但我只许自己吃一块炸玉米饼，我可不愿意让瑞德和格雷格看到我狼吞虎咽地大吃特吃。这个早晨的刺激经历让我头昏眼花，我用吸管把山露汽水喷向玛莲娜的方向。

"你这个荡妇！"她尖叫道，还在我的炸玉米饼上抹了辣椒酱。

收银员走过来，给了我们两个选择："要么闭嘴，要么去别的地方胡闹。"


"你在社交场合会不会焦虑？"切尔问道。她的手肘搭在膝盖上，好像我们是最好的朋友，正在交换秘密。她的刘海儿挡住了眼睛。"你的家庭生活出现了变化，你是否感觉，是否认为，你很压抑？没有人注意你的需要和希望？没人在乎你的感觉吗？是这样吗，凯瑟琳？"

"我做了一个糟糕的决定。"我说。我一直在咬一支钢笔，墨水苦涩的味道在我的口腔散开。

"她真的从没干过这样的事。"母亲道，"我太惊讶了。凯茜不是这样的。这不是她的风格。"

切尔甩了甩头，好像在无声地嘶鸣，她看着母亲，像是在说：早料到你会说这种话。

"这很重要。"坦利太太说，她每说一个字，都像是吐出一颗果核，"请让你女儿自己说。"

从她的角度看我自己，几乎让人感到振奋：一个乱七八糟、困惑不安的女孩，而不是我一辈子都在做的那个讨厌的完美主义者。我需要带领他们远离现实，绝对不可以让他们知道我一直在哪里消磨时间。不仅是为了我自己，也是为了玛莲娜和瑞德，甚至是为了格雷格。为了我们几个人，我发现自己在思考。我还能做什么呢？

所以，我当然撒谎了。

为了摆脱困境，你就得撒一些卑鄙的谎言。在说谎的过程中要不断地修改谎言，因为谎言的唯一作用便是保护真相：我在逃学期间和玛莲娜参与了毒品交易，而且我喝了很多酒。这些谎言并不一定要优雅，不过确实需要像魔术师变戏法一样，将人们的注意力吸引到你的手指上，让他们不去注意你的袖子，而纸牌正是消失在了袖子里。比如我问利亚姆他这一天都做了什么，我和他没有眼神接触，还会直接去浴室洗澡。那天，我讲了我喜欢在市中心做什么，如何躲在书店和图书馆，我有零钱会去哪里喝咖啡。我说了又说，我说得越多，他们相信我做的事和我实际做的事之间的距离就越大。撒谎如同炫耀肌肉。事实证明，我很擅长撒谎。在开车回家的路上，母亲没有说话。她一停好车，便跳下车，留下我一个人坐在副驾驶座上，发动机突突熄火。我周围的空气变得越来越冷，直到与外面的温度相同。玛莲娜家亮着几盏灯，但车道上没有汽车。萨尔在家，但他很可能是一个人，尽管他还太小，需要有人照顾。我一直盯着后视镜里的自己，直到天黑了，我的手失去了知觉。

　　屋内，母亲正在和父亲通话。她极为警惕，像是在连哄带骗，好像她在试图达成交易，同时又要耍酷。我悄无声息地把前门推开一道缝，进门后，我脱掉鞋子和外套，在大厅的阴影里徘徊，这样就不会引起母亲的注意。她绕着厨房岛转圈圈，对着听筒大喊大叫。我从卫生间旁边的墙上抓起无线电话，带进我的房间，我打开壁橱，把一堆凉鞋和夏季凯德软底帆布鞋推到一边，然后蜷缩在深处的角落里，按下通话键。

　　"你可以假装这只是一个阶段，但我现在告诉你，瑞克，出问题了。你知道凯瑟琳会做这样的事吗？你的女儿一直在四处游荡，逃学，只有天知道她去了哪里，而她根本就不关心后果，这难道不让你感到不安吗？"

"我不确定这为什么成了我的错。每天陪在她身边的人不是我，不应该由我来负责她的行为。"父亲说，"她是个聪明的孩子，犯几个错误也没什么大不了，不要因为你想引起我的注意，就在这里说些蒙骗人的鬼话。"

"看在老天的分儿上，这不是你和我的事。"母亲厉声道，"现在说的是你女儿，你的亲生女儿，而不是让你管不住自己老二的中年危机。"

管不住自己的老二。管不住自己的老二。这句话在我的大脑里一次次叫嚣着。

"好吧。"父亲说，"这次暂且相信你。"

他说到最后，我听到了一个女孩的声音。"老天。"母亲说。

我挂断电话。


那天晚上，我可能给玛莲娜发了十几条短信，说的都是些愚蠢而绝望的内容：我需要和你谈谈。我老妈发疯了。救命呀。你在哪里。每条短信都只有四五个词，与此同时，我激动难安，几乎失眠。强烈的孤独，深刻的孤立，一种灾难性的被误解的强烈感觉。那种深刻的感觉何时才会停止？它会导致什么样的结果？在我十五岁这一年，世界一次又一次地毁灭殆尽。如此年轻是一种自我暴力，没有远见，没有膨胀的智慧，然而仍要为错误负责。回忆起我当年那种五味杂陈和清晰的感觉，我都不由得有些害怕。而现在，如果世界真的消失，我想我只会感到麻木。

我把两根香烟塞进我的胸罩，滑过双乳之间，然后把过滤嘴塞在胸罩中间的部位。我想喝一杯。我需要一些东西。来到谷仓后门，我很想敲门，但还是先向窗户里看看。玛莲娜和她父亲坐在沙发上，萨尔在他们中间。他们在看那台小电视。我没敲门就走了，我自己在攀登架边抽光了两支烟。我在那里根本就没地方坐。回到家，见母亲在洗澡，我把一个高高的杯子装满了酒，然后把自己关在房间里，把耳机插在 CD 机上，听玛莲娜喜欢的那些激情四射的歌曲，有平克·弗洛伊德乐队和威瑟乐团，有很多詹尼斯·乔普林和妮蔻·凯丝的歌。我把声音调得很大，我的思想、身体全都融化在了歌声中。

在我最早的记忆中，我和父亲坐在厨房的地上，我们的膝盖冲着对方，他在帮我排列罐头，我看不懂字，于是我们就按照颜色、名字的长度和大小来进行排列。蓝色罐头在最下面，红色大罐头在顶端，我们把金枪鱼罐头堆成一个很高的圆柱体。我们把罐头都拿下来，按照最好的顺序摆好，然后，他把我抱到他的腿上，飞快地摇晃我，一点也不像是在哄小婴儿。他站起来，把我也抱起来，他很用力，我的肋骨都被他弄疼了，我什么声音都听不到。当他放我下来，我感觉胸部隐隐作痛。我爱你，他说，我最爱的人就是你。

吉米没有把我送到学校门口，而是把车停在停车场，熄灭引擎。"我陪你进去。"他说。一抹盐渍在仪表盘上形成了雪花图案。当我还小的时候，我相信没有人能看见我，除非我想让他们看见我。父亲和母亲吻我道晚安之后，我偷偷溜到楼下，站在客厅的角落里，而父亲和母亲在看电视，妈妈的头放在爸爸的大腿上，他的手臂搭在她的身体上。我从阴影中走过去，把自己塞在墙壁和扶手椅的靠背之间。屏幕将闪烁的光芒投射在我的书页上。一直等到父亲和母亲关掉电视，回到他们的卧室，我才蹑手蹑脚地回到楼上，整栋房子黑漆漆的，我感觉我也会变黑，与我周围的事物一样没有色彩。

我无视吉米恼怒的呻吟，拉下遮阳板化妆镜。做一个坏学生，而不是好学生，是什么感觉？我看起来不同了。我的下眼角有些发黄，在我的颧骨上方，逐渐变紫。我的头发齐肩，留着中分，头发垂直地垂在我的眼睛两侧。不戴发夹，不化妆，我的下巴上有几颗小粉刺。我的闹钟响了之后，盯着衣橱看了半个小时，试了一件又一件衣服，然后从篮子里拿出一条牛仔裤和一件运动衫。我想怎么穿就怎么穿，这是基沃尼高中的好处之一。

"快点。"

"就好啦。"我厉声道。

我走下前座，跳过一个泥坑，坑里有一只手套。吉米往前走了几步，他低着头，双手插在外套口袋里。我们刚来到大厅，他就拖着我向办公室走去。"凯瑟琳，请坐。"坦利太太坐在电脑前抬头看了一眼。墙边的椅子全都污渍斑斑，我挑了一张最干净的坐下。吉米竖起两根手指，冲我敬了个礼，父亲就爱这么做。就在他要离开的时候，办公室的门开了，门把手上的一串铃铛叮当直响。是玛莲娜来了。吉米脸色一变。

"鲍勃赛孪生兄弟。"玛莲娜说。

她探身过坦利太太办公桌上方的挡板，脚后跟离开了地面。"你好。"玛莲娜告诉她，"我来了！"和往常一样，她还是没穿外套。

她身着一件黑色裙子，背部很低，可以看到肩胛骨。她的脊柱上布满蓝色血管，像是翻绳一样。

"我知道了，乔伊纳小姐。"坦利太太说，"切尔等会儿和你谈。"

"爱过之后，你是否还相信生活？"玛莲娜唱道，声音特别大。她扑通一声坐在我旁边的椅子上。她轻轻嗅了嗅，像只小猫咪。吉米走了。

"我真认为我不够坚强。"我说，"可是？"

玛莲娜大笑起来，不过她只张嘴没笑出声，笑得比较轻松。这是她在模仿我的笑。她用一根手指缠绕一根发辫，将其塞在头顶一个很松的发髻里。她的脖子上有四片瘀青，每一块都有二十五美分硬币大小。

"我不知道你会来。"我轻声对玛莲娜说。

"我是不会让你独自面对这件事的。"玛莲娜从大手提袋里拿出一个拍纸簿，写道：这个地方能要了我的命。拍纸簿看起来像是在水里浸泡后又被放在电暖器上晾干的。我现在已经麻烦缠身了，所以我不敢写字，只好冲她点点头，示意"我也是"，而且我的动作只有她能看到。我很肯定坦利太太能看到字条，虽然其实这并不可能。玛莲娜翻到空白一页，画了一个女孩，有利箭从四面八方射向她。在纸页的底部，她写道：至少在我的葬礼上，鸡舍会看起来很漂亮……瞧她那身衣服。我拿过她的笔，写上：青苔＋牙线＝她那件毛衣。

玛莲娜取下一直别在她胸前的胸针，在她的腿上把胸针打开，同时跷起二郎腿，好挡住不让坦利太太看见。她倒出一片药，飞快地丢进嘴里。我在纸上写了一连串问号。头疼，她写道，然后用笔在字迹上来回画，把纸都弄破了。

这时候莱西校长把头探出他的办公室，冲我一点头。

"玩得开心点。"玛莲娜说。

"去你的。"我一边用口型说道，一边把背包背在肩上。

我坐在与莱西校长办公桌相连的沙发上，从一扇窗户可以俯瞰到他身后的足球场。在雪地里，军乐队站成 N 字形队列。莱西校长把手掌放在办公桌上，用他那淡蓝色的眼睛盯着我的眼睛。他说到了一些例子，一开始，他们只是几天没来学校或是迟到，他便把他们叫到他的办公室谈谈，但是，小问题变得越来越严重，不写作业，被人发现吸大麻，和坏人鬼混。我情不自禁地想象他台灯边那张照片里的红发胖女人在房间中央跪在他面前。我的上嘴唇冒出了汗珠。他说话的时候，我弄破了下巴上的一个粉刺，弄得指尖上都是血。N形队列变成了一个靠拢又分开的正方形。距离这么远，军乐队的声音听起来就像一头大象发出的呼哧呼哧的声音。"然后，'砰'。"他说，还一巴掌拍在木桌上，吓了我一跳。那个女人的照片面朝下倒在桌上。他把照片扶正。现在，那个女人冲着我。跪着的画面再次出现，我动了动，跷起二郎腿又放下。"接下来，那些学生就都走上了一条不归路。"

"我真的很抱歉。"我说，我确实有些抱歉，"我想我不会这样的。"

"你在以前学校的平均成绩是多少？"

"3.87。"

他吹了声口哨："3.87。3.87。你想上大学吗，凯瑟琳？"

"想。"我下意识地说。

他说我犯了个错误，他用的是 boo-boo 这个词，要知道，这个词既表示错误，也表示睾丸，听他这么说，我真恨不得去死。他轻击双手，将双手揉搓在一起，发出嘶嘶的声音。他与我在康科德学院的辅导老师谈过。由于她的证词和我九年级那年的超高分数，所以，我旷课这么久，也只是受到了三个惩罚：留堂一个月，可以在上课之前或之后；每隔两周去见切尔一次，讨论我在银湖安顿的进展以及我的其他想法；与每一个老师协调好补课的事。还有一个附带条件，那就是我做出的选择一定要反映出我的潜能。我犯了一个大错，但不管这件事带给别人什么样的感觉，学校都不想惩罚我。他们只想帮助我。

"谢谢。"我站起来说。我尽可能把我的运动衫拉低，强忍着才没有戴上帽兜，消失不见。

"凯瑟琳？"莱西校长说。他笑了，他的牙齿发黄，歪歪扭扭，外眼角布满皱纹。由此可见，他抽烟抽得很凶。"做个好学生，可以吗？"


走廊里空荡无人。一排饮水器上方有一台电子钟，我看了看表，知道我迟到了九分钟。我的手机在我的运动衫口袋里振动起来。是吉米发来的短信："你能做到。"我敲了敲植物学／土壤生态学教室的门，从窗户向里看。很多学生无精打采地坐在桌子上，而那些桌子看起来就像是用黑板做的。小不点儿和格雷格在离后墙最近的那排。看到格雷格，我很惊讶，之前我每天都和玛莲娜、瑞德混在一起，格雷格也在，至少部分时间里是这样。

"进来！"老师喊道。我看了看我的课表。我花了一分钟才看清楚他的名字。这些字母似乎是单独存在的，好像每个字母都属于一个不同的单词。"我说进来。"拉特纳先生撑着门。我走进教室。

他是一个中年人，中等身材，五官端正。我希望他看起来像个强奸犯，但那又能怎么样呢？就连他的头发都是一种毫无特色的棕色，是在人的头上出现过的各种深深浅浅的棕色的混合颜色。他的夏威夷衬衫塞在卡其裤里。"你的手机。"片刻后，我才明白他的意思。有个女学生窃笑起来，她坐在第二排，金色头发梳成马尾辫，长了个狮子鼻，双乳挤在一起，从她的 V 领 T 恤可以看到乳沟。拉特纳先生冲她眨眨眼，摆摆手指。"拿出来吧。"他说。我把手机放在他的手心，真想大骂他一顿，告诉他我很清楚他的底细。"给我们介绍一下你自己吧。"

"我是新来的。"

"我是说，你可以讲一讲不那么明显的事，但算了吧，因为为了等你来，我们已经耽误很长时间了。"拉特纳先生道。

小不点儿从桌上抬起手腕，这是一个小而真诚的问候，我放松下来。唯一的空位在第三排中间，我走过去，可走着走着，竟然被一个没拉拉链的背包绊倒了，结果撞到一个衣领竖起的男孩的肩膀上，这才站稳。"当心。"他没有必要地大声说道。同学们纷纷扭过头来看我。我坐在他旁边的座位上。

我用自我意识编织了一个茧，在茧里上完了这节课，直到其他学生开始在座位上动起来，把课本放进书包里，我才从茧里出来。坐在我旁边的那个人把他的钢笔塞进泡沫热狗形状的铅笔盒，把剩下的东西装进背包，然后把包放在膝盖上，还把它抱在怀里，就像它是需要被管束的动物。在康科德，要是坐立不安恨不得赶快打铃下课，就会被记过。终于到了下课的时候，拉特纳先生指着我，然后指着他桌子旁边的地板。

他把一本破旧的《生态学基础：九～十年级》推向我这边。在书中一只霓虹色青蛙张开的大嘴里，一个如今已届中年的学生写道："再也不要！！！""如果你明天迟到，以后就不要来上我的课了。"

"这不是我的错。"我说。在我还不知道他是拉特纳先生的时候，我本想道歉。但玛莲娜最好的朋友是不会道歉的，她没错，也不会在乎拉特纳先生怎么看她。

他在笔记本上画了一个红色标记，沉思着说："永远都不是你的错，不是吗？"他拿起我的手机，用拇指抚摸着手机背面的字"多么刺激"，然后把手机翻过来。

"我不知道。"我说，"有些事情是这样的。比如说滥用权力。"我拿起他桌上的课本，"我能拿回我的手机吗？"

"你有资格拥有手机吗？"

"那是我的手机。"

他点击呼叫按钮，屏幕亮了起来。我一把从他手里拿过手机，走出教室，恨我自己没有说出我知道的事。

小不点儿无力地靠在衣帽柜上，格雷格贴着她，"真高兴你和我们同班。"小不点儿说着从他身边躲开。

"那家伙是个大烂人。"我说。不过和小不点儿在一起，我感觉好多了。

格雷格说："他给学生成绩都要看天气。或者他中午吃了什么。"小不点儿用一只胳膊勾住我的手臂。我意识到玛莲娜并没有对他们说过拉特纳先生的事，不由得感到一阵骄傲。

"或者说，他这人是靠感觉行事。"小不点儿说。

"我就是这个意思。"格雷格恶声恶气地对她说。然后，他对我说："我肯定你不会有事的，图书馆小妞。"他用一只手臂把我搂在怀里，他的拥抱有些过久。我试着放松。凯特有很多男性朋友的，也不会把肢体接触当成大事。小不点儿那骨瘦如柴的肱二头肌贴着我的肱二头肌，有些紧绷，像是在宣告我进入了她的地盘。她提出看我的课表，我从后兜里拿出课表。格雷格松开了我。

"哇，你可以和我们大家一起吃午饭。"她说，"合唱课和法语三你要和玛莲娜一起上，至于历史课，我就不知道了，我甚至都不知道有这门课。"

他们和我一起走到学校的主通道。这里的女生都穿着褪色的牛仔裤，娇滴滴的，涂着色彩柔和的眼影，三五成群地穿过走廊。"要不要和我们去抽根烟？"小不点儿问。我拒绝了，依然因为与拉特纳先生的冲突而生气。"那你就自己照顾自己吧。"小不点儿说完便拉着格雷格向礼堂走去。在他们消失在人群中之前，他回头看了我一眼，那一刻，我知道他很喜欢我。我意识到了一个男孩对我的情愫，只是我找不到词来形容这种感觉。

在代数二课上，我看到了那个偷笑的狮子鼻金发女生和热狗铅笔盒男生。我在后面找了张空桌。铅笔盒从前面的角落走过来，坐在我旁边。铅笔盒叫麦卡，快到下课时，他把身体探过过道，把一张纸放在我打开的书上。纸上画着一只手，一个加号，还有一个阴茎，后面跟着一个等号和一堆锯齿状的线条，我只能推测它们代表精子。第一课。他写道，字的周围有很多小小的心形。

我走到教室外面，在去合唱队的路上，铃声就停止了。我还没找到我的储物柜。合唱队负责人罗尔小姐让我唱了一个快节奏的大音阶，然后递给我一沓乐谱，把我安排到前排，边上都是唱和声的女低音和男生最高音。小不点儿是二号女高音。和我上同样课程的狮子鼻金发女孩坐在我左边的两个座位之外。"我想今天没人看见玛莲娜吧。"罗尔小姐说。她指着狮子鼻金发女孩，后者飞快地跑到她的椅子边，唱起了《以西结书》，她的声音高亢而尖锐，就像是从一根管子里挤出来的一样。

食堂里像是在举办嘉年华，几个男生用一盒巧克力牛奶玩接球游戏，一排女生跨坐在长凳上，相互编辫子，一个电脑痴正如痴如醉地玩着复古掌上游戏机，另外四个电脑痴给他打气，游戏机上有比萨饼广告纸条，看到这样的情形，就能看出基沃尼是个什么样的学校。哪些学生打扮得有钱，就肯定很受欢迎。我对康科德有一种迟来的感激之情，因为在那里，衣服打扮不会出卖你的经济状况，每个人都认为别人很富有，而且，就算没钱，如果很聪明，也能得到奖学金，因此有资格不受冷遇。玛莲娜独自坐在远端角落里的一张圆桌边。我们和她坐在一起，几分钟后，格雷格加入我们，他选择了我旁边的座位。

"今天是切尔西唱的《以西结书》。"小不点儿说。原来那个女生叫切尔西。

"嗯。"玛莲娜说。随后惟妙惟肖地模仿了切尔西那夹杂着鼻音的女高音。

我们都在学校开的小卖部前排队，那里出售装在大箱子里的摇摇饮料、蓝莓松饼和饼干，有的学生没带午餐盒，或是想吃索尔斯伯利牛肉饼、没烤透的比萨饼，就会去那里买。"我推荐果酱吐司饼干。"玛莲娜说。不知怎的，听到这话，我们都狂笑起来。玛莲娜在手心里数出零钱，要看看那些钱是否够买一包饼干和一瓶摇摇饮料，这时，狮子鼻金发女孩轻撞了我的后背一下。几个十美分的硬币掉在了地上。我回头看了她一眼，她与我对视，眼神很是无辜，她和麦卡手牵手，就是那小子在代数课上把黄色小画放在我的课本上。

玛莲娜俯身捡起我掉的硬币。我听到切尔西在我身后清清楚楚地说："嗑药的荡妇有新女朋友了。"

"能借我一美元吗？"玛莲娜说。她的胸罩肩带总是露在外面，脏兮兮的米色丝带紧贴着她的皮肤。

我点了点头，从口袋里掏出一美元。切尔西对麦卡说了些什么，但我听不清楚。"骚货。"我又听到她说，她的声音是那么轻，她可能只是用口型说出了"骚货"和"恶心"这两个词。"大麻。"她说，或者听起来她说的是这个。我突然觉得我可能会哭。玛莲娜叽叽喳喳说个不停，不过她一定也听到了，所以我没有哭。我们付钱买了饼干，回到我们的桌边，别人的窃窃私语像目光一样跟着我们。

他们八成是看我那么沮丧，才主动和我一起留堂。玛莲娜是第一个提出来的，格雷格和小不点儿随即附和，看到他们这样，切尔西的话便消失了。取而代之的是一股高涨的热情，我感觉心情愉快。我头一次有这么多朋友。

那天最大的惊喜便是法语三这节课了。只有四个学生上这节课，除了我和玛莲娜，还有两个很安静的女孩子，她们穿着一模一样的喇叭牛仔裤和 T 恤衫。吕潘太太在时长一个钟头的课上让我们进行对话"互相了解",因为她认为,如果不能感觉自在 ①,我们永远也不能真正理解 ②法语和法国文化。我了解到,玛莲娜最喜欢的颜色是黑色,她很喜欢齐柏林飞船乐队,而且一直都很想去阿拉斯加,萨尔是她最喜欢的人,她认为婚姻是一个适合男人而且很讨厌的概念,她喜欢猫不喜欢狗。吕潘太太只用法语说话,我只是勉强能听懂。但玛莲娜不同,她说起法语和老师一样流利,还能用法语讲笑话,而且会有语调的抑扬变化。

"你的法语说得真好。"下课后,我说道。

"闭嘴,小宝贝 ③。我老爸是从魁北克来的,我从小就会说法语,所以我的法语才讲得这么溜。这门课对我来说最轻松了。"

"玛莲娜。"我说,这会儿,我们终于单独在一起了,"第一节课是拉特纳先生给我上的。那家伙真的有问题。"

"你是不是有点太夸张了。"她听完我的故事说道。于是我只好就此作罢,而且,看到她不把这件事当成我们共同分享的秘密,又不免有些失望。

女网球教练负责监督留堂,她叫琳达,年纪很大,压根儿就不搭理我们。小不点儿坐在格雷格的腿上,而格雷格找出一个看起来很恶心的全黑背景网站。"格雷格的世界",标题用闪亮的白色漫画字体这样写道。他点击屏幕中央的一个视频,是那天他在枫树旅店拍摄的。下载视频用了很长时间,苹果媒体播放器一动不动,然后一直在缓冲。

"你为什么不把视频上传到 YouTube?"我问。吉米就常上优

---

① 原文为法语。

② 原文为法语。

③ 原文为法语。

兔，而在当时，优兔依然是个新鲜事物，我虽然不上，但我从直觉上知道那是个很酷的网站，而且为了自己能想到这个提议而自豪。

"我就是感觉人们想看格雷格的世界，才会浏览格雷格的世界。他们为什么要上优兔呢？"

"那你就两个网站都上传。"我说，"那样看的人更多。"

"你真聪明。"格雷格说。小不点儿从他的腿上滑下来，坐在他旁边的椅子上。

我们花了很多时间帮他想用户名。玛莲娜支持经典名字"格雷格的世界"，但格雷格觉得那样会误导别人。小不点儿提议用"帅哥格雷格"，但我们都嗤之以鼻。"密歇根蠢蛋"，这个也不行，太缺乏创意。我们想了几十个备选名字，像什么"灌木恋人""改改改改变""炸弹客14""特工糖果人"，最后，格雷格选了"不是你的圣诞老人"。他说，在网上引起注意，关键在于既让自己变得熟悉又要难以接近，要成为一个很酷的综合体。因此，"不是你的圣诞老人"这个名字就这样产生了。

"真是废话。"玛莲娜说。

"从不上聚友网的女生都这么说。"他厉声道。

他从背包里拿出摄影机和连接线，连接在电脑上。几分钟后，视频就上传到了优兔，画质要比"格雷格的世界"上的那个好得多。"好主意，凯特。"格雷格说，"等我赚到钱，一定分你一份。"

我和玛莲娜一听到赚钱，顿时失去了兴趣。小不点儿见缝插针，将她的电脑椅不断挪向格雷格。格雷格把视频播放了很多遍。

视频播放到一半的时候，瑞德出现在了背景中。可以看到他打开小房间的门，走到电视机边上，拿起一小罐丙酮，然后走回小房间，并没发现他没关门，就这样，摄影机拍下了他所做的一切。屏幕上出现了好几瓶止咳糖浆和未剥皮的电池，两升装空瓶和女性指甲油清洗剂，和母亲用的那种一模一样，甚至还有园艺石。每次当浏览计数器的数字提升，格雷格就会愉快地哼哼两声。没有人指出大多数点击率都来自我们，但每次格雷格发出那种轻微的声音，玛莲娜都会看我一眼，就这样，在大部分留堂时间里，我都得强忍笑意。

玛莲娜和我一起回家。吉米接上我们两个人，我让她坐在副驾驶，她一直在调广播，他就取笑她，说是她总会调到乡村音乐广播，而那个广播像是在循环播放同样的三首过时老歌：烤肉污渍、患难的朋友和茱莲妮。

"我们可以听乡村音乐。"吉米道，"但只能由你来唱。"

她在我家吃晚饭，她虽然没怎么吃，但还是对我母亲的厨艺赞不绝口，听得我们都很不自在。吃完之后，我帮她做英文作业，她粗心大意，基本上都是我写。她坐在我旁边，心满意足地和吉米聊天，聊的话题风马牛不相及。聊着聊着，他站起来，去了卫生间，拿回来一罐新斯波林消炎药和一个棉球。他把药抹在她太阳穴的一个伤口上，而我都没注意到她那里有伤口，他还带着敬意看着她，这让我很是恼火。"兔子尾巴。"她咯咯笑道。

母亲用一个特百惠保鲜盒装满金枪鱼砂锅菜，让玛莲娜带回家给萨尔吃，还让她保证，她有什么需要，都可以过来从冰箱里拿。我站在门口，看着她在未清理的积雪中跋涉。天这么冷，她依然走得很慢。我试着不让自己完全显露出我此刻的感受：今天是我度过的最美好的一天，对我而言是新生活的开始，这才是真实的生活，有朋友陪伴，也许还有一点危险。

　　玛莲娜把外套搭在一只胳膊上。她的手腕上挂着一个塑料袋，袋子不断地碰撞她的大腿，而她只穿着一双破旧的袜子。在我家和她家之间，她停了下来，把头往后仰，幅度很大，我真以为她会摔倒。她开始旋转，双臂伸开，塑料袋扭曲，直到提手勒进她的手腕。她不停地旋转着，然后停下，就这么站在那里，头晕目眩，身体有些晃动，她站了很久，我都看厌了。接着，谷仓门打开，一片橙色的灯光照在雪地上，一个男人的声音响起，召唤她回去。在那束拉伸得很长的光线下，她的影子似乎长了翅膀。我看了，不由觉得毛骨悚然。

# 不曾说出口的故事

　　我希望有些事从未出现在这个故事里。到目前为止，我还没有讲出她那天在学校里吃了什么，她吸入了什么。我没有讲我们在法语课和留堂之间的那段时间里一起抽烟，我们去了健身房旁边那个偏僻的女洗手间里，我们站在马桶上，把烟吐向天花板通风口，这样烟雾就不会蔓延到走廊。我没有告诉你，她一整天收到了很多短信，一条接着一条，每次她看手机，脸上的表情都阴晴不定。我忽略了一个事实：在与切尔见面后，玛莲娜又吃了一片奥施康定，在礼堂舞台下面的窄小空间睡了三个钟头，她当时很亢奋，在爵士乐队彩排期间一直昏迷不醒，因此，她才这么早就去吃午饭。我没有提到，她左边太阳穴上的伤口都结痂了，不仔细看是看不出来的，还微微有些出血。

　　在我们成为朋友期间，我一点点了解了玛莲娜的那些药丸。有的颜色发青，珍贵的核心外包有随时间发挥药力的保护膜，需要先把外层吸掉，再用学生证在课本或厨台上把药物碾碎，再把白色碎末排成一行，用卷起来的美钞吸食，也可以用剪短的吸管或是撕下一页笔记卷成管状；有的是黄色小片或是白色小片，可以在舌头下面融化；有的是亮橙色，能让你爽到极点；还有洁白的椭圆形药片，吃了可以兴奋好几天。这些药片有时藏在玛莲娜的胸针里，一次有一两片，还有时候在她手提袋中一个没有标签的管套里，全都混合在一起，每次我们在卫生间、关着门在我的卧室、穿过树林去轨道车的路上，她就会拿出药丸。我们去轨道车，都是因为她需要钱，到了那里，我必须躲在树林边缘，免得被人发现。她仔细珍藏每一颗药丸，这些不同颜色和大小的药丸出现在她的手掌里，它们就像一扇扇小门，将我们生活的这个地方的选择扩大了一百万倍。有的药丸叫奥施康定，有的叫苯丙酸钾。利他林和哌甲酯制剂不太理想，利他林药效太弱，要清除哌甲酯制剂的涂层和塑料膜则很麻烦。大多数时候，她认为给这些药丸起别称都很蠢。

　　玛莲娜的药丸来源有几个：闪电、学校里比较有钱的孩子、她父亲那个餐具柜的最上层抽屉，再有就是瑞德。瑞德是个小毒贩，虽然业余，却会自制冰毒，想要毒品，总是能从他那里搞到。药丸很贵，尤其是奥施康定，一美元一毫克，有时价格更高，但她自有安排。她第一次当着我的面吸食奥施康定，是在一次我们逃学的时候，当时我们躲在她家。我们的友谊，这个新世界，我太陶醉于这一切，所以我非常好奇。我要她给我一些，她找我要三十美元。我大笑起来，以为她在开玩笑。她并没有。"给你。"她说，然后给我了一片维柯丁。我把药片吃掉，开始心跳加速，又兴奋又焦虑，特别想让她知道我不在乎。一个小时过去了，两个小时过去了，我没有特别的感觉。我们看了几个小时电视，我感觉有点困，仅此而已。这样的虎头蛇尾让我变得越发肆无忌惮。她没有和我或任何人分享奥施康定。药丸是可以的，因为从医生那里就能弄到，而且药丸不是冰毒，吸食冰毒会要了人的命。我们听说吸食冰毒的感觉就像全身的性高潮，这很吸引人，但冰毒会让人变丑，牙齿脱落。冰毒真恶心，玛莲娜如是说。该死的乡巴佬可卡因。她非常鄙视冰毒，她认为她嗑药是一回事儿，她父亲在轨道车实验室所做的事导致她母亲失踪是另一回事，不能相提并论。一次，我上网查奥施康定的信息，因为她在我的床上发抖，一遍又一遍叫着闪电的名字，她还哭了，不过她似乎没有留意到她的脸湿了。我看了一篇很长的文章，那上面说，像她大多数时候那样直接服用奥施康定，是不会上瘾的，我借此安慰自己。她的皮肤有一股凝乳的气味。她先吐在我的霓虹色垃圾桶里，洗澡时又吐在了浴室里。第二天，我洗了床单。

　　玛莲娜在用她的方式保护我。她不允许我做出格的事，她喜欢提醒我只有十五岁，好像她不是在两年前和我一样大时开始嗑药的。她很少和我一起分享药丸，但如果她给我吃，大多数时候只会给我艾迪或是利他林，我们两个同时嗑药很有意思，因为我们会不停地说呀说呀，而且我必须经常吃。有一次，我们两个进行了一次非常复杂的对话，从上午九点一直说到晚上七点，我们在树林里来回踱步，抽了足有一百根烟，她告诉我，如果她是个毒品，那她就是一个和弹珠一样大的药丸，是全新而神奇的化合物。"要么鄙视我，要么吞掉我。"她说。她的亢奋状态像是睡觉一样：任何事都有可能发生，却不会造成伤害，只是使用者是完全清醒的。"那我呢？"我问，"我是什么？"

"你？"她有些迷惑不解。

在我第一次真正去上学的那天晚上，她先是敷衍地吃了几口饭，随后搞定了我的代数活页练习题。写完作业，她从单肩包里拿出一盒皱巴巴的软包百乐门香烟，打开盖子，将一片和维他命差不多的白色药片倒进手里。她把药丸放在舌头上，仿佛要把它按进她的皮肤里，这是她的仪式，然后，她喝了一大口我的橙汁。"那是什么，玛莲娜？"我问，她耸耸肩。也许那其实只是一片维他命，她甚至会对维他命着迷，我母亲放在厨台上据说能强身健体的大药丸，她也很感兴趣。然后，她打开胸口那个房子形状的别针，接住掉落下来的药片，也放进嘴里。"治我的忧郁症。"她说，"能让我一直有精神。"我嘲笑她，仿佛这是个有趣的笑话。因为在那一刻，这依然是个笑话。我不知道事实如何，也许我知道，也许我一直都知道，只是我的记忆出了问题。

一个小时后，她的声音忽然变得很低，就好像她的话穿上了脏衣服，根本站不直。她的瞳孔放大，眼皮发沉。而萨尔独自一人待在隔壁，冰箱里空空荡荡，蜷缩在一条起球的毯子下面看破烂电视里播放的《衰仔乐园》。在树林深处，玛莲娜的父亲和闪电在轨道车里，他们制造的东西已经杀死了玛莲娜熟悉和热爱的人，还将害死更多的人，到最后，剩下的人也将永远改变，会成为行尸走肉。

冰毒是毒品，但药丸能治病。

我其实只是报喜不报忧。这是我以为我想要的人生中第一个最美好的日子，而且，有那么一刻，即便在回顾往事之际，为了保留这个日子里的美好，我也必须将一些不好的部分略去。但我不知道我为什么撒谎，说我小时候偷偷溜进客厅看到父亲和母亲在沙发上。

有几次，他们让我上床睡觉后，我确实蹑手蹑脚地来到客厅，或是偷点心，或是再看一会儿书或电视。但我从未看到他们在一起。我现在承认，看到他们一起看电视的那个部分是我虚构出来的，但他们一定有过这样的时刻，即使并没有被我看到。

这难道不表示，这两个版本都是真实的吗?

# 纽　约

我们的公寓位于格瓦纳斯运河边的一栋新建筑里，玻璃闪闪发光，棱角分明。利亚姆喜欢干净的边缘。这片区域大都已经发展成像我们这样的公寓大楼，但就在我们旁边有一块空地，上面布满了碎玻璃和针叶，有很多凶猛的小猫出没。我走出地铁站，看了一下我的手机，现在是刚过晚上七点。比我通常回家的时间并没有晚很多。过了一个小时，我的醉意减弱了几分。我在街对面的小杂货店前停下，买了一包六瓶的斯特拉啤酒，这是利亚姆的最爱，还买了一罐珍致猫粮。我拧掉猫粮盖子，把肉罐头放在一个轮胎旁边。小猫从成堆的木头和飘动的塑料碎片下面观察着，眼睛闪烁着金光。有几只勇敢的小猫向罐子冲去，躲起来，然后又朝那个罐子走去，等着看我会做什么。当我转身离开时，它们都冲了出来，争夺食物。

我头昏眼花地冲门卫山姆点点头，并按了电梯按钮。我和山姆避免眼神交流，我有几个月不需要他搀扶我到门口了。在公寓里，一股热气和炒大蒜的气味扑鼻而来。"嘿，宝贝。"我说，尽量说得大声、欢快、清醒。我不知道是该主动坦白我喝了两杯，还是该等利亚姆开口问。

"嗨。"他喊道，有些心不在焉。我脱掉鞋子，把外套挂在挂钩上。我把六瓶啤酒放在地上，直接走向卫生间。我把裙子提到腰部，脱掉黑色连裤袜，把裤袜挂在毛巾杆上，袜子的脚部像幽灵一样垂着。小解之后，我盯着镜子里的自己看了一会儿。为什么有四个我？我的眼睛是正常的。棕色，棕色，睫毛膏有点花，但在我看来没有问题。站稳了。利亚姆说，我喝醉了，眼神就会涣散，我知道他的意思，因为母亲也是这样的。表面上不明显，但亲近的人就能看出来。她生下我和吉米时非常年轻，现在她比以往任何时候都更热辣，她和罗杰每次来纽约，他们总是喝得太多，吃得太多，母亲又吵又闹，荒唐可笑，她的目光在甜点上流连。我的皱纹也跟母亲的差不多，眉毛之间的 V 形皱纹越来越深，从鼻子到嘴角出现了梯形轮廓。我三十来岁的时候才感觉自己的身体有吸引力，而几年后的现在，我已经可以通过我脸上的淡淡皱纹，看到老了以后的我。

利亚姆向我隐瞒了什么秘密？我们在二十四岁那年相识，在一起十年，结婚三年。他想要孩子，但那不是秘密。我仍然有时间。我很快就会告诉他的，我以后会告诉他。我是指我的身体。我们的星期六呢？我没有说过我害怕戒酒九个月。恐怕我做不到，更糟的是，我害怕自己怀孕后会心情矛盾，因为我还想晚上喝两杯。怀了孕，我就不能喝酒了，一个伸着手的婴孩和利亚姆严肃的脸，会让我对酒退避三舍，再也不能喝酒。如果我确实戒酒了，但到了孩子五六岁或是十岁的时候，又开始喝了呢？一两杯，有些晚上多喝几杯，就像母亲一样，到时候我只会越陷越深，无可救药。

我们的公寓四四方方，明亮、干净，墙上只挂了几张黑白风景照。我们有一台大电视和嵌入式书架。屋内的固定装置是新的，尽管它们不是真正的经典不锈钢和花岗岩，也不是光滑的木地板。这里的任何物件都没有历史。我把六瓶啤酒放进冰箱，问利亚姆是否需要帮忙。

"我一个人可以。"他说着往上推了推眼镜。他可能有所怀疑，毕竟我那声问好显得太过极端了，但我不停下来搂着他的腰，那就太奇怪了。利亚姆很高，手长脚长，留着一头蓬松的黑头发，身材颀长。我把脸贴在他的肩胛骨之间。

"我买了啤酒。"我把脸埋在他的 T 恤衫里说，然后松开了他。有时候，我喝得醉醺醺的，就故意叫人去注意酒。这叫以退为进。我把所有旧杂志和邮件都推到桌子一角，很快我们就要吃饭了，利亚姆把冰箱里剩下的食物放在一起炒熟，很不好吃，我们面前各摆着一瓶打开的啤酒，我是安全的，因为是他问我想不想喝一瓶，我说当然，他听来没有长时间地停顿不语，他的声音并不紧绷，没有"你真想喝？"这个意思。他给我讲了他这一天遇到的事，他是一位注册会计师，而办公室里的人总会发生各种各样的事。兰迪中午才来，在会上胡说八道；赛琳娜活泼开朗，身材苗条，我怀疑她是他的职场女神。每当我参加利亚姆的工作聚会，赛琳娜都用同样的玩笑语气说："这年头竟然还有图书馆，真是太酷了！""老当益壮。"我总是这么回复，事实的确如此，我这话说得十分无趣，每每都可以结束我们之间的谈话。

轮到我的时候，我跟利亚姆说了萨尔的事，但我说得好像这其实没什么大不了，好像与其说我惊讶的是隔了这么久竟然会见到萨尔，倒不如说惊讶于这奇怪的巧合和时机。利亚姆知道玛莲娜，但并不清楚具体情况，如果不是出现在我在密歇根那段生活里的人，知道的都不多。他们只知道我有一个朋友去世了，我们曾经非常亲密。我不会说起这件事。长大后，十几岁时的那个你，要么具有神话般的重要性，要么是彻头彻尾的笑话。我想成为一个将过去尽皆抹去的人，可我害怕往事早已对我产生了影响。

"你应该翻翻那个旧盒子。"利亚姆说着站起来，他的盘子像孩子的一样，除了花椰菜，其他的都吃光了，"就在壁橱里。也许有些东西你可以带去给他。"他走开，回来时拿着一个鞋盒，里面装满了玛莲娜的东西，这些东西都曾放在我在银湖的旧房间里。在我上大一后的那个夏天，母亲失去了房子，并搬到了安阿伯市，她便把这些东西寄来给我。从那以后，我就带着它和我一起，从一栋公寓到另一栋公寓。那是个普通的旧阿迪达斯鞋盒，东西太多，盖子都扣不严。我把鞋盒和另一瓶啤酒带进书房，利亚姆去收拾碗碟。

大多数都是纸，上面画满了心形和当天的小道消息。一张折叠着的剪报，标题是《大男孩雕塑惨遭毁容》。我和玛莲娜在海滩上拍的宝丽莱相片，在成年之后的我看来，我们两个更加酷似，而十几岁的我并不相信我们两个很像，最重要的是，我们两个看起来都是孩子。玛莲娜的胸针，比我记忆中的大得多，每一个部分都非常写实：屋顶上的扇贝状瓦片，雕刻的窗边像是有窗帘，屋内似乎有一种生活的气息。我推了一下胸针的正面，它咔嗒一声弹开了。里面是空的，只有一层白色的药丸粉末。我抚摩凹槽，然后把手指放在嘴边，舔掉了苦涩的粉末。鞋盒底部有一团 T 恤衫衣领，和利亚姆的拳头差不多大，一开始，我不知道它们是何物。最下面是我的旧手机，上面缠着充电器的线。我插上插头，按下电源键，手机缓缓开机，随着像素在休眠的屏幕上重组，诺基亚的标志出现，感觉像是出现了一个遥远的奇迹。这就像是一个小小的时间隧道，里面有很多条短信，手机嘟嘟响个不停。即便充电器在充电，电池像是也撑不了多久。我打开笔记本电脑，开始飞快地把我们的短信输入电脑。

青少年们经常幻想自己年纪轻轻就死去，我们知道，时间将迫使我们做出牺牲，在决定我们成为什么样的人之前，我们都想燃烧青春。长大成人后，你所有的生活希望就都将破灭，每天只是做出一连串妥协，得到很少的快乐，告别过去的野性，远离真正的你。西尔维亚·普拉斯、玛丽莲·梦露、伊迪·塞奇威克、詹尼斯·乔普林，她们将永远美丽动人，这难道不是女性的终极成就吗？只要绚烂美丽，只要天赋异禀、悲伤、脆弱，不要活着，就像只有两分钟生命的奇特兰花。我们还能尊谁为榜样呢？年轻似乎并不是借口，我们相互怂恿，共同致力于这些有毒的理论，直到我们达到一致，若是怀有分歧，则意味着对友谊的背叛。我们怎么会这么愚蠢，这么大错特错呢？在玛莲娜死后的几年里，我只是记着她说她不想变老，借此安慰自己。不管怎么说，她死了，总好过在那个谷仓里长大到二三十岁，还在嗑药，更糟的是，她的美貌消失了，好嗓音被毁，她的大脑每天都变得越来越模糊，越来越疯狂。银湖就像流沙，在那里，像玛莲娜那样的女孩子，除了在快感中避世，还能有什么样的可能？我真希望她生在别处，那她的人生将出现难以想象的转折，但我想象不出那是什么样的情形。事情恶化后，她没有试图寻找出路，而是待在原地，等待结局。

我喝光了另一瓶啤酒，我不想喝，这并非谎言。我真的不想喝，但我对酒有一种欲望，欲望和想喝是不一样的，是一种来自身体的渴望，强烈而清晰，让我欲罢不能。当我把我和玛莲娜对彼此说的那些蠢话输入电脑的时候，那种欲望啃咬着我。很多短信都是关于做爱、喝醉。*我想找点乐子。*她不止一次给我发短信这么说。*我们今晚去玩吧。*我宁愿喝茶。不，喝啤酒。为什么不呢，是不是太晚了？我已经喝醉了。我没有喝醉。不。我喝醉了。又喝醉了。利亚姆没道晚安就上床睡觉了，这么说，我错了，他的确生气了，我必须快点把这件事处理好，但现在我是孤身一人。我很自由。我用开罐器的末端撬开瓶盖，卷曲的金属盖旋转着飞到空中，叮当一声撞在垃圾桶上。我很渴，想喝水，我的四肢与身体像是分开了。

这样无聊的痛苦。

手机再次嘟嘟作响，声音更大，随即安静下来。我按住电源键，但手机没有再次亮起。我还有很多短信没有记录。Ctrl-S。整整几个月我都判断错误。几个月的正常生活，和其他的人一样，像利亚姆一样，只喝一瓶。我又按了一次电源键，毫无反应。但欲望总是在那里，像是有什么阴险的东西在轻轻拖拽，向这个欲望屈服就像大笑，就像放弃自己。在多大程度上是一个选择。甜美轻松的点击，然后变黑。

# 密歇根

密歇根州最北部比美国其他地方都更接近加拿大，从麦基诺桥以南驱车二十分钟就能到，在那里，十月中旬便进入了冬天，幸运的话，冬天会在三月结束，不幸的话，整个四月依然寒冷逼人。那个地方地处偏远，再加上终日白雪皑皑，更加与世隔绝，也许正是如此，我们才会如此无视更广阔的世界，我们从不讨论政治或名人，也从不谈论新闻里发生的事。流行趋势要过很久才能影响到我们。玛莲娜没有电脑；瑞德从不上网。有时候，我、格雷格和小不点儿倒是在网上聊天，但我必须拨号上网，网络连接信号很不稳定。我们听刻录 CD，玛莲娜在这种事情上就像个独裁者，她在我家，带着手术般的注意力将这些歌收集刻录。就连广播似乎都回到了过去的时代。每一天，我们都生活在狭小的世界里。我们大多数时候只是抽烟、醉酒，我们所做的每一件事都是为了那个直接和紧迫的目标，特别是玛莲娜生病或和我闹别扭的时候。我们的世界里只有彼此，只有银湖及其周围的村镇那么大，在那里，奥施康定已经扎根了，而奥施康定来自医生，他们在治疗大多数人都有的身体疼痛时就会开这种药。谢尔令是银湖的圣地麦加，距离不到一个小时车程，那里有位医生，只要你能说出正确的症状，并且敢于排长队去见他，那你想要什么药物，他都会开给你。而排队的人会从停车场一直延伸到大街上，人们在车里等上好几个钟头，订比萨饼送到他们的车窗边，他们中的一些人甚至和衣而卧。玛莲娜就这样去买过药。

美国的乡村到处都是我们这样的孩子，我是后来才发现这一点的，我们基本上就是统计数据，尤其是玛莲娜，我们都是一支麻木大军的成员，而这个队伍在日益壮大。独自在卧室，在课堂上打瞌睡，在停车场和树林中央见面。玛莲娜用充满爱意的仪式感来照料她的药丸，从储备中选择每日的份额，她会把它们藏在她的胸针里。有一次，有人在学校的走廊里撞到了她，胸针弹开，两粒药掉落在地上。我看着通常都很冷漠的她竟然一反常态，趴在地上找药，差一点就哭了出来。有一种趋势确实影响了我们。现在，我觉得这是一种非常美国化的东西，这种流行病始于滥用治疗，是我们自己制造出来的疾病。但我对美国了解多少？当时我感染了一种长期的政治冷漠，可能是身处拮据家庭而产生的一种症状，习惯于对体制保持警惕。

整个二月和三月的大部分时间都天寒地冻，不适合进行户外活动，要是坐瑞德的车，必须开暖风，而这会耗费大量汽油，于是在周末，我们只在两个地方待着，一个是玛莲娜家，但要在她父亲出门后，第二个是圣帕特里克教堂的地下通道。"绝对不会有人想到四个十几岁的孩子会在教堂里鬼混。"瑞德说，还把画在他脸上的独角兽的角擦掉了。独角兽是玛莲娜在前一天晚上画上去的，在那之前，在攀爬架的下面，我们手臂勾着手臂，依偎在一起，喝光了我母亲的一箱风时亚酒，我们为对方打开塑料龙头，让酒顺着我们的下巴往下流，弄湿了我们的外套衣领。"那么愚蠢，那么聪明。"

瑞德很放松，我们也随之放松下来。自从我开始上学的几周后，他就变得神经兮兮。在玛莲娜给他画独角兽文身的那个晚上，他让我和他一起上街散步。"嘘。"他抓住我的手，让我停下来。"听。"我们就这样站在路中间。我只听到了风声。每当一阵风吹过，或者一只鸟从树上飞起来，或者有什么我看不见的东西穿行在排水沟，瑞德便紧紧抓住我的手。我们的手湿湿的，是我的手在出汗。当他又开始走路的时候，我抽出我的手，不确定他是否打算继续握着。我把两只手都深深插进大衣口袋，试着在尼龙衣料上把手蹭干，却怎么也擦不干。我跟着瑞德走到街尾，穿过几户人家的后院，直到来到我家。

"那是什么？"他问。他靠得很近，我能感觉到他的呼吸拂过我的脸颊，闻到了他身上的婴儿爽身粉的气味。他缓缓地抬起手臂，指着我家的厨房窗户，可以看到母亲的影子在窗帘后面晃动。

"瑞德，怎么了？那是我老妈呀。"

"她为什么会在窗边？"

"我家很小。只要进厨房，就距离窗户不远。"

玛莲娜说他现在变成了妄想狂。"我一点也不觉得对不起他。"那天晚上，男孩子们离开后，她告诉我，我们两个盖着床单，偶尔把冷冰冰的脚趾贴在对方的背上，把对方吓一跳。"我从不希望他贩毒。他应该是个妄想狂。他在这方面真是愚蠢至极。退学前，他经常在学校里到处炫耀自己卖过含有水晶的大麻烟卷，吹嘘那些他用来赚外快的鬼把戏。"她说他那些毒品都是"奇怪的混合物，基本上就是个骗局"，她告诉我，如果不是因为他的主顾都是些把衣领竖起来的游客，他早就被人打死了。"太危险了。"她不停地说，"他就是个大蠢蛋。"在那之后，我就感到有点对不起他，也许他去贩毒，就是为了吸引她。我可以理解。

我想念圣帕特里克教堂，我至今仍然会梦到那里，在梦里，我穿过通道，寻找我找不到的东西，而我似乎没有任何理由做那样的梦。我去杂货店购物，买日常用品，但店里没有货架和明亮的灯光，整个商店像是在圣帕特里克的地下通道，过道两侧都是生菜。我喜欢我们厚颜无耻地溜进教堂，跃上教堂的台阶，走进门厅，就像去做礼拜。我喜欢用指尖轻触圣水，感觉凉爽黏滑，就像圣水拥有生命。我喜欢恐惧在我的血管里穿梭，我们躲在角落里观察修女，然后径直奔向体育馆和门房的小房间，我们的鞋子咯吱咯吱踩在上了蜡的地板上。我甚至喜欢上了地下通道，我们像是探险家一样，将那里变成了我们的殖民地。

但格雷格和玛莲娜有很多怨言。我们为什么不能去枫树旅馆，那里有暖气、电视、床、沙发，还有一个储备丰富的吧台？

"这里太无趣了。"格雷格说，"又这么黑，我什么都拍不了，小不点儿生怕她在教堂里嗑药，圣母玛利亚不会在天堂里给她留位置，我还能听到该死的老鼠的叫声。他妈的，现在就可能有老鼠爬到我身上了。"

"去他妈的老鼠！"我说。

"我同意格雷格。"玛莲娜说，"瑞德，我很久都没见过你老妈了。我真的很想谢谢她给我买的日用品。"

瑞德道："有点不对劲。"

"你在说什么？"玛莲娜把一只手放在他的腿上，就在他的膝盖上方，她的声音里充满了夸大的担心。她把自己重新塑造成了瑞德的红颜知己。几个礼拜以来，她一直都很讨厌他，但如果她有所求，比如信息、香烟、顺风车，她就会开始这种夸张的表演，除了瑞德，每个人都知道她是在撒谎。格雷格按按我的手腕。我看不到他，但我知道他在扮鬼脸。

"第一，我看到有人在木屋周围鬼鬼祟祟地走来走去。"瑞德低头扫了一眼玛莲娜的手，然后注视着她的眼睛。她点点头。"我还以为他是要来买货，就过去找他，他直勾勾地盯着我，像是在努力回想我是谁。然而，他只是摇摇头。真他妈的奇怪。我觉得那家伙是个条子。"

就这样？我还以为格雷格和玛莲娜会一笑置之，但他们都一声不吭。"你有没有看到他开什么样的车？"玛莲娜问。

"没有。我就跟个白痴一样。我不愿意他发现制造毒品的木屋，所以我只是走进树林，在那里藏了一个钟头，差点儿被冻成冰。"

"他有没有戴假发？"格雷格说。

"格雷格，你真是个废物。"瑞德说。

"你刚才说'第一'。"我道，"还有别的事吗？"

"告诉你吧，警察是不戴假发的。你以前见过有警察戴假发吗？"

"我收到了很多电子邮件。"瑞德说，"有人扬言要把我抓起来，让我完蛋。他说他有视频证据，还说他在网上看到我了。"

"这是什么跟什么啊。"格雷格说。

"你为什么不早告诉我们？"玛莲娜问。

"他是要敲诈我。"瑞德痛苦地说。

"老天。"格雷格吹了声口哨。我想到了格雷格传到优兔网站上的视频，可以看到他把脚踏车拆开又组装好，还可以看到瑞德拿着丙酮，浏览计数器的数字在上升，或许除了我们，还有别人看过那段视频。我听到自己在说"观众"这个词。格雷格显然没有想到视频的事。玛莲娜取笑我习惯为了所有的事情道歉，也许格雷格的视频和勒索瑞德的人没有联系。或者，我想让瑞德被抓。不管怎样，我什么也没说。

不过，这有关系吗？就算格雷格把视频删除了又怎么样？瑞德该做什么还是会做什么。

"只要那家伙不是条子，我们就可以找我老爸商量一下。"玛莲娜说。

"是啊。"瑞德说，"他不会帮我。"他说到"他"这个词，口气忽然变得不善，充满恶意，像是这个词直接切入我的思想，让我无法思考。"如果可以，他一定会亲手抓我。"

在庞蒂亚克，吉米身边总是围绕着一群都不知道我叫什么名字的男孩。他们拿着遥控器不放手，弄得客厅里都是臭袜子和大麻味儿。但我猜，他在银湖非常孤独，不然他也不会渐渐地进入我们的圈子。但现在我意识到，那对他而言肯定是一件很难的事，毕竟他十九岁了，在塑料工厂里工作，陪着母亲和妹妹搬到了一个陌生的城镇。他下班回家，就会和我们一起坐在沙发上，有时候，我们四个人在玛莲娜家，他也会来敲门，还拿着一包六听啤酒或一瓶狂野四十啤酒，而从原则上来说，他是不肯和我一起喝酒的，不过他并不强烈反对我喝酒，他只是不希望我喝的酒是他买来的。美国 31 号高速公路上有一家英国石油公司加油站，如果是那个女收银员值班，他就能从那里买到啤酒。他一个礼拜只休息两三个晚上，但在这样的晚上，他也经常和我们混在一起，特别是在格雷格和瑞德有其他事情的时候。我们与玛莲娜、瑞德、小不点儿和格雷格在一起，都不能注视对方的眼睛，吉米待我不像妹妹，更像是一个很碍事的东西，好比一张放在房间中央的椅子。

但有些时候，毕竟是血浓于水，我们还是会凭直觉合作，而自从我离开密歇根，这种特殊的亲密便在我们之间消失了。那个主意是我想出来的，也就是在夜色的掩盖下，造一个阴茎的雕像，而这只是基本的。但是，制造阴茎雕塑需要的东西都是吉米安排的。他提议用混凝纸来制造雕塑，甚至主动提出开车。一开始，他只是假设，他神志恍惚，不停说话，但玛莲娜的兴致越高，他就投入得越深。"纸，口香糖！"玛莲娜说，"你真是个天才！"

我们上网找了一些互相冲突的妙招，但到最后，我们只是从玛莲娜家一个垃圾堆里找出了一捆发黄的报纸，将其撕碎。吉米首先用一块木头制造出了阴茎的形状，还在木头顶端放了些潮湿的布条，玛莲娜说那块木头是她母亲最喜欢的一把摇椅上的。"老妈一定会同意的。"玛莲娜说着把一块皱巴巴的毛巾放进装满橡胶胶水的特百惠塑料盒子里，胶水的刺激气味弄得我的眼睛生疼。她小心翼翼地将一块多余的布条缠在龟头处。"阴茎包皮系带。"她说，使用指尖塑造出了一个小小的凸起。

"弄得好像有人能看出那是阴茎包皮系带似的。"

"凯特，你是个什么样的人？是得过且过，还是做什么都必定做到极致？"她用手腕背面将从马尾辫中掉出来的碎发从眼前拨开，她这个动作的目的性太强了，而且显然是做给吉米看的。

镇中心有一家游客经常光顾的天然食品商店，我们用玛莲娜从那里偷来的两个西柚做睾丸。我们用了一张半报纸和一大桶胶水，才把它们粘在木头上。等胶水干了，玛莲娜说睾丸有点像书挡，但在我看来，这就是个阴茎，就像代数课上麦卡总是放在我课桌上的那些画的 3D 版。

"不管与阴茎相反的东西是什么，反正都是这个。"玛莲娜说。

在那个时候，如果你从南方来到基沃尼，沿沙勒沃伊大道而行，在到达镇中心之前，看到的第一个地标便是大男孩雕像。那家餐馆和一条拱廊街道、一个名叫丛林的推杆高尔夫球场都在一栋很长的建筑里。大男孩雕像坐落在石头基座上，高约三英尺，穿着红白相间的格子工作服，留着鸭嘴一样的发型，伸出的右手捧着一个巨大的汉堡，他的眼睛是蓝色的，眼神十分狂野。这家餐厅在晚上十点打烊，五三银行下午五点关门，街对面的沃尔格林药店晚上十一点关门。吉米和格雷格凌晨三点开车送我们去了那里，阴茎和一罐黑色喷漆放在后座我和玛莲娜之间，我们都穿了一身黑色衣服，把编织帽向下拉遮住眉毛，手腕上挂着银灰色胶布带。瑞德的妄想症已经到了歇斯底里的程度，所以他说什么也不肯来。

"就跟电影《发条橙子》里一样。"我说。

"啊，是呀，完全一样。"玛莲娜说，"你又在说一些除了你别人都听不懂的话了。"

"吃我一锤头，你这个门外汉。"我说着把木头一歪，戳在她的脸上。吉米大笑起来，站在我这边，我在心里宽恕了他。

这一天是周四，从银湖驱车前往基沃尼的远端，用了将近四十分钟，虽然大路上连辆车都没有。除了向科勒尔斯普林斯市方向的一家英国石油公司加油站，镇上没有二十四小时营业的商店。路灯大都熄灭了，唯有角落的一盏还亮着，将淡淡的灯光投射到十字路口。

吉米把车停在两个街区之外，格雷格负责留意路上是否有警车。一开始，雕塑上沾了露水，眼瞅着就要结冰，变得滑溜溜的，我们只好用外套袖子把塑像擦干。现在是三月，停车场里依然随处可见被尾气熏黑了的雪堆。玛莲娜把木头举到大男孩的身体前面，我则用胶带将其粘在大男孩身上，用牙齿将胶带从卷轴上扯断，但她嗑了药，咯咯直笑，一直烦躁不安，每次我觉得粘得够牢固了，可只要我们一松手，木头就会咚的一声掉在地上。

"玛莲娜。"我大声道，"够了。你动来动去，我根本粘不住。"

"太沉了啦！再说了，人家都要冻僵了。"

"早叫你戴手套，我提醒过你外面很冷。你总是这样，你自己不穿保暖的衣物，还不停地抱怨。"

"有车来了。"格雷格压低声音道，我和玛莲娜赶紧跳下基座，钻进后面的灌木丛，粗重地呼吸，阴茎松松垮垮地垂着。

最后，我发现必须把木头粘在大男孩稍微分开的两腿之间的梯形小空间，要挨着他隆起的肚子，而且要像系腰带一样，用胶带将其缠绕起来。为了确保它到早上都不会掉下来，我们将胶布都缠在了上面，呈八字形绕在两边上，这样一来，等我们缠完，雕塑的下半身大部分都成了银色。玛莲娜用喷漆在大男孩的背部写了拉特纳先生几个字，然后，在汉堡的上层面包、雕塑胸口的"大男孩"几个紫蓝色的字上，都喷上了拉特纳先生几个字，就连基座底部也不例外。木头上有"大变态"几个字，胶水一干，我们就用不褪色的标记笔写了这几个字。

"有车！"格雷格说，不过这不要紧，因为我们已经大功告成。玛莲娜用吉米的高档手机拍了张照片，然后，我们三个跑呀、跑呀。这一段我记得最清楚，我们的身体划过黑暗，玛莲娜拉着我的手，一排排沉浸在睡眠中的房屋注视着我们，我们呼出一团团银色哈气，我们用力关上车门，吉米驱车飞快地驶离，窗户摇下来，黑夜中的冷风吹乱了我们的头发，我们足足笑了三十分钟。我们有那么多时间。要再过八个多月，他们才会在河中发现她的尸体，如果我们知道该去寻找什么，那这些时间足够我们阻止即将发生的事。

我们在一起，就拥有力量。我们能报仇雪恨。我说过了，我们两个组合在一起，就是一个完美的女孩。只要我们不落单，就没什么可以伤害我们。


拉特纳先生的家与大男孩餐厅在同一条街，他去基沃尼高中，必然会开车经过大男孩。更重要的是，小不点儿说，他一个礼拜至少有两天会在那里吃早餐，她之所以清楚，是因为她在丛林高尔夫球场当收银员。她说他带着妻子和四岁的儿子坐在窗边的小单间里，能看到停车场和大男孩雕塑。

他迟到了大约五分钟，他一进教室，同学们就窃笑起来。他没有承认。他让我们看电影，脸上没有丝毫表情。他很像《生活大爆炸》里的比尔·奈伊。他离开过黑暗的教室几次。透过门上的窄窗，我能看到他在和其他大人、莱西先生以及警察说话。电影在下课前十五分钟结束。

"你们可以走了。"他说，我们鱼贯走出教室。我慢条斯理地把东西装进背包，但他似乎没注意到，也可能是不在乎，虽然他通常都特别喜欢在我出教室时叫住我，让我专心上课，还说他看到我在课桌下面发短信。当他停在红灯前，他有何感想？他是不是感觉自己被人看光光了？我不由得对他心生怜悯。

第二天，这件事上了头版头条。我想，除了玛莲娜，这对我们所有人而言都是第一次，也是最后一次。文章中引用了拉特纳先生的妻子贾妮思·拉特纳的话，从报纸上的照片看，她很漂亮，比我和玛莲娜大不了多少。"这里的社区很小。"贾妮思说，"我希望做这件事的人能好好想一想这件事对我们的家庭造成了什么样的影响，我该怎么向我的小儿子解释这件事。"拉特纳先生拒绝发表意见。他们移走了木头，把大男孩重新喷漆，我们都认为，他们只有用这个办法，才能掩盖拉特纳先生的名字。

"你有没有觉得心有不忍？"那天晚上，我问玛莲娜。

"他活该。"

"但他老婆很无辜。"

"我们这是在帮她。"玛莲娜翻了个身，背部贴着我的手臂。这家伙，每次都占了床上的大部分空间，"她应该知道她嫁了个什么样的禽兽。"

"你是这么想的？也许她还是不知道的好。毕竟他们有孩子。"

"别傻了。那孩子离开他会过得更好。性变态就该消失。你以为那样的人一开始是怎么变成性变态的？"

"我知道了。"

"给我讲个故事吧。"玛莲娜半睡半醒地说道。

"你是不会喜欢我现在看的书的。书里讲的是一个孤儿家庭女教师爱上了她的雇主，这个人年纪不小了，有老婆，但他妻子是个疯子，被关在阁楼里。而且她是个信徒。"

"看到了吧？不光你一个人这样。没人会为妻子们着想。这个家庭女教师知道关于她的情况吗？"

"她认为事情很复杂。"

"不不，我不想听这个。我对傻姑娘的故事没兴趣。给我讲点别的吧。"

"你想听什么？"

"讲一讲我们的故事。"她扭过身来面对我，让自己清醒过来，"而且，要说得精彩。让我们有刀什么的。让我们变得强大。"

在拉特纳先生事件上头条的同一天，报纸还报道称一家名为勒德洛的当地家庭药店遭窃，这家药店离大男孩餐厅大约五英里，附近有很多大半年都空置的避暑别墅。我们的恶作剧不仅粗俗，还很浮夸，占据了大部分版面，药店的新闻只在左手边第三页占了一块细长的版面。所幸我注意到了这篇报道，而我会看那份报纸，完全是要看关于我们的报道。警方怀疑，入室盗窃的罪犯与药店雇员有关系。没有发现任何强行进入的迹象。报纸上说，价值几十万美元的药品被从货架上盗走，但我对这个数字没有任何概念。大部分失窃药物都属于二类和三类药物，这些药物的主要成分包括羟考酮和哌醋甲酯、苯二酚和右旋安非他明。我没有任何证据证明这件事是闪电干的，在我住在银湖期间，没人因为这起罪行而被抓获和起诉。但当时和随后的夏天，玛莲娜都能比以前更轻松地搞到药丸。

四月的一个周五晚上六点半，母亲正在为约会做准备。她往来于她自己的房间和卫生间，一会儿喷香水，一会儿涂发胶，整个人焦躁不安，每次她穿着钉有大头钉的靴子去门厅照家里唯一一面全身镜，她身上都穿着不一样的衣服。

"我很清楚这一天早晚会来。"我告诉玛莲娜，她已经吃了两碗嘎吱嘎吱船长牌麦片。有时候，玛莲娜是个大胃王。

"当然会有这一天。你老妈很性感呢，她是个务实的人，凡事都会试一试。"玛莲娜说，她用的这些词都是我母亲写在她的网络交友信息上的。一天深夜凌晨三点左右，玛莲娜用我的电脑查看格雷格是否在线，结果我母亲的婚恋交友网站账号自动登录，出现在屏幕上。玛莲娜看了，虽然有些窘迫，却很高兴。

"你真逗。"

"吉米还没下班吗？"

"不知道。可能吧。"

"说不定你老妈今晚不会回家了。直接到本垒打这一步。"

"拜托，拜托，拜托你不要说这么庸俗的话。"

"拜托，拜托，拜托你不要对你老妈满口怨言了。"

"我怎么满口怨言了？"

"你他妈的对她太刻薄了。你太高傲自大了。她很可能来到你面前，告诉你她得了癌症，而你可能只是翻翻白眼。你可能都忘了，我们有些人根本没那么好运，可以对我们的老妈说三道四。"

她把碗丢进水槽，咔嗒一声，她的碗撞到了我的碗，然后，她愤愤地向我母亲的卧室走去。我该怎么说呢？我讨厌玛莲娜不时用她自己人生中的一些琐碎细节来建立道德上的优越感，凌驾在我之上。我很讨厌她总是出那张朋友王牌，为什么和她的问题一比，我的问题就显得这么幼稚。她很暴躁，因为她没药了，不管她在给谁发短信，那个人都没有收到。我为什么要为此受到惩罚？但她是对的。我对我母亲太苛刻了，而这只是出于一个不可避免的原因：她是我的母亲。

"她实在是太美啦。"玛莲娜在卫生间里喊道，她的语气中没有丝毫好斗的意味，"过来看看吧。"

母亲的头发烫得笔直，反射着卫生间里的灯光，像是晶莹的金色瀑布。和她们两个站在一起，我感觉自己格格不入。她们都那么明艳动人，留着一头金发，可以在正午的阳光下，穿比基尼，拿着冰棒，坐在炽热的塑料椅子上。

母亲穿着一件我从未见过的 T 恤衫，上面印着老鹰乐队的头像，这件衣服因为常穿而变得很软，领口有很多细小的洞，跟蕾丝差不多。她的牛仔裤是紧身的。她看起来一点也不老，但她的脸饱经风霜，你永远也不可能错把她当成和我们同样年纪的小姑娘。在内心深处一块被深埋的地方，我一直认为，我这个年纪的女孩刚刚进入了美貌的巅峰状态，而一旦我最美的几年逝去，我的价值就会流失。在电视和杂志上，在我的老师和逛杂货店妇女的脸上，在这些不会再有回头率的女人身上，我都看到了这一点，当我母亲打量我和玛莲娜的时候，回忆从她眼中一闪而过，我也看到了这一点。

"你这件汗衫是从哪里弄来的？借给我穿穿吧。"我靠在门框上。卫生间太小，我只能站在外面。

"我跟你差不多年纪时就穿这衣服了。"她将一个银三角耳环穿过耳洞，不由得一缩，"有些东西是很神圣的。这房子里的每一件东西都属于你们这些孩子，我必须有一些只属于我的东西，百分之百属于我。你们明白吗？你也不喜欢我找你借东西。"

"老妈！我从没见你穿过这衣服。"

"你真要小题大做吗？"玛莲娜从她的衣兜里拿出一管闪亮的唇彩，交给我母亲，"不要涂唇膏了，我觉得你应该涂唇彩。唇膏的意思是'你得把我当回事儿'，唇彩则表示，'你难道不想吻我吗？'"

门铃响了。"马上就来。"我喊道。

我们调查了一些给我母亲发过信息的人，不过很快就罢手了。他们大都不是很老，就是很不中用，要么就是老古板，而且都有家室，只是利用婚恋交友网站来寻求刺激，麻痹自己，熬过无聊的中年生活，暂时忘记如同天然原色地毯、堆在车库里的果倍爽果汁一样的无趣生活。他们中的一些人很有钱，会来这里避暑，他们希望在温暖的月份到来之前提前安排好约会。他们给母亲的信息中这样写："嘿，可人儿，今晚有空吗？""给我发张照片！""你＋我＋船＝7月4日！"我注意到母亲从不回复这些信息，便松了口气。

我打开门，就见到闪电站在门外等着，他的头发剃得很短，他穿着牛仔外套，文身露在袖口外面，一直延伸到手背，而他手里握着一枝胭脂色的玫瑰。

"老天。"玛莲娜在我身后小声道。

"我马上就好。"母亲在卫生间里说，"让他进来吧！"

他毫不惊讶地看着玛莲娜，脸上漾出一抹笑容。"等一下。"

我说，砰的一声关上门，将他关在外面。

"闪电在这里做什么？"我厉声对她说。

"不知道。我怎么会知道？"我听到她让我不要较真儿，听到她叫我冷静，不要管这件事。闪电礼貌地敲了两下门。

"玛莲娜，别把我当傻瓜。那个人是我老妈。"

"你们两个在干什么？"母亲站在玄关里问，像是被从一幅美丽世界的画中剪下来，又被胡乱贴在了当下这个场景里。她要和一个毒贩子开车出去，这人愿意用几袋药丸做交换，和我最好的朋友亲热十分钟。我没说话。"你们两个把他关在外面了？"

门打开一条缝，闪电把头探进来："没什么事吧？"

"啊，请进。"母亲说，听起来一点也不紧张、奇怪，也听不出像是去约会，"麦克，这两个没礼貌的野丫头一个是我女儿凯瑟琳，另一个是她的好朋友玛莲娜。"

"我从玛莲娜这么大的时候就认识她了，她那时候可没有现在漂亮。"闪电亮出一排灰色牙齿，伸出手掌，打量着一个看不见的孩子。"我上高中时就和她爸爸是朋友了。"他把她紧紧地搂在怀里，夸张地吻了吻她的头顶。在玛莲娜的葬礼上，很多人都在谈论她，说她无论到哪里都带着一股气场，就像在可乐的表面上方盘旋的发泡。当她害羞、害怕或不开心的时候，她的特点就都消失了，那种气场也消失了，她就变成了一个贝壳，用这个词来形容再合适不过了。在闪电的碰触下，玛莲娜顿时变得非常紧张，母亲也注意到了。

闪电长得不赖，只是一口牙齿歪歪扭扭。我从未在阳光下这么近距离观察过他。他五官英俊，只是有些面露凶相，他踮着脚尖晃动着，用玫瑰花敲打着牛仔裤。他和我父亲完全不同，父亲装模作样，假装需要帮助和关爱，是一个男版的处于困境中的少女。闪电把玫瑰举到母亲面前。谁会阻止这一切？

十分钟后，他们出门了。

"她不会有事的。他这个人不坏。他们是要去苹果蜜蜂餐厅，别担心了。"每次玛莲娜吃了很多东西，她的脸都会变得肉肉的，而且，她需要洗洗头发了。"如果他真要当你继父，"她继续说，"我肯定我们会采取行动。"但他们现在只是约会，她不停地这么说，还提醒我，我母亲天黑后从不出门，也不穿华丽的衣服，不去酒吧吃汉堡喝啤酒，一点也不像正常人的所作所为。"你老妈是不会看上他的。她那么美，那么聪明。而他这辈子只会想两件事，其中一个就是我很饿。"

我让她的声音关闭了在我身体里一直响个不停的警报，我相信，我既然选择保护玛莲娜（保护她什么？远离闪电？远离我母亲对她的看法？），就要把我的母亲交给一个人，我害怕那个人，就跟玛莲娜的父亲让我发自本能地害怕的原因相同，而他在我们所做的每件事的边缘徘徊，像是一个握着锋利武器的影子。

在闪电亲吻玛莲娜的时候，母亲踮起了脚尖，只有我能读懂她这个姿势的含义。最近她很少做这个动作，但我从小就很了解她，当我告诉她，我每天坐校车从学校回家，麦克斯韦尔·贝里都会往我的头发里吐口水时她这么做了，父亲取消探访之后那紧张的几分钟里，她也会这样。在关闭的门外，汽车加速开远之前，我听到了母亲的笑声。她的笑声很假，十分警惕，传递着"我不知道"的含义。

如果她没有掌控一切，那这么做还有什么意义？

母亲离开后，我和玛莲娜开始喝酒，我们从橱柜最后面费力搬出一箱未开封的风时亚酒，然后，我们小心翼翼地把一些箱子放在空出来的位置上，恢复成母亲摆放的原状。我们用两个水瓶装满酒，又拿了三盒奶酪通心粉，去了玛莲娜家，我们先是和萨尔玩了一会儿，然后让他上床睡觉。玛莲娜和瑞德现在谁也不搭理谁，肯定又是为了什么很愚蠢的原因，不过我暂时还不知道。格雷格和小不点儿在一起，所以，眼下只有我们两个。这正合我意，不过我还是和玛莲娜一起抱怨，礼拜六和一个不到十二岁的孩子在一起是多么无聊。我其实还挺喜欢萨尔，我们每每和他在一起，便可以暂时休息，不必做鲁莽的举动，我们可以喝醉，早早上床睡觉，去看礼拜天早晨的阳光。

也许大多数青少年都认为他们住的地方很无聊，但没有任何语言能形容一个十五岁的青少年在密歇根州北部度过冬末时体会到的那种灾难性的无聊。那个时候，一连好几个礼拜都看不见太阳，雪不停落下，无处可去，总要挨饿受冻，你认识的每一个人都身无分文，煤气灯电影院每隔几周才放两部垃圾影片，除了一个加油站，没有二十四小时营业的商店。我们不能滑雪，因为只有像切尔西和麦卡这样有钱人家的孩子才能滑雪，除非你认识在滑雪场工作的人。学校是一个笑话。礼拜五晚上十点后的戈德华特酒吧是唯一与演出场地差不多的地方，在那里，高中乐队老师喝朗姆可乐喝得酩酊大醉，便会演奏詹姆斯·泰勒的歌，但我们进不去，因为他们会严查身份证。最近的购物中心位于州南部，有九十分钟车程，在恶劣的天气里足足要开上两个小时，而天气总是很糟糕。外面的一切都很美。冰柱像蹒跚学步的孩子一样高，空气如此清新，像是你的呼吸都会把它弄脏。每个人都喝酒，老师们带着宿醉来上课，父母们闯红灯后被查出醉酒驾驶。我们喝酒，玛莲娜吃她的药丸，瑞德兜售他那些垃圾冰毒，甚至吉米，我认识的最聪明的人，都成了一个可怜的僵尸，辗转于家、基沃尼塑料厂和地铁站之间，好像有人在操纵他。有时候，我们开着我们能找到的车去比我们住的地方还偏远的乡村，把车停在冰冻湖泊边，方圆二十英里范围内有无数个这样的湖，只为了看一看不一样的风景，哪怕这些景致并不能让人满意。切尔的办公室里有紫外线灯，在和我见面的时候，她就用灯光照我的脸，还保证说这会让我振作起来。

有一点她并不明白，也是我永远无法解释清楚的，那就是尽管在银湖是这么无聊，令人压抑和麻木，又那么危险，我还是比从前快乐多了。我感觉到了一种怪异的自由。我彻底堕落，但这个世界并没有消失。冬天将一切都抑制住了。

谷仓还是和往常一样乱糟糟的，但至少碗碟都洗干净了。我重新冲洗了一口大锅，把水煮开，把两盒芝士通心粉放在厨台上。

"我妈妈总是在里面放番茄酱。"萨尔说。每每他提到他母亲，我们总当没听见，而他最近老是提起她，好像她就在楼上，而不是失踪了很多年。

"我们在你那份里放很多番茄酱，怎么样？"

他皱着眉头想了一会儿。萨尔是个机敏伶俐的孩子，似乎没人注意到也没人在乎这一点，即便是在那几个月里，我看着他的脾气变得越来越难以控制，像是有一头小兽盘踞在他的心里，对鲜血充满渴望。

"但总得试试看呀。"他说。

我把他夹在腋下，将他抬起来，方便他把通心粉倒进水里。这个四十来磅的小家伙不停地扭动。水还没有开，但萨尔等得不耐烦了。他上次吃饭是什么时候？玛莲娜在卫生间。我滤出通心粉，然后让萨尔站在一张椅子上，把芝士粉和在冰箱底层抽屉里找到的半块只有一部分变硬的黄油都放进通心粉里。没有牛奶，我们只好加水，又加了很多盐和胡椒。

"我要很多很多。"萨尔告诉我，"我现在吃的比我姐姐多。"他总是管玛莲娜叫姐姐，像是象征着主权和骄傲。

我们看了一部电视剧，讲的是一群小怪物上怪物学校的故事。一个怪物把眼球举在手里，偶尔会把它们当作武器。为了让萨尔开心，我吃了一整碗粉红色通心粉。"你是我的钻石。"①玛莲娜在萨尔吃光了通心粉后，这么告诉他，"我非常喜欢你。"②在眼前这样一个地方，地面是水泥的，冬天寒冷刺骨，橱柜里空空如也，听到那些节奏感十足的元音感觉怪怪的，像是一下子置身于城市的明亮灯光下，到处都是硬皮面包、蓝色的百叶窗和昂贵的香水。我突然非常伤心，我把萨尔拉到我身边，紧紧地抱住他。

"不要。"他盯着电视说。

玛莲娜的父亲回家的时候，我们正在给萨尔大变装。他坐在一个当成咖啡几使用的粗糙箱子上，周围放着玛莲娜那些令人眼花缭乱而且大都是从药妆店偷来的化妆品。"你没我姐姐漂亮。"他告诉我，而我用唇膏在他那如苹果一样的脸上画了红色的圆。

"啊，真的吗？"我说，"那现在呢？"我露出牙齿，伸出下巴。萨尔哈哈大笑起来，弄花了睫毛膏，眼睛下方都是黑色的斑点。

① 原文为法语。
② 原文为法语。

"你会为你的忠诚而受到奖赏，萨尔。"玛莲娜说着调整了他的莱茵石头巾，"瞧①！你，我的小王子②，是世界上最美的王子。"

我们没听到汽车的声音，所以不知道他回来了。后来，我回想这件事，我觉得他肯定是坐林子里的轨道车回来的，而且坐的是机动雪橇。不然的话，我们肯定会透过谷仓临街一面的那扇独窗看到车头灯。他用力拍打厨房门，把我们都吓了一跳，吓得玛莲娜弄掉了一盒打开的眼影，将晶光闪闪的粉末都撒在了地上。

"什么味呀？"他说到最后，打了几个喷嚏，身体随之颤抖，连带声音也变得模糊起来。一个人处在吸毒后的亢奋状态，为什么总是这么明显？他们身体的接缝处与身体的其余部分似乎并不匹配，就好像它们曾被切割下来，然后在错误的地方被缝合了回去。玛莲娜有了快感，感觉就像她的电影是黑白的，而我的是日常的老颜色。玛莲娜的父亲一团糟，他的失常像烟雾一样在房间里缭绕。

"把那些鬼东西从你脸上弄掉。"他跟跟跄跄地走了几步，对萨尔说，"那个人是谁？你是谁？"他的眼睛聚焦在我的脑袋上方，所以我也不确定他指的是我，还是只有他才能看到的臆造出来的东西。萨尔像是变魔术一样，突然不见了。我们系在他脖子上的毯子消失在了上方的幽暗阁楼里。

"老爸，她是凯特呀，你见过她的。你知道她是谁，她是我们的邻居。"

"啊，是呀，很吵的那个。好管闲事。"

他坐在我们两个人中间，用指关节擦擦嘴。我不喜欢他的腿挨着我的腿。"你们两个喝酒了？"

---

① 原文为法语。
② 原文为法语。

"没有。"我说。

"你这个骗子。"他说。

"凯特,你赶紧回家吧。"玛莲娜说,"你该走了。"

"没关系。"我说。

"没关系,没关系。"玛莲娜的父亲模仿我说,"人家不愿意走呢。"

玛莲娜用法语说了什么,她说得太快,我根本听不懂。

他用一只手扶住我的腰,我的整个身体顿时变得僵硬。

"你是印第安人吗?"他的拇指沿着我的脊柱摩挲,我这才意识到,从未有人碰过我的那个部位。"你长了一双印第安人的眼睛。"然后,他的手在我的汗衫下面向上移动,摆弄着我的胸罩钩扣。"黑色的。"他的手指一动,解开了钩扣,他粗重地呼吸着,像是在笑。我能感觉到玛莲娜虽然一动不动,却在认真地思考。我的胸罩开了,我的乳房露在外面,但我没动。他抽出手,一阵战栗从他的皮肤接触过的地方蔓延到我的全身。"你的奶子倒是挺大,跟那些胖姑娘的差不多,但你的年纪还小。"他说。

我咯咯笑了起来。

"够了。"玛莲娜说,她没有看任何人。

"你喝得太多了,宝贝。你喝起酒来就跟个成年男人一样,跟个失败者一样。我看,你比我喝得还多。"他拿起一个水瓶,拧开盖子,嗅了嗅。他用力将没有盖子的水瓶扔了出去,水瓶撞在楼梯上,冰块喷溅出来,砰的一声,塑料水瓶落在了地上。"你是从哪里学会喝酒?你老妈可不这样喝酒。"

"我们走吧。"我说着站起来,将双臂横抱在胸前。

"你还是放聪明点吧。"玛莲娜说,她的目光依然茫然。

"什么？"

"你还真是帖狗皮膏药。"她用手捂住紧闭的眼睛，她头疼的时候就爱这么做，"这不关你的事。我希望你离开，别让我再重复了。走吧。"

"你跟我一起走。"

"回家吧，凯特。"

我不会哭。但她的话让我喘不上气，像是身体被掏空了。

"玛莲娜？"

她摇摇头。

我被抛弃了，她再也不搭理我了。就像那天晚上，在她家门外，我看见她坐在闪电的车里。我现在知道，把别人拒之门外是瘾君子都会做出的行为，我有时也会这样对利亚姆。玛莲娜用法语低声对她的父亲说话，她这是在安慰他，就像在对一条受惊的狗说话，她揉捏他的后脖颈，她的嘴唇在他耳边。玛莲娜就是这样对付男人的。她就是这样在神不知鬼不觉中将百炼钢化为了绕指柔。即使他们从她身上拿走了他们想要的任何东西，她还是说服自己是她赢了。我站在那里，胸罩敞开，直到再也待不下去。然后，我按照她希望的那样，撇下她，独自走了。

来到屋外，我不想脱掉胸罩，只好撩起毛衣，将胸罩系好，我看了幽暗空虚的树林一眼，虽然一片死寂，但我知道那里有很多观察者。我步行二十分钟就能到轨道车。需要多少根火柴，才能将它炸上天？棚屋里有打火机油，我可以拿来用。只要我站在安全距离之外丢火柴，而且火不会烧到半空中，我或许就能快点跑开，不被火烧到。

我抽完装在后兜里的烟，坐在我家的前门台阶上，手心里都是冷汗。我每次拿出新的一根烟，都是对准我嘴里的烟蒂将其点燃，直到抽完了整包烟。在谷仓里，他们正向彼此大吼，但我听不清他们在说什么。

　　我徒手在堆在台阶上的雪中挖了一个小坟，埋了七个烟头。我家前门没有上锁，通常都是这样的，我感觉到了一种迟来的恐惧，在数百个晚上，我进入沉睡，而任何人在任何时间都可能进入我睡觉的地方。屋内所有的灯都灭了。火炉上方的时钟显示现在是晚上10点42分，比我以为的要早。母亲和闪电出去，可能还没回来。我需要她，这是一种存在于细胞中的原始欲望。我想打电话给她，让她回家，和我一起坐在沙发上，我把头枕在她大腿上，我们一起看《教父》，这部电影很长，足以抹去我从离开家后走出的可怕的每一步。我拿出手机拨号。直到今天，当我还是个十几岁孩子时拨打她电话号码的记忆仍然盘旋在我的指尖。我按下呼叫键的几秒钟后，就听到她的手机响了，而且就在屋内不远处。我循声穿过厨房，走进通向她卧室的走廊。房子里空荡荡的，只有她的手机铃声在响个不停，她一直没有花时间改变铃声。她的卧室门开着，一开始，我很肯定屋里没人。梳妆台、拉了一半的窗帘、墙上的水彩画颜料，随着我的眼睛适应了黑暗，这些东西一件件地显露出来。她趴在床上，把被子压在身下，她还穿着老鹰乐队 T 恤衫，双腿裸露。

　　"妈？"我说，"妈妈？"

　　我向前走去，结果被她的靴子绊了一跤，我很肯定，肯定什么呢？我被恐惧冲昏了头脑。我弯下腰，拉起她的一边肩膀，将她翻过身，仰面躺在床上。她的手臂笨拙地落下。她睡着了，呼吸中充满了酒味。

# 纽 约

　　我在一个病态而无色的时刻醒来，猫咪在地上正盯着我看。在卫生间，我用两大玻璃杯的水送下了两片止痛药，然后又陷入了一种焦躁不安的半睡半醒状态，我只是注意到公寓在一点点可怕地亮起来。后来，利亚姆的闹钟响了，我们的房间里充满了阳光，我躺在床上没动，我不想和他一起乘地铁。我再次宿醉未醒，这次十分严重。

　　在我们的家庭办公室里，鞋盒里的东西散落在书桌上，垃圾桶里放着三个空啤酒瓶。第四瓶放在我打开的笔记本电脑旁边，那瓶酒我只喝了一口。当我触摸触控板时，屏幕上出现了一个 Word 文档，上面有文字。我关上电脑，拿起盒子里的胸针，待会儿，我要把它送给萨尔。我化了比平时更浓的妆，掩盖我那难看的脸色。我打开隐形眼镜的盖子，我的牙刷在浴缸里，梳子在排水管上。我离开公寓的时候，拿着酒瓶和从冰箱里拿出来的六瓶装啤酒的空封套，扔进走廊尽头的垃圾桶，祈祷不会碰到邻居。

我站在地铁上，左右两边的两个男人都穿着西装，我的胃里直翻腾，像是有什么东西涌向我的喉咙，随即沉到我的脚边。不管我有多难受，我都没吐过，不管是喝酒的晚上，还是第二天，除非我允许自己吐。我没有关闭按钮，没有什么能阻止我，没有内在机制说：够了，拜托，你在做的事会伤害你。我太累了。熟悉的羞愧感随之而来，我看到我在地铁车窗上的倒影有些畏缩，想着啤酒和马蒂尼混合在一起，让我的血液凝结。早晨，我总觉得我再也不会喝酒。但接着我想到我趁利亚姆睡觉时跌跌撞撞地走进厨房，又打开一瓶酒，根本没有抵抗能力。我不能这样下去了，然而，由于渴望和恐惧交织在一起，我已经在想象那一刻：到了下午，便又是适合喝酒的时间了。

我到的时候她不在，但几个小时后，当我下楼去找爱丽丝打听事情的时候，就见那个女孩坐在她的老座位上。她看上去很警觉，盯着一本厚重的犬类血统的图解词典。她的脸干净而苍白，当我走近时，只见她像个小孩子似的，正用食指在书页上描画着狗的轮廓。她穿着脏兮兮的牛仔裤和一件棕色长外套，背包里塞满了东西，背包上有马克笔的印记和补丁，还有泥巴。我猜她十九岁，不过爱丽丝觉得她更大一些，差不多二十五岁。但我知道吸毒会让人显老，即便你清醒了，也会让你更靠近死亡一些。年龄是什么？不过是以表情和姿态的方式意识到，你自己的生命，你的骨骼和皮肤，就像时间一样，嘀嘀嗒嗒在流逝。

我的办公桌抽屉里放着一盒昂贵的燕麦棒，上面有整颗杏仁和黑巧克力。利亚姆买了很多这种燕麦棒，因为他担心我的血糖。我知道，如果我不停止喝酒，他就会离开我，我也知道我爱他，我们的生活甜蜜、舒适、安全，我们的薪水不错，我会回家，而且我一直都清楚他会在家里等我。他把毛巾叠好，放在水槽下面。他把我们的猫叫小宝贝，也叫我小宝贝。母亲见到利亚姆时，他一起身去洗手间，她就告诉我他是个乏味的人。值得一提的是，她有点醉了，而利亚姆根本不喝酒。她花了好几年才改变看法，看到了我所看到的：利亚姆是一个不到迫不得已，就绝不会离开的男人。我想玛莲娜会理解的。我们都想成为主动离开的人，不愿意当被丢下的那个。

我拿了两个格兰诺拉燕麦棒，下楼来到阅览室。女孩的注意力集中在最后一页上，那里没有狗的图片，只有一份草写小字印刷的资料和图片来源清单。我走到她身后，碰了碰她的肩膀，这可能是一个错误，但我无法正常思考，我的脑袋里一团乱，心跳很缓慢，我分辨不清眼前的形势。她猛地转过身，当我这么近看到她的脸，我知道她吸食的不是海洛因。

"给你。"我说着把燕麦棒递给她。她看着燕麦棒，又看着我，她的眼睛通红。她张开嘴，绷紧嘴唇，发出嘶嘶声。她的牙齿发黄，看起来很脏，下面还有一颗不见了。"对不起。"我说着向前倾着身体，把燕麦棒扔到书上。她不停地嘶嘶叫着，她的牙齿都露了出来。自她的喉咙深处传出口水的咕哝声，然后，她把口水吐到我的手臂上，像是一排闪亮的珠子。我后退了几步，但她仍然嘶嘶地叫着，蜷缩着靠着椅背坐了下来。在我的周围，一个小女孩坐在儿童阅览室入口附近的扶手椅上，吓得目瞪口呆。也许，等她长大以后，还会记得这件事，记得图书馆里有一个精神错乱的女人面对现实带来的打击。

我此时站在安全距离之外，离收银台不远，爱丽丝走过来站在我旁边。女孩现在似乎在试图挖出她的眼睛，每尝试几次，她就停下来，摇摇头，然后又用手心搓脸。她的嘴唇在动，但没有发出声音。不过，要不注意到她是不可能的。她的身体不停抽搐，她的手臂乱颤，看起来一点也不像是人的动作。我在牛仔裤上蹭蹭手臂，但我觉得她的口水还在。几个孩子从前门拥进，他们的母亲走在他们前面。

　　"我打电话了。"爱丽丝说，"他们在来的路上。你没事吧？"

　　"你给谁打电话了？警察？你为什么要那么做？"

　　"凯特，你是在开玩笑吗？你看看她吧，她很危险，她在吸毒。"

　　"我想是冰毒。"

　　"管他是什么呢。"爱丽丝道，"她无可救药了。每次看到她这样的人，我总是在想他们的家人在什么地方。"

　　警察来的时候，女孩已经变得温顺了。他们站在她的两侧，带着她走向图书馆出口，像是在护送她去参加舞会。

　　"搞定了，终于可以松口气了。"爱丽丝在图书馆恢复安静后说道，"现在有人可以帮她了。"

　　"你知道她叫什么名字吗？"

　　"不知道。"爱丽丝说，用奇怪的眼神打量着我。也许她闻到我身上有酒味。

## 密歇根

　　"不可思议。"吉米说。这是一个礼拜四的黄昏，我们三个站在玛莲娜家的后院吸烟。我现在可以吐出完美的烟圈了。吉米不反对我抽烟，只要我不逃学就行。我没有指出他的逻辑似乎有点混乱，我只是很高兴我能让他用我帮母亲打扫省下来的钱，开车去那家加油站给我买烟。我一开始抽骆驼牌，后来和玛莲娜一样，改抽百乐门，这种烟更干燥，味道也醇厚，有一次我把这话对格雷格说了，他这人很好，没有取笑我。

　　"什么？"玛莲娜问。

　　我掏出手机，打开短信，父亲给我和吉米发了一条一模一样的短信，通知我们，礼拜日他会去我们"附近一带"待上几个小时，他想带我们去吃个午饭，"聊聊近况"。

　　"哇！魔鬼从罪恶的深渊出现了。"她呼出烟雾，"我觉得不错呀，很好，至少他还想见你们。"

"将近六个月了。"吉米说,"我们在这里住了将近六个月了,而这里距离他住的地方只有六个钟头的车程。凯特做了那么多荒唐事,而他用了六个月才来到这里,为的就是'聊聊近况'?"

吉米很浪费,把只抽了一半的烟丢进快要融化的雪堆里,然后转身面向我们的房子,不过我们三个人还是陪萨尔玩了一个钟头的大富翁。他一抬起脚,靴子就会留下满是水的印记。现在是五月初,我们的院子里依然留有积雪,一堆堆棕色的积雪就跟雕塑泥差不多。虽然银湖有很多垃圾房、垃圾车、废弃的汽车,但在隆冬时节,这里堪称异常美丽。然而这几个礼拜以来,随着天气变暖,一切都变得丑陋起来。

"我看不出他有什么理由必须来这里再离开。"玛莲娜道,仅此一次,她的失望和渴望都很明显。和她父亲的那件事后,第二天她一大早就出现在我家,眼泪汪汪的,她的右臂上有瘀伤。她拥抱了我,说她很抱歉叫我狗皮膏药。她说,没有我她该怎么办?她说她之所以那么刻薄,是因为她知道,为了让我离开,为了保证我的安全,她必须伤害我的感情,那样我才会走。她能应付他,她说,但我不能,他是她爸爸。她说,她恨死他了,但他也是她的一部分。她能对付他。我相信她的话。

我跟着她走进谷仓,为我们两个许了一个都和父亲有关的心愿:我希望与我的父亲见面不会演变成一场灾难,我还希望她的父亲能很久不回家,或是再也不要回家。

礼拜天早上,我们找不到吉米,母亲一大早就把我叫醒了。我们中午在盖洛德和父亲见面,从我们家开车两小时才能到,他说从他住的地方开车三小时能到那里。他和贝琪要去多伦多，所以不愿意绕路来银湖，尽管银湖距离他们去加拿大走的那条高速公路的西边只有一个小时左右的车程。父亲发短信说，他们毕竟只有一周的休息时间，还在短信的最后加了个：）符号。我去外面找吉米。他可能很早就起了，抽大麻来让自己打起精神，迎接这一天，但我在前后院都没看到他。我看了一眼玛莲娜家的窗户，我注意到了他在她家门前来回走动时留下的脚印，那肯定是他昨天留下的。

　　吉米的床乱七八糟，像是刚刚起床，但他的靴子和外套都不见了，他的烟也不在。我从地板上他的一堆堆衣服中间走过，利用这个机会窥探一番，他从不让我进他的房间。我赤足踏在了一个又尖又冷的东西上，被我一压，那东西嘎吱嘎吱直响。我弯腰去看我踩了什么，竟然是玛莲娜的胸针，被我的脚一踩，胸针弹开，洒出一些白色粉末和三角形药片。我前一天还看到她戴着胸针，我记得我们那时候玩大富翁，她一直在摆弄胸针，这是她思考时的下意识动作。房子形胸针的门关不紧，别针弯向一边。我有没有见过她不戴胸针的时候？我用地毯擦掉药粉，把胸针拿到我的房间鼓捣了一会儿，试着把锋利的部分弯回原位，我慌了神儿，生怕弄坏了重要的部位。恐慌使我忘记了我刚一意识到我踩到了什么便应该问的问题，为什么玛莲娜的胸针会出现在吉米的卧室地板上？有人敲门，我的心跳加速，连忙把坏了的胸针藏在衣橱深处一件旧毛衣的口袋里。

　　“他至少可以留张字条啊。”我开门的时候母亲说。她拿着一个杯子，冒出的热气遮盖住了她的半张脸。

　　“他真是太他妈幼稚了，真不敢相信他留下我一个人应付老爸。”

　　“不许说脏话。”

"他妈的。"我说，"他妈的。他妈的。他妈的。"

母亲凝视着茶水中的牛奶形成的小圈圈。"二十分钟后出发，如果你还没准备好，我们就不去了。"她说。我翻了个白眼，然后意识到她已经走开了，我只好大声地叹了口气，让她听到。我决定尽量不去想胸针和我找到它的地方，尽管我知道事实就在那里，像蝴蝶一样在我的思想边缘飞舞，等待着显现出来。你很容易忽视一些你不想知道的事情。

我很快就要见到父亲了，其他的一切都不重要。仅此一次，就连玛莲娜也不重要了。

我从未约会过，但我感觉我一直都是在为那天早晨做准备。我试穿了一条裙子，随即试另一条，自从离开庞蒂亚克，这两件衣服都没有离开过衣橱，然后我选了玛莲娜的衣服，就是那天我看到瑞德送她回来时她穿的那件桃红色长裙。几个礼拜前，她把这件衣服放在了我家，自从她注意到妈妈会把我的衣服和她的衣服一起洗，她便有了这个习惯。我把棉裙套在身上，惊讶地发现我穿上的效果和她差不多，裙身在我的臀部呈喇叭形展开，而且展开的幅度要大一些，因为我的屁股比她的胖一点，但从领口能看到同样的乳沟。我那灰褐色的头发拂过我的锁骨，我不知道该怎么处理我的头发。我把粉底涂在脸上，用古铜色粉饼提亮颧骨。玛莲娜教会了我如何用满是污垢的眉笔画眼睑的内缘，在我的鼻梁和泪腺之间的凹陷处涂上闪粉，这一步是为了凸显轮廓。我卷起睫毛，涂上两层睫毛膏。最后，我把香草味的身体喷雾喷到空气中，然后走过使人刺痛的喷雾。

坐在车里，母亲故意摇下车窗，虽然外面很冷，肥料的气味吹进车内，我们飞快地驶出银湖，沿高速公路而行，一片片田野从车窗外闪过。母亲也精心打扮了一番。她穿着一件轻薄透明的束腰外衣，可以看到里面那件紧身背心，她胸口上的皮肤在阳光下亮晶晶的，是她用了那种愚蠢的乳液。如果不是她那么明显地将自己打扮得年轻，我肯定会承认，她真是美极了。她最近越来越频繁地借我的衣服穿，还去莫里斯百货公司的青年区购物。

每次看到她涂着闪亮的唇彩穿着高跟靴，我都想要和她握手，拥抱她，同时也想让她人间蒸发。最重要的是，自从她和闪电的那次唯独仅有的灾难性约会之后，我就会情不自禁地注意她那双闪亮的浅色眼睛，她那窄臀和纤细的胳膊，她看起来更像是玛莲娜的母亲，而不是我的母亲。

在出城几英里的一个红绿灯处，母亲拉下头顶的镜子，皱起眉头看着她自己，她把手指舔湿，擦去她左眼下方糊掉的棕色眼影。

"很好啦，妈妈。"我说，自从我意识到她用了一个钟头摆弄她那头已经很完美的头发，我只好奉承她，我惊讶地发现我对她的爱战胜了谄媚的屈辱，"你真的很美。"

她抬起镜子，伸出一只胳膊搂住我的肩膀，拥抱了我。我的脸颊贴在她的胸口上，我有点担心弄糊睫毛膏，但我还是闭上眼，闻着她身上的香气，这股气味如此熟悉，超越了感官，犹如一种我既抗拒又渴望的生物麻醉剂。我让她抱着我，灯变绿了，她一直抱着我，这并不重要，因为路上连一辆车都没有。

"我有一个宝贝。"她对着我的头顶说，"我知道你在那里。"

"书很无聊吗？"母亲问，看了一眼合并着放在我腿上的《黑暗的左手》。

"不是。"我说，"静不下心来看。"

在盖洛德外面等了二十分钟，我的手机振动了一下。是玛莲娜发来的短信：**别让魔鬼将你打垮！！！**片刻后，我的手机又振动起来：**恨你离开，恨你离开。**

**你知道吉米去什么地方了吗？**我发短信问。

片刻后：**不知道。**

母亲把车开进卡尔弗餐厅的停车场。餐馆周围的田野里长满了半折断的玉米秸秆，街对面有一家英石油加油站和阿贝快餐店。停车场里只有几辆很陌生的车。"他没来。"母亲尖声尖气地说。现在是中午 12 点 14 分。每次有车驶过，我们都很紧张，但没有一部车掉头。

"真对不起，亲爱的。"12 点 32 分，母亲说，"他可能只是迟到，要不就是出城时堵车了。进去吃点东西吗？"

"在卡尔弗吗？"

母亲大笑起来："他妈的卡尔弗不行吗？"

"只要是叫卡尔弗的，我一律不吃。"

"他们说不定不卖吃的，可能只是某个土里土气的乡巴佬的客厅。"

"我敢打赌那里的气味就像一千万颗青豆同时放屁。"

我们都很努力地发自真心地大笑起来，这是我几个月来头一次和她相处得这么自在。"你刚才骂脏话了。"我告诉她。

"他妈的。"她说。然后，我们真的笑了起来，我们两个人的笑声融合在了一起。

"你知道我是从什么时候开始想知道你老爸是不是个大烂人？"

12 点 35 分。我给父亲发了十二个问号。

"在我怀你的时候。我想我有很多理由在吉米刚出生的时候想这个问题，但我当时初为人母，满脑子想的都是你哥哥，我只关心他的排便状况，根本不在乎我几天内是不是吃了太多薯片。"

"恶心。"

"我怀你的时候真的发胖了。是真的胖。我疯狂地想吃麦当劳的鱼排三明治，除此之外什么都不想吃。奶奶老是开玩笑，说你是游着泳生出来的。"

"哎呀，妈妈，谢谢你毁了我的大脑。"

"啊，你很好啊。"

她说，有一次，我在她的肚子里变得很大，就快出生了，她就问父亲能不能给她买一个麦香鱼。吉米很挑剔，为了一点小事都会哭鼻子，当时大概七八点，她还记得她已经吃过饭，但又饿了。她说，有一天我怀孕时就会明白那种饥饿是什么感觉，就算正在吃，那种饥饿感也不会消退。看到父亲没有回答，她又问了一遍，但他什么也没说。"瑞克。"她说了一次，两次，但他一直盯着电视看。于是她抱起正在尖叫的吉米，站在电视机前，挡住了父亲的视线。"我生气不是为了他没有立马跳起来按照我的吩咐办。"她说，"是因为他都不回答我一声。"他经常这样，甚至对直接的问题都不理会，所以她觉得自己疯了，就好像她张开嘴说话，却没发出声音。她在父亲面前吃了瘪，便开始和吉米一样大发脾气，父亲站起来，气急败坏地离开了家。她以为他只是去路边商店，但他直到第二天早上才回来。后来，她在汽车后座一个油腻的纸袋里发现了两个鱼排三明治。

我们看到一辆卡车从母亲那边的车窗外飞驰而过，驶向远处，卡车过了阿贝快餐店，又经过十字路口，继续向前驶去。听了母亲的故事，我对父母的看法经历了一系列的快速变化，就像是在做眼睛检查时，随着医生调整镜片，你看到的字母时而变得清楚，时而变得模糊，最后又回到难以分辨的模糊状态。

"我明白了，他这个人很差劲，一半的我来自这世上最糟糕的人。你是想要我说这个吗？"

"别这么幼稚了，我没什么想要你说的。我只是想要你知道这件事，知道他的所作所为，知道他一直是这样的。他很冷漠，是个怪胎。他向来是这种性格。第二天早上，他就像什么都没有发生，没有想补偿我，我发誓，我觉得在我的脑海里有一扇小门打开了，门内的房间里到处都是我不想面对的关于他的糟糕事，而且，忽然之间，我想到了离婚这个可能。"她向我的方向动动，向我伸出手，我则向乘客门退缩。"嘿，不过这是值得的，肯定是这样的。你，你哥哥，你们两个都是我的宝贝。"我几乎不能忍受她。"我只是不希望你对他有所期待，我要说的就是这个。"

书里的一句话在我的脑海里盘旋：我的生命危在旦夕，我却一无所知。我记得很小时候的一件事，那段记忆非常模糊，以至于我经常把它当作一个梦。我当时五岁，在爸爸的车后座上半睡半醒，车停在一栋我不认识的房子的车道上，爸爸坐在门廊上，和一个头发挑染了蓝色的女人聊天。在我八九岁那年的夏天，爸爸搬进了公路商业区附近的一套公寓。我去他公寓的时候，他会给我奇怪的礼物：比如巨魔娃娃，尽管我很讨厌娃娃，觉得它们很可怕，还有散发出旧货店气味的毛绒狗。对于那些周末，我对他的记忆并不多。

我的想象力为我展开了一个画面：阴云密布，我在他住的街区游荡，把巨魔娃娃的脸埋在别人花坛的木屑上，没有人来找我，没有人关心会发生什么。

母亲把车窗摇下一半，又向上摇，只打开一指宽，林地覆盖物和春天潮湿的气味吹了进来。"你多大了？十六？"

"我十五岁。"

"你知道我的意思。你能应付这件事。你能面对现实。"

下午1点03分，我们正要离开，就见他把车停在距离我们不远的一个车位上，像是在说，我就在这里，只是还不习惯。我没见过他开的车，那是一辆红褐色五座小客车，驾驶座那边的门上有个深深的凹痕，说不定下一场雪，这辆车就会报废。贝琪坐在副驾驶，我早料到她会跟来，但看到她，我还是觉得心里不舒服。

我们在人行道上碰面，互相交换了奇怪的问候。首先是父亲和母亲，他们假惺惺地拥抱了一下，两个人的胸部离得很远，足可以容下一对真正在拥抱的人，与此同时，贝琪则故作友善地轻轻拍了拍我的头。她和母亲没有向对方做出任何表示，父亲没像平时那样，超有魅力地俯冲着绕着我转圈，把我抱起来，假装我是他能想象出的最不可思议的人。现在，他只是表现得很害羞，略带悲伤，并且告诉我，我看起来很可爱，还用一只胳膊搂住我，把我搂到他身边。母亲说让我们去吃饭，她在车里等。

"你确定？"贝琪怪里怪气地问。

"我确定。"母亲不等说完，已经向汽车走去了。

"现在喜欢化妆了啊。"父亲说，我的体温立即升高了华氏一千度。

卡尔弗餐厅里很明亮，弥漫着油炸食品和温德克斯清洁剂的气味，这里是一家标准快餐店，食物和奶品皇后的差不多。"欢迎来到卡尔弗！"在柜台后面，一个快乐的胖女孩尖声说道，她穿着一件可怕的白色护士服，上面溅满了番茄酱和油脂。我直接去了卫生间，在里面待了几分钟，用一张折叠的纸巾擦了擦我的脸。除了一个女人带着两个小孩坐在一张桌边，餐厅空无一人。一个孩子在两颗门牙之间的空隙中塞了一根薯条，像疯子一样冲另一个孩子摇头，但那个孩子对他不理不睬。

父亲占了很大一部分座位，他把脏兮兮的菜单递给我们，还拂掉小隔间里的面包屑。父亲的体形更好了，手臂上的肌肉给人一种过度锻炼的感觉，这让年长的男人看起来是那么疲倦和可怜。他一边用指尖敲打桌面，一边看菜单。他的鼻子晒伤了，他不停地把最近留长的头发从前额拨开。贝琪坐得很近，就跟坐在他的腿上差不多，父亲看菜单时，她盯着她打开的手机，用两个涂着金属色泽指甲油的拇指指甲敲打着屏幕。

"我想吃汉堡。"父亲说。他的脸上出现了我从未见过的皱纹，"两个宝贝呢？饿了吗？"

"当然。"我说。我感觉只要眼前的情况能快一点结束，少一点意外，要我做什么都可以。

"我要鸡柳。"贝琪说，依然低头看着手机，"不要薯条。"

"多要烧烤酱。"父亲用可怕的孩子说话的口吻对她说。他站起来去点单。

"我和你一块去。"我说。

"不，你坐着吧。你们两个可以聊聊女孩子的悄悄话。"过了一会儿，我才明白过来，他手指上的动作是在比画手势引号。

"好吧。"我说，"好吧。"

贝琪一直在发短信。她比我印象中普通多了，一想到父亲为了她离开母亲，我就更难过了，我感觉母亲比她有魅力一百万倍，我想这是我的客观想法。贝琪一感觉到父亲端着食物回来了，就把手机反扣在桌上，冲我露出虚伪的笑容。

"你们都聊什么了？"

"能告诉你的就不是女孩子的悄悄话了。"我露出了紧绷的笑容。贝琪用一只手拿起手机，用另一只手把一块鸡柳塞进嘴里。

"也是。"父亲说，这之后，我们一声不吭地吃光了桌上的东西，只剩下一块汉堡面包，"要不要和我谈谈你在学校的事，还是非得我逼你，你才肯说？"

"老爸。"我说，扮演着从前的那个我，"我很好！我真的很好。一开始，我是不愿意去，但我现在没事了，我还交了朋友，我甚至都喜欢上这里了。"

"我早告诉过你妈妈没事了。"他说。

"的确没事。"我表示同意。我恨你我恨你我恨你。我歪着脑袋，这样我的头发就能更好地遮住我的脸。

"我觉得你一直都是个好孩子，可以照顾自己。偶尔叛逆一下，对孩子来说有益健康。我像你这么大的时候，调皮捣蛋到了极点。"他说，"嘿！我现在还不是很好。我永远也当不上美国总统，但我还不是好好的。"他告诉我，有一次，他把一个爆竹丢进了卡尔勒街的一个井口里，结果搞得整条街都被水淹了；他喝了大麻烟枪的水，结果一个礼拜都恍恍惚惚的；他偷了一艘快艇，在下雷暴的时候在海湾里开了五十英里，只为了去北部找一个女孩，不过他现在连人家叫什么都不记得了。贝琪总是在摸他，不是捏捏他的后脖颈，抚摩他的手臂，就是把额头贴在他的肩上。有一次，他把她的手拨开，好像她的手是一只黄蜂。他或许不希望我们回去，但他也肯定不爱这个傻了吧唧的贝琪。虽然她又笨又蠢，但也肯定明白这一点。

在拥抱我道别之后，他把一张折叠的钞票塞进我的手里。"别告诉你妈妈。"他说，然后在他的脑袋边做了个疯子的手势，看着我，像是在说：明白我的意思吗？"凯茜，你抽烟？别再抽了。你的头发里都是烟味。"

我看着他们把车开走，餐馆里的那个女人在人行道上走来走去，把手机贴在耳边打电话。她抬起手，给了我一个吃惊的微笑。我冲她微微一笑，打开那张皱巴巴的钞票，五十美元。

再见到他时，我已经十七岁了，而在见他的第二天，我就要离开密歇根前往纽约，去迎接在一定程度上由他的失败而决定的未来。那时已经太晚了，我永远也不会原谅他对我的愚弄。


母亲付加油钱的时候和收银员一起笑了起来，她走出去时，一个男人为她开门。她把大衣裹在身上，好像大衣可以保护她免受他的伤害。我看着他注视着她走过。他盯着她的背影看了良久，肾上腺素开始在我身上涌动，拼写出了"危险"两个字。我想知道，如果世界上只有吉米一个男人，对我和我所爱的人来说，生活将有多么美好。母亲上车，带进了一阵冷风和那个男人的兴趣，那个人在垃圾桶旁边抽烟，仍然看着她，现在是在看我们。在启动汽车之前，母亲拆开一块好时巧克力，咬了一口，把剩下的给了我。我们没有谈和父亲见面的事，她只是问我他是否约好再见面。他没有。巧克力太甜，弄得我的舌头都痛了。

"那天晚上，你吃了什么？"我问，这时候她驱车驶出了停车场。我依然能感觉到那个男人的目光，即便我再也看不到他了。"我是指他走了之后。"

"奇怪的问题。我吃了盖饭，装在盒子里的碳水化合物。我记得是因为我做了一件孕妇才会干的蠢事，我放了一颗生鸡蛋，和米饭搅拌在一起吃。"

"恶心死了。"我说，但我们都看得出来，我有些心不在焉。

我们开车经过距离银湖只有二十五分钟车程的基沃尼高中，然后，我才再次开口。天空变成了铅灰色，看起来像是一块坚硬的铁块，如果敲打，它就会发出轻轻的叮当声。不久就会下雨或下雪。我望着窗外的土地，我永远都属于那里，在我离开多年后，它会呼唤我回去，我把前额贴在玻璃上，直到我能感觉到我的大脑被寒冷刺痛。

"如果你早就知道他这么坏，那为什么还和他在一起？"

"他很有魅力。"过了一会儿，她说。

"就是这样？他有魅力？"

我不喜欢"他很有魅力"这句话所暗示的含义：老鼠出没的比萨店，布满灰色雪泥的公路，散发着狗毛和放久了的爆米花气味的蒲团。我恨我是"他很有魅力"带来的结果。

"他能逗我笑。我的第一次高潮就是和他在一起。"

"老天。请注意措辞。"

"如果我教会过你什么的话，我希望是你不会因为优质的性爱而变得盲目。"

“知道了。”

“说到性……”

“不要说了，住口。”

“你有性生活的话，可以告诉我。”

“我没有。”

“我是说如果。”

“没有如果。”

“你不会和别人上床？好吧，亲爱的。随你怎么说。”

我只想回家，我的朋友们在那里，玛莲娜在那里等我。自从在谷仓的那个晚上，她一直对我很好，这帮助我消除了最后一点挥之不去的疑虑，我相信她是真心愿意和我在一起。我的生命危在旦夕，我却一无所知。在母亲加油的时候，玛莲娜又给我发了短信。

“快回来！！！”


我怎么才能描述出，当个坏女孩所体会到的那种夹杂着恐惧的快乐呢？即使我只有十五岁，我也没有愚蠢到去美化玛莲娜的世界，贫穷、毒品与每一件事都有关联，但她的生活一直对我有很强的吸引力。我总是想要更多、更多、更多，我所拥有的永远都不够好。我没去公立学校，我必须上康科德学院，在学院的院子里，落叶纷飞，衣领上有我的名字首字母，课本上满是我迫切想要了解的用语言写成的全部世界。然而，我那么轻易便放弃了我对那个地方的渴望，现在，我全心全意地希望可以完全融入银湖。

也许正因如此，我才如此害怕那种可怕的强烈情绪，那种我为自己建立的可怕归属感，它们会在那些不眠之夜向我袭来，紧接着，我就会有种感觉：如果我屈从于站在悬崖边缘的感觉，我就会改变。我将以某种新的方式属于自己。每一次，我都停得太快了。


玛莲娜一看到我们的车开上车道，就过来找我。距离十一月还有半年，我们的友谊即将画上句点，我们两个，至少是我，都看不到我们这段友情将以何种方式告终。在他们发现玛莲娜之前，我甚至都不知道有一条河叫贝尔河。

母亲做了金枪鱼砂锅菜。我记得，是因为玛莲娜让她别放豌豆。我还记得，我们没法得到快感。母亲的存酒仅此一次快喝完了，玛莲娜搜查了吉米的房间，只发现了几片大麻，大部分是从他的窗台上找到的。我们真正想要的是灵魂出窍迷幻药，或者说是玛莲娜真正需要，但那几乎是不可能的，唯一回复她短信的人要她付二十美元才肯卖一颗药丸给她。我们花了这么多个晚上，试图想办法获得快感，现在我想知道我们这么做是为了什么。玛莲娜总是能搞到奥施康定，我对药丸兴致寥寥，只想知道我们多快便会屈服。在那个特别的晚上，我们比以往更快缴械。

我们只是说话，就跟许多个晚上我们所做的一样，我们在黑暗中并排躺在我的床上，将被子一直盖到我们的下巴，我的父亲在加拿大边界，她的父亲在附近的轨道车里，他们都没把我们放在心上。我愿意相信，玛莲娜那天晚上的状态与药丸没关系。她的声音很小，模糊不清，还很沙哑，很像是水洼的表面，所以听到她说的那些话，我不知道该如何答复。感觉她的人生就像一项审判，自从她可以说话，便压在她的身上，但那实在算不上什么人生。我的黑暗卧室里只有她的声音响起，我的鼻尖冷得像冰，我们的脚在被子下面，又湿又冷。她时而翻身，时而调整枕头，弄出沙沙的声音，星光像往常一样涌入，因为我从来没有真正的窗帘。

在玛莲娜十三岁那年，闪电在她家的房子后面第一次吻了她，她的父母不知去向，她只是记得她的下巴一松，他的舌头就像一根手指伸进她的嘴里。几个月后，她吻了瑞德，只是想看看主动活动舌头是什么感觉。她第一次服用奥施康定的时候，想到了热气球，不过不是乘坐热气球，而是她感觉自己是个热气球。她找她父亲的时候，通常都是缺钱，她会抱着萨尔去轨道车。后来，她长大了，知道他在吸一些东西，那些东西的烟雾从打开的窗户和撑开的前门里飘出来，而且，那些东西还会对他的肺造成永久性的破坏。每次看到暴雨后在人行道上晒干的虫子，她都会想起她的母亲，虫子就像是粘在混凝土街道上的问号。只要下雨，玛莲娜的母亲就会打开所有窗户，玛莲娜的父亲就叫她女巫。玛莲娜当时只有十四岁，应该足够大，不会相信这么愚蠢的事情，但在很长一段时间里，她都认为母亲在离开时给他们下了诅咒。如果她母亲确实下了诅咒，会是什么呢？她的哪一部分生活是被诅咒的？萨尔有时候会因为一点点小事生气，玛莲娜认为他可能会癫痫发作。在夏日的午后，她母亲经常开车带他们去奶品皇后餐馆、海滩，萨尔总把气氛搞得一团糟，他故意把冰激凌丢在地上，赶在别人前破坏这一天。如果玛莲娜服食了适量的奥施康定，并在快感来临的时候开始喝酒，她可以当很久的热气球，难道我不认为她有时应该对她自己说再见吗？如果她能拥有任何东西，比如一个愿望，那她会要钱。很多很多的钱，就像那本有个女人做面条的童书，她记得那时她上四年级，他们大声读那本书，她受到了启发，便画了她自己的故事版本，在她的画里，不断地有钱喷涌出来，大家听后都笑了。

我什么也没做，我很着迷，但并不害怕，就好像在听一个我不太相信的故事。我早就知道了，她和闪电的关系是交易，用身体换药丸、食物、香烟、顺风车，甚至还有钱。我一直在等她将所有的事都告诉我，然后不再提起，这样我会很感激。我抬头看着玛莲娜，她很坚强，很漂亮，我从没想过她控制不了自己，她在很多方面都比我出色。我真蠢，竟然感觉我们交谈时是如此亲密，以至于我想象我们融为了一体。


那天夜里，我们聊着聊着，这个世界带着全新的边缘降临，明亮而欢快，黎明贴着我的卧室窗户，像是它很嫉妒，然后，我们躺在床上和衣而睡。我在上午十点左右醒来，她已经走了，她躺过的床单皱皱巴巴，但没有任何温度。

我从床头柜上抓起手机发短信：你去哪儿了，一切都好吗？我很担心，害怕隔壁发生了什么事，说不定她父亲回来了，在她不在的时候吸毒产生了幻觉。我翻了个身，把脸贴在枕头上，我很困，眼皮发沉，我还很累。几分钟后，她打开我房间的门，把我推到她睡的位置，她的手指虽然细，却很有力气，而且很讨厌。我不情愿地挪了过去。

"我上厕所了。"她说。

她没去厕所，而且她很清楚我知道这一点。


为做女孩而干杯；为过一天少一天而十杯；为每个年纪只能经历一次而干杯；为阳光下和雪地里的她的头发，为灯光刚刚亮起后在沃尔玛停车场黄昏和天黑之间那几分钟里的她的头发，在地下时她的头发，在湖面之下当你睁开眼睛看到她的头发在你周围漂动，弄得你看不到她在笑、看不到有气泡从她的嘴里冒出来，而干一杯；为了尘埃而干杯；为了从后视镜里看到一个人的脸而干杯，他一进来房间里的气味都变了，她低语时声音里带着哭腔，而我并不害怕；为了保险套而干杯；为了生日而干杯；为了说"我爱你"和"不"而干杯；为了昵称而干杯；为了喉咙深处的苦涩而干杯；为了闭上眼睛吞咽而干杯；为了你并不想说的"是"而干杯；为了认识她不到一年而干杯；为了无解的问题而干杯；为了还是会举手回答而干杯；为了只是一个夏天而干杯；为了你手臂上的伤口而干杯，流血与疼痛没有任何关系；为了拿着刀而干杯；为了盐而干杯；为了永不忘记而干杯；再一次为了你一边说着不会撒谎一边却满口谎言而干杯；为了不能忘记而干杯。

举起酒杯。为了试着把她带回来而干杯。

# 密歇根

接下来的几个礼拜，我特意避开玛莲娜的父亲。一看到他上下卡车，或坐雪橇在我们房后的田野上飞驰而过，我就会被一种令人困惑的屈辱所包围，那种感觉是如此深刻，让我觉得自己卑微渺小，甚至暂时消失在这个尘世。玛莲娜善于把困难的事情束之高阁，这简直可以把人逼得发狂，当我试图提起她的母亲或那晚她在我房间里提起的关于闪电的事，她经常都拒绝回答，但我很感激她这样。现在，当我们在银湖闲逛的时候，会在我家里或外面，还有时在攀爬架见面。萨尔和我们在一起的次数越来越多，甚至有一次，他还在我们在客厅里用床单做的巨大城堡里过夜。

上课期间，我大部分时间都宿醉未醒。我用课本做掩护，实际上是在看小说，而且聚精会神地画卡通、写只有十句话的故事，好逗玛莲娜一笑。那一年，我的成绩是四个 A 和两个 C+，其中一科自然是代数二，虽然有玛莲娜帮我做作业，另一门是植物学／土壤生态学，最后的期末考试真是可怕透顶。在我的成绩旁边，拉特纳先生用红色字母写道：真叫人大失所望。我不知道他是不是发现真相了。过了几个礼拜，他恢复了正常。很快，他妻子怀了他们的第二个孩子。

有许多课程都是我在康科德学院学过的，这一点很有帮助。我肯定也做过功课，但不是很多，我记得和玛莲娜一起在客厅的地板上学习，填写作业单。我还记得什么？在合唱队或英文课上，切尔西的目光在我的身上来回游移，因为我清楚地记得有传言说我和麦卡上床了，这使我成为男生们的目标，他们把一些恶心的纸条从格栅塞进我的储物柜，在上面说我是凯蒂猫。我还记得抽烟的事，大量的烟，在校园每一个偏僻的角落里抽了十支，在发生故障的厕所里抽了两百支，在木狗屋里抽了五百支，后来外面变得足够暖和，在里面抽烟就不安全了。我记得那天早上，我盯着浴室的镜子，我的一只眼睛画着眼线，另一只没画，这时候我意识到眼线已经变得和内衣一样重要。

我记得在那一学年末的前几天，看见瑞德跑下前门台阶。因为我没赶上巴士，母亲送我到学校，但我还是晚了几个小时。他之所以可疑，是因为他努力表现得很随意，仿佛他这样一个十七岁的辍学生，在六月一个阳光明媚的日子里于早上十一点离开高中，一点也不奇怪。

随着时间的推移，我拼命想要成为的那个人和他人相信我是的那个人慢慢地融合在了一起，那是我所有令人着迷的快乐的来源，那份幸福是如此完整，以至于我每天处在一种意识丧失的状态。对大部分周围发生的事都视而不见，母亲晚上不在家的次数越来越多，吉米总是神神秘秘，我在黑暗的走廊中遇到他，感觉他就像一个不合时宜的幽灵，对于他这个人，我知道他的脸和我的脸令人不安地相似。他和玛莲娜之间有事发生，但我叫我自己相信，没有证据可以证实这一点。我记得许多个夜晚，我们蜷缩在任何我们能找到的汽车的副驾驶座位上，玛莲娜开车，收音机的声音很大，我感到低音在我的胸口里震颤，黑夜的天空是那么辽阔，我们冲向悬崖边缘，再往前一点，就会冲进虚无之中。我记得我很快乐，完全活在当下。我从没觉得自己活得那样不羁。

我和玛莲娜离开轨道车，穿过树林，她说瑞德最近怪怪的，她想使他振作起来。这时候，我忽然想到了钥匙，就是母亲做过清洁的完美豪宅的钥匙，就塞在大门旁边的悬挂植物里，我知道那栋房子一直没人住，而霍德森夫妇因为女儿去马略卡岛旅行结婚，会比平常晚归几个礼拜。

"啊，马略卡岛。"玛莲娜说，"我在夏天更喜欢摩纳哥，但我才不要对别人的选择指手画脚。"

"你知道资产阶级都是柔柔弱弱的，亲爱的，他们总是赶时髦。"

"资产阶级，嘿。"玛莲娜喊道，有些歇斯底里。

"是的。"我说，"想想看。大房子，没人住，吧台里的酒跟真正的餐馆一样多。而且呀，我有钥匙。好吧，我没有钥匙，但我知道钥匙在哪里。"

"老天，你是从什么时候开始变得这么坏的？！"我的脸红了，鞠了一躬，阳光洒在我的肩膀上，暖暖的。自从五月初，我们就一直穿无袖的衣服，"是受我的影响吗？我真的很想把这个功劳揽在身上。"

我们决定在六月的第一个星期四，也就是那个学期的最后一天，举行派对。霍德森夫妇来这里的模式与大多数游客相同，他们圣诞节期间来密歇根北部住上两三个礼拜，在随后的春假会再次到来，那之后，他们要等到夏天才回来。劳动节那天，时钟一敲十二点，基沃尼和科勒尔斯普林斯就恢复了小镇的模样。母亲在我家的日历上记了霍德森夫妇的日程安排，她用闪闪发光的银色笔迹在方格上记录了他们返回和离开的日期，不管是否有意识，她选择这种颜色，象征着霍德森夫妇的重要性。我们的活动都是用普通的黑色旧记号笔写的。霍德森夫妇要到本月中旬才回来，所以我们有足够的时间办聚会，然后逃之夭夭。

今年四月，玛莲娜帮我和母亲在霍德森夫妇举办完春季癌症护理募捐活动后去打扫他们的房子。我们从楼梯扶手上取下一串串金属箔，拿着垃圾袋从一个房间到另一个房间，把干酪皮、粘有口红和红酒渍的昂贵布餐巾丢进去。从天花板横梁、肥胖的裸体雕像到后院，玛莲娜很尊重这所老房子，从后院可以到湖边，因此就变成了私人沙滩。我不让她独处太久，只有一次和她分开，因为我必须去洗手间。从厕所出来，我很长时间都找不到她。我走到三楼，只见她在那里，盘腿坐在地毯上，她面前有一幅画，画中的茅草屋顶的房子矗立在一片花海中。"很美吧。"她说，"我就想住在这样的地方。"我并不认为画很美，我觉得霍德森夫妇也不认为，不然的话，也不会把画藏在那里。

"那里？"我说，"我希望住在这里。"

"是呀。"她说，"但在那里，没人能找到你。"

我一整天都跟着她，因为我觉得她可能偷东西。她确实翻找了每个药柜和床头柜抽屉。但是说谎和偷窃并不意味着你是骗子和盗贼，而玛莲娜并不是一个真正的小偷。她那么做可能只是出于无聊或需要，但她从本质上而言不是个贼。我看到她饶有兴味地翻看霍德森太太的羊绒毛衣，而我在看到那个夸张的衣柜时却体会到了满心怨恨，这时候，我才意识到，对于没钱这件事，她和我的态度是不一样的。对于母亲打扫的这栋房子，我没偷里面的东西，没拿走这家有钱人的东西，只是因为我害怕被抓住。玛莲娜没有偷东西，因为她认为没有意义去偷。全新的生活是偷不走的。

*是我，她说。不是我们。*

学校放假前的最后一天下雪了，小雪时下时停。无论如何，坦利太太还是按照每年的传统，把大门撑着，学校里面冷飕飕的。六月下雪，你能相信吗，每个人都这么说，大家都挺震惊，还有点害怕。一些年纪较大的老师站在教室的窗前直点头，他们表示这并不罕见，他们以前见过这种事。雪花一落在铺着瓷砖的大厅里就融化了。在阵雪的间隙，太阳像个蛋黄，投下了柔和的、无用的光芒。每逢有征兆出现，我们就知道那是个征兆，即便除了显而易见的意思，我们不知道它意味着什么，而这样的天气则证明了我们的运气不好。

"今年不是个好年头啊，我就知道。"玛莲娜说。和往常一样，这个时候我们在网球场附近的一片杂树林里抽烟，"不会有夏天了。夏天不要我们了。"

"他娘的夏天。"格雷格在树梢喊道，一群鸟被惊起，飞入阴沉的天空，"反正我们也不需要你了。"

"下的是什么呀，一点也不像雪。"小不点儿说。她伸出手掌，一些雪花触到她的皮肤，便蒸发了，"更像是灰烬。"

我们手挽着手走回学校。因为那个派对，我们热爱彼此。从前在放假前，我都没什么感觉。我有什么可期待的？和海星去购物中心？大多数时候，我都是看书消磨时光，翻完了一本又一本，所以，我生活在一本修改过的超级书里，与安妮·雪莉、赫敏、兔八哥和希斯克利夫生活在一起。

但这个夏天不一样，我再也没去过图书馆。

放学后瑞德会来接我们四个。他的妄想症越来越严重，几个礼拜以来，玛莲娜一直在说服他和我们一起去。我们需要瑞德，我们需要他的车，以及他那些要多少有多少的烟，而且，我觉得玛莲娜还需要他的药丸。他不希望被人看到他出现在基沃尼高中，所以，我们在半英里外的英石油加油站碰面。他命令我们绕远路，从学校边的后院走，而不是走镇上的大路。

"不能叫别人看到我和你们当中任何一个人在一起。"他说，"你们想过这一点吗？"

"是的，是的。"玛莲娜说，"有人跟踪你，我们明白。"

瑞德的第一站是我家和玛莲娜家，这样我、玛莲娜和小不点儿可以去看看萨尔，给他吃点东西，哄他睡觉，换上我们的夜间服装，再去找吉米开车出来。根据玛莲娜的说法，我们绝对有必要开两辆车，万一发生什么事，我们需要逃走。"真的吗？"我问她，打开门，我想要她说实话，如果她有实话需要交代。"真是因为我们需要两辆车？"

"真的。"她说，她用怪异的眼神看着我。我还以为吉米会告发我们，要不就是在我们即将出发之前阻止我们，但我在短信里把这件事告诉他：你不要坏我们的好事。他则回短信说：你要做就去做吧，不是白痴就该去。

我们把计划彩排了足有一千次。每个人都有各自最喜欢的部分，小不点儿赞成中途去我家和玛莲娜家，因为她想到一个主意，那就是穿我那件夏洛特·鲁斯牌的黑色小裙子，那件衣服是我八年级时穿的，现在已经小了，她认为穿上那件裙子，就可以达成所愿，显得瘦一些。玛莲娜一心只想叫吉米开那辆我们可以用来逃跑的车一起来，格雷格画了一张往返豪宅的路线图（不知怎的，去和回的路线并不一样），而我则希望确定我们到时候不会没烟抽。只不过才几个月的工夫，我就养成了每天抽半包烟的习惯。瑞德轻而易举就能搞到啤酒，因为他只要给他母亲一些钱和告诉她我们要的东西，她就会去商店里买来。他们都很兴奋，这让我很骄傲。我曾见过他们做危险一百万倍的事，但现在只是私闯豪宅，是一个新水平，是我的礼物，是第一次做出真正的贡献。

在学校里，我们一整天都在课堂上你瞧我，我瞧你，传递小纸条。在合唱队，我和小不点儿交换了声部，她唱女低音，她的声音有些紧绷，我的声音则很高，在合唱《哪一个男子不负心》的时候，我唱得和切尔西一样好，弄得她很不高兴。在代数课上，我们看了一部关于数学神童的电影的下半部分。果然不出所料，铃响前两分钟，麦卡把一张纸条丢在我的桌上。明年见，凯蒂猫。纸条上写道。一只猫骑在一艘阴茎形状的航天飞机顶上，它的身体是用钢笔画成的。在法语课上，我和玛莲娜做了一个精心准备的演讲，讲的是我们计划夏天在海滩上开一家沙冰店，这是我们的第一步，而我们的终极目标是把沙冰打造成一款高档美食。我们讲完，艾丽卡和卡西都拍起手来，吕潘太太喊道："太棒了，你们两个配合默契！"[1]

在大学英文先修课上，我们又看了一部电影《独自和解》，钟先生叫我到大厅参加学生会议。我真的很喜欢钟先生，我喜欢他在我的作业边缘用瘦体混合草书写下的问题，尤为喜欢他允许我只要写了论文，就可以看大学英文先修课列表中的书。他问我未来打算做些什么，还引用了他让我们背诵的马查多的一句诗。我真的很想告诉他，当我允许自己做梦的时候，我希望有一个满是书的房间，但我突然害羞起来。在我站起来前，他把我写的创意写作练习短文和今年的最后一项作业从桌面向我推过来。我写的是一场吃热狗比赛，结果引发了一连串的呕吐，而这就像病毒一样在当地的集市上传播开来，只有两个女孩除外，这对最好的朋友记录了整个事件。写之前，我阅读了史蒂芬·金的一篇短篇小说，然后，我花了几个小时，一边抽烟，一边写了这篇文章。故事情节几乎相同，只是我把人物换成了班上的同学，把场景设置在基沃尼游乐场。写完草稿后，我大声读给玛莲娜听，她听了大笑起来，一直说她要吐了。钟先生的评语在最后一页，评语上方是一个用红笔写出的小小的 A+。**但为什么是这个故事？如果你选择了一个对你来说很重要的话题呢？**回到教室后，我把纸页卷成一个小望远镜，先看了看电视，然后望着窗外的雪。

英文课后，玛莲娜靠在我旁边的储物柜上，像是走了很远的路，非常累。"我今天一节课都没翘。"

**对你来说很重要的话题。**

---

[1] 原文为法语。

我怎么能一直听到她的声音，她告诉我她没有逃课，她的声音与当时一样清晰，每次我听到她的声音，我都害怕她已经知道这是她在基沃尼高中的最后一天。我应该问她为什么听起来那么悲伤。我应该认真听她都说了什么。她不停地讲，说她上了哪些课，还提到了切尔西，不过我现在都想不起来了。而被遗忘的内容，真的是很重要。

　　我打断她，给她看我的成绩。她看着我，眼神温暖，还有点怜悯，我见过她这么看着萨尔，她的眼神中夹杂着一些独属于我和她的意味，这个眼神在我们之间画了一个圈，突然间，我意识到了我们没有分享的各自的历史。我们成为朋友的时间很短，在那之前，我们只是陌生人，但我几乎不记得我以前的生活了。

　　"看到你，就知道你能考好。你很快就能考第一了。"

　　"你和我一样聪明，可能你比我更聪明。你根本没尝试过。"

　　"我能做什么呢？去上大学，让萨尔自己照顾自己？五年之后，你甚至都不会记得这个地方。就因为这个，我们才必须珍惜这段时间，把你那颗聪明的大脑灌醉。"

　　"那还用说吗，宝贝。"我用和她一样的语气说道，但我说她比我聪明，她却没有反驳，我真有点恨她。

　　"为了奖励你取得这么好的成绩，等到太阳一落山，我就给你做最烈的马蒂尼，而你将用圣餐杯来喝酒。"

　　"你竟敢暗示我不能用圣餐杯喝酒。"

　　整个基沃尼高中都处在兴奋状态，狂热的越野赛跑运动队，艺术狂热追随者，切尔西那帮人，还有其他那些不知名的学生，全都如此。但我们不一样。我们整个人都在发光。最后一天上课，六月飞雪，神秘的豪宅派对，好像我们四个将一些特别的烈性物注入了我们的血管。

我和瑞德、格雷格一起坐在领头车里，玛莲娜、小不点儿和吉米坐第二辆车，玛莲娜坐前座，小不点儿坐后座。瑞德非要天黑以后才从银湖出发，他开车带我们在基沃尼转了四十五分钟才转弯，之后他绕了远路并且弄错了方向，只好返回基沃尼，最后终于来到了科勒尔斯普林斯市，占地一英亩的霍德森家避暑别墅矗立在密歇根湖的湖岸线上。

"是同一辆车。"瑞德说了一百次了，他一会儿看后视镜，一会儿看侧视镜。

"什么同一辆车？"

"同一辆车，凯特！自从我们离开你家，那辆车就一直跟着我们。"

"你真是傻透了。"格雷格说。

但我不介意，我喜欢窝在这辆黑色面包车里，将烟雾吐到打开的副驾驶车窗外，我喜欢坐在瑞德旁边，而通常都是玛莲娜坐在这里。那安静的几分钟让人对接下来的派对充满希望，对那天晚上和以后我们将一起度过的夜晚充满希望。我把手伸进外套口袋，拿出我偷来的最后一点杏仁，把那些陈腐无味的坚果丢进嘴里。和他们一起坐在车里，远离玛莲娜，我感觉到自己前所未有地融入到了这个团体里。喜欢她不在时他们对我的态度，是错的吗？我摆弄着收音机，瑞德很高兴我只听一两句就换一首歌。格雷格喜欢我，不过没人看得出来，他探身在前排座之间。他们像对待她一样对待我，仿佛我是个可爱、易碎和珍贵的东西。

在科勒尔斯普林斯市，从树木的间隙能看到窗户里的灯光，温暖的小堆火焰时不时出现在视线里。夏天已经来临，金汤力鸡尾酒在他们的手掌上凝结水珠，他们或是在自家的湖滨门廊上碰杯，或是在后院里烤棉花糖。孩子们抓到萤火虫放进梅森食品罐，并把它们放在床头柜上，作为临时的小灯，是我和母亲拧开瓶盖，把萤火虫的尸体扔到马桶里。有很多有钱人做的事是我们没有做过的，或者说没有做得像他们那样漂亮。我们的棉花糖在木棍上被烤焦，而我们用来烤棉花糖的火坑本来是用来烧垃圾的。我们徒手抓着萤火虫，片刻后它们就会挣扎着飞走，我们用手把它们拍扁，把它们那霓虹色的内脏抹在脸上。

"原来是这个街区啊。"瑞德摇着头说，但兴奋战胜了他的恐惧。这里美轮美奂，很有感染力，十分宜人。这里与银湖的美并不一样，那里充满了野性，感觉很粗糙，到处是活动房屋和我们的破旧汽车。

"很嫉妒吧？"格雷格问。

"五十年前，住在这里的都不是有钱人。"我说。

"其实这么说不对。至少一百年，这里是芝加哥卫理公会派教徒居住的飞地，他们都是上流阶层。"格雷格说，"他们的长子女都加入了共和党，建造了这里。"

"但以前是印第安人住这里！"

"的确如此。"格雷格拉拉我的马尾辫，"以前真的有印第安人住在这里。"

快九点了，我们终于驶上了霍德森家的长车道。房子位于这片私人土地的深处，只能隐隐看到附近房屋的灯光。我充满前所未有的自信勇敢。我们把车停在漆黑的豪宅前，这幢如同城堡一样的大宅映衬着闪闪发光的湖泊，我将常春藤叶子拨到一边，把手伸进悬挂的盆栽，摸到了冰凉的钥匙，这个时候，我依然敢赌一百万美元，甚至是我的未来，我做出的是正确的选择。

我笑嘻嘻地转动钥匙，我潮湿的皮肤贴着金属钥匙。他们都还坐在车里，并不是真的相信我能做成、我们会真的进行这次冒险。我记得那一刻的他们，我看着他们，像是在看一幅画，他们的脸笼罩在黄色的车灯下，他们的五官美丽而模糊。我爱他们所有人，我甚至也爱我那个说谎话的大哥，他来这里，根本不是关心我。

"不给糖就捣乱！"我喊道。这是玛莲娜的口头禅，但那一次感觉更像是我爱说的话。

"你这个婊子！"玛莲娜喊道，跳下我哥哥的汽车，然后，我们都行动起来，从后备厢里搬出吉米弄来的啤酒。我一打开门，他们就涌了进去，房子里弥漫着一股没人住的霉臭味，叶子和花瓣都干了，一摸就碎，还可以闻到我母亲的自制木家具清洁剂的化学柠檬味。

来到屋里，格雷格和瑞德穿过房子，打开了所有电灯，他们爬上楼梯，像孩子们一样互相呼唤着："快来看看这个，简直不可思议。"我发现他们在三楼最西端的卧室里摔跤，瑞德把格雷格的头压在地毯上，尖叫着让他闻地毯，还说地毯很好闻。瑞德从格雷格身边滚开，瘫倒在他的身边，他们的胸口将 T 恤绷得很紧。"疯子。"我说。格雷格一翻身，向我爬过来，自喉咙里发出咆哮。他抓住我的小腿，我被拉得双腿一弯，一下子摔在他的背上，我的头垂在他的膝盖之间，然后，我也滚到了地板上。等到玛莲娜、小不点儿和吉米走进来，就看到我们三个人平躺在地毯上大笑，我们盯着天窗，惊叹于竟然能从屋内清楚地看到满天繁星。

我们的派对是从地下室开始的，吧台旁边的房间里有宽大的皮沙发和一个台球桌，还有一台横跨整面墙的电视。因为房子建在山的一侧，法式双开门通往后院。我把门撑开，让风吹进来，日落之后，天气终于开始觉得像六月了。往湖滩走几步，可以看到一根用蓝色瓷砖做成的古董烟囱矗立在一圈长椅中间，椅子看起来像黄油一样柔软，我简直不能相信那真的是木头。玛莲娜扮起了酒保，把名字最炫的酒放在吧台上：轩尼诗、孟买蓝宝石金酒、意大利柠檬甜酒。她逐瓶打开瓶盖，闻着酒香，然后把每一瓶都倒了一点在一个狭口酒杯里，还逼着吉米尝。他对她很好，总是陪在她身边，他的注意力都集中在她身上。

就是在那个时候，我才真正确定，他们之间不仅真的有关系，而且，他们的关系可能还会持续下去。事实上，他们的关系就在我眼前发展得很快，就像看一段小树苗长成大树的延时视频。不要，我想这么说。不要。我坐在一张吧椅上，可怜的瑞德就在我旁边，我意识到他也发现了他们两个好上了，我看着我哥哥递给我最好的朋友一个干净的玻璃杯，从高处拿下一瓶美格波本威士忌，方便她够到，她喝了一口意大利柠檬甜酒，做了个鬼脸，他见了，便带着全心的快乐笑了起来。一切都要改变了，我将被抛在后面，被他们抛弃，永远的伙伴。自从我认识她的那一天起，这样的情况就不可避免，我是那么难过，我的第一次心碎就这样开始了。

玛莲娜给了我们每个人一杯她即兴调出的鸡尾酒。她把手伸向瑞德，晃晃手指，他把一颗药丸扔进了她的手心。现在看不出他的情绪如何，他喝了一口酒，又把酒吐回了杯子里："我就没喝过这么难喝的酒。"

我同意。

"我喜欢。"小不点儿忠诚地说，脑袋一歪，搭在格雷格的肩上。瑞德拿起一瓶灰雁伏特加，倒进另一个酒杯。

"哇。"格雷格说，"太开心了。我真该拍个视频。我感觉人们肯定喜欢看有人喝这种酒的样子。"

"拍吧，我的朋友。"瑞德说，"我出去一下。"他从口袋里掏出一支香烟，朝后院走去，我跟了过去，我也不愿意看着他们。来到外面，瑞德从一张长凳下面拿出一袋木炭，倒进烟囱里，倒了一些他杯里的伏特加在那堆石子一样的木炭上。他扔进一根火柴，木炭呼呼地着了起来，有那么一刻，我们什么都看不见，随后，烟囱里燃烧起了正常的小团火焰。

"你是要送掉我们的小命吧？"吉米出现在门口说，"这主意不错。什么显眼做什么，这样邻居们都能看见了。"

"冷静点，伙计。没事的，很好啊。"瑞德已经快喝醉了。我能看到酒精对他的影响，让他不再害怕、焦虑、妄想，最近，这些情绪把他搞得稀奇古怪。他是个偏执的醉汉，动不动就发脾气，但他现在很开心。

"别再搞事了。"吉米说着关上了法式落地门，将我们关在外面。

"你哥哥太讨厌了。"瑞德说。

"是的。"

"代顿到这里最近吧？"

"是呀，怎么了？"

他发了一条短信，然后，他的目光从手机转移到了我身上，他的脸被火光照亮了，那块胎记很可爱。

　　"你不会生气吧？"

　　"那要看什么事了。"

　　"枫树旅馆不安全了。我现在没钱了，而且我有些货要出手，我不能把药丸带在身上。这里看起来像个安全的地方，我只要十分钟就够了。"

　　"老天，瑞德，你在想什么？"

　　我只是在假装。我意识到他认为我会生气，并且应该生气。生一会儿气并不难，我的感受对他很重要。如果我承认我并不是很在乎他那些愚蠢的交易，他就会一直给我这种细小却充满引诱意味的注意，这对他而言很少见，在任何男孩子身上也都很少见。对于选择、行动，我无法在道德水平上做出任何判断，如果我已经变成了现在这样，私闯霍德森家，翘课几个礼拜，科学课差一点不及格，偷盗，破坏公物，醉酒，情况还能坏到什么程度呢？

　　"我应该和你说一声的，你有过那种感觉吗？你知道你不好，你做了错事，你看到自己搞砸了，就像在看电影，但是即使你感觉到事情发生了，你也没有办法阻止。"

　　"我明白你的意思。"

　　"有时候，我做一件事，我做着这件事的时候，我的大脑在冲我尖叫，不要，不要那么做，停下，停下。"

　　"但你还是会去做。"

　　"是的，大多数时候是的。你知道关键在哪里吗？"最后一个问题是附加的，过于讽刺，像是他意识到他说了什么，必须用一个毫无意义的笑话来反驳。我很想告诉他，你用不着表现得好像你根本不在意。和我在一起的时候，不必如此。

"他们什么时候到？"

瑞德轻轻敲击手机："可能很快。他们已经出门了。"

他冲我举起酒杯，里面只剩下一点伏特加："干杯。"

"干杯。"我说。我们碰杯，喝光了各自杯里的酒。

　

瑞德找来的买家出现的时候，吉米、玛莲娜、格雷格和小不点儿都在湖滩上。我借口不太舒服，便和瑞德留在屋里。玛莲娜是否注意到我一直和瑞德在一起？她嫉妒吗？"我们去湖滩吧，"她这么和我说，"我喜欢晚上的湖滩。"她的辫子松了，刘海儿长而凌乱。瑞德不想去，他说不想去的时候一直看着我，这就是为什么我撒谎说不舒服的原因。吉米本来应该保护我的，却不介意把我留下，让我独自和一个我看得出来他不太喜欢的男孩独处。吉米没有把我看成一个女孩，就像我其实并不相信他有足够的特别之处，可以和玛莲娜在一起。但现在，他们之间闪动的火花让人眼花缭乱。他们出发去湖滩，玛莲娜骑在我哥哥的背上，她用空闲的一只手拿着一瓶香槟，小不点儿和格雷格走在他们身后几步远。我们到达后不久，格雷格和小不点儿就去了一间卧室，十五分钟后，当他们出来的时候，格雷格似乎已经忘记了他对我的迷恋。

我和瑞德玩了一圈桌球，我接连把四个球打进球袋，他一个不小心，把他的球杆撞在了高脚凳上，发出轻轻的咔嗒一声，像是撕纸的声音。他把球杆举起来，球杆中间靠上的位置有一个接口，由一块油漆将其连在一起。重力慢慢地把球杆分开，上半部分掉到了地毯上，末端指向我。我心想，这下麻烦大了，我的心里直翻腾。门铃响的时候，瑞德仍然握着坏掉的半根球杆。

"肯定是麦卡。"他说，"我这样是不是像个真正的毒贩子？"他挥动了几下坏了的球杆。这里有很多球杆，也许我们把这根断掉的藏起来，霍德森夫妇就注意不到了。他这是在和我调情吗？

"麦卡？哪个麦卡？"

"不知道，反正就是麦卡。满脸雀斑，有钱人家的孩子，和玛莲娜同一年级。"

"你说真的？"

"什么？"

"我恨他。如果超过十分钟，我一定不会放过你。"

"我可不知道你们两个有过节。基沃尼高中的小道消息我不是每一个都清楚。"

"他性骚扰我。"

"听你说到'性'这个字，挺有意思。来呀，再说一遍。"

我冲他摇了摇头，情不自禁地脸红了，然后走到屋外。我坐在火坑旁的一张长椅上，醉醺醺的，胃里感觉很暖。北密歇根的每一个人都有联系，有的是亲戚，有的上过床，还有的在同一间昏暗的杂货店里买同样的番茄。婚恋交友网站让我母亲认识了闪电，因为他们都是到了一定年龄的单身成年人，生活在同一半径十五英里的范围内。小不点儿是切尔西死党的表姐。麦卡、瑞德和格雷格上二年级时都参加过儿童棒球队。我不想麦卡看到我，独自一人和喝醉的瑞德在那所房子里，会让人相信我是个荡妇。切尔西打开门。

"凯特。"她说着走出房子，轻轻关上门。她挨着我坐在长凳上。

我并不惊讶。"你怎么到外面来了，不想见我们呀？"

"没错。我对你男朋友没什么好感。可你还是出来了。"

"我想抽根烟。你可以控告我。"

"这个院子很大。"

"我简直不敢相信。这地方不错。我想这是你家吧？我知道不是瑞德家。"

"我们家把在芝加哥的顶层公寓卖掉了，所以我们夏天就不出去避暑了。我老爸提早退休了，他想花更多时间陪伴家人。"来自湖滩的欢笑声在空中飘荡。她吓了一跳。

"有件事我怎么也弄不明白。"她点了一根百乐门香烟，她的烟比较长，把烟从鼻子和嘴巴呼出来。

"什么？"

"你是怎么认识那些人的？"

"你什么意思？"我本来想说得很傲慢，可听起来好像我因为想知道才问她。我确实想知道。事实上，我也解释不清楚。客观地说，如果你从鸟瞰的角度看我的人生，你会发现我过得毫无意义。

"他们都是小流氓。"切尔西说，"玛莲娜根本无药可救，我看到她都害怕。我在我们五岁时就认识她了，自从那个时候开始，我就特别怕她。在游乐场上，其他孩子都还不知道什么是香烟，她就已经开始抽烟了。你看起来不像他们那样的人。"

又有人告诉我他们认为我是什么样的人。如果我不像与玛莲娜、瑞德和格雷格一起混的人，那表示我应该适合与切尔西、麦卡那些人在一起，玩晒黑床，打橄榄球，吃迷幻药，而且，他们都会去密歇根州立大学上四年，并且住在同一栋大房子。然后，他们会一步步发展，看不起玛莲娜那样的人，也看不起任何与他们不一样的人。如果是切尔西住在我家隔壁，我也许依然会在这个地方，只不过是坐着麦卡的 PT 漫步者汽车来的。但是，他们一旦发现这里不是我家，还可以花十五美元一个小时雇我母亲去打扫她家里的厕所，他们的看法马上就会改变。

"玛莲娜是我最好的朋友。"我说，"而且，你这人太虚伪了。你现在也在抽烟。"

"我只是说说，凯特。"切尔西说，"你看起来是个正常人。你和他们有什么共同点吗？你们在一起都聊些什么？"

"你这话是什么意思？"

她张开嘴，吐出一个又大又圆的烟圈，然后，吐了一个小烟圈穿过大烟圈。我虽然不情愿，却还是很佩服她。

"给我滚蛋。"我说。有些话我还是可以说的。

"我真认为瑞德会死在这件事上。"她说，"那小子活该。"

她把烟扔向火堆。香烟落在火焰的外沿，慢慢地皱缩了。

"我本来还想邀请你一块出去玩，但你现在受污染了。"她说。

"好好享受你的毒品吧，瘾君子。"我笑着回答。


我不记得他们是什么时候从湖滩回来的。一切都发展得很快。在麦卡、切尔西和他们的朋友离开后，瑞德把一大把钞票呈扇形散开。我和瑞德坐在地板上，背靠沙发，来回传着喝一瓶带有松香味的酒。那瓶酒喝起来暖暖的，就像用圣诞树做的漱口水一样，他嘲笑我，他的嘴唇不停地动，我很想触摸他牙齿之间的黑线。他的牙齿之间的缝隙竟然可以这么小，实在很有意思。我知道食物在楼上，便上楼去拿，我头昏眼花，不得不抓住栏杆，这才不会向后栽倒。来到楼梯顶端，我看到了他们。即使在昏暗的房间里，聚光灯被调暗了，我还是可以看到我哥哥和玛莲娜在厨房里，玛莲娜坐在花岗岩厨台上，她的上半部分身体倾斜向他，她的腿缠在他的腰上。她的辫子都松了，头发从她的耳后一直垂下来。吉米一遍又一遍地把她的头发拨回原位。我看不出他们的嘴在做什么。在这个房间里有很多卧室、步入式衣橱、飘窗和卫生间。为什么他们偏偏选择在这么显眼的地方？我的身体有些摇晃，我往前走了几步，不确定我是否应该阻止他们，我感觉这是我的权利。我想知道我看到的是否就是爱，就是两个相爱的人。我不是已经知道了，爱情的副作用之一就是让你不再害怕后果，做出你从不会做的事？下楼的时候，我摔倒了，却不觉得疼，有人伸手扶起我，把我放在沙发上，还用一条毯子盖在我的胸口上。他们在外面说话，吹进来的风夹杂着烟味。"她喝得太快了。"有人说。另一个人，是个男孩，也许是瑞德，说："我一直都说不好她是可爱还是古怪。"然后是很轻的说话声和笑声。玛莲娜说："我努力表现友好，但有时我很想尖叫。""她是家里的宠儿，她就是个小孩子。"吉米说。我想站起来，向他们解释，我变成这样，不是因为我的父母离婚，根本不是那么回事，但毯子太重了。问题在于，没有人说真话其实并不要紧。

我醒来后发现自己在地下室，灯都熄灭了，我的脑袋卡在椅子扶手、坐面与沙发背之间的三角形缝隙里。透过现在关闭的落地门，可以看到天空是黑色的，分辨不出现在是几点。在巨大的电视屏幕上，和我一样年纪的篮球运动员在运球。瑞德也在沙发上，和我斜对角，正用一个杯子喝着什么。

"你可以开大声音。"我说。

"美女醒了！"

"我真是派对杀手，对不起。但愿我没搞得一团糟。"

"不要紧。是玛莲娜一直在照顾你。"

"现在几点了？"

"三点多了，他们都醉得不省人事了。还开派对呢。"

瑞德在吧台里寻找一些不那么烈的酒，最后选了一瓶只剩下五分之一的马利宝酒。那种酒尝起来就像是沐浴露。外面很冷，我很高兴我穿了运动衫，不会觉得太冷。我们一边向湖滩走，一边传着酒瓶喝，离开草地走到沙滩上，我们就脱掉了鞋子。光着脚踩着沙子，我瑟瑟发抖，瑞德搂住了我的肩膀。我一下子就清醒了过来，但那是一种十分怪异的醒着的感觉。我之前已经喝醉了，再加上含糖的马利宝酒激活了仍残存在我血液里的酒精，但我的感官变得非常敏锐，觉得自己在酒精的作用下变得很清醒。就像戴着一只大手套去捡东西，你必须控制多余的布料，适应所戴的手套。我挣脱开瑞德，跑向湖边，我的双脚掠过地面，直到浪头猛烈地冲击着我的小腿，水很冷，我心中一凛。我撩起裙子，向更深的水里走去，湖水拍打我的膝盖，我的大腿内侧凝结着水珠，起了一层鸡皮疙瘩。远处，湖泊与天空交融在一起，那是地平线，一眼就能看出哪里是天空，哪里是水，因为星星正对着水，因为它们并不像湖里的倒影那样晃动，而倒影是由月光组成的。密歇根到处都是湖泊，天空浩瀚，繁星点点。我想起玛莲娜那天问起关于死亡的问题，现在，我仍然同意我给出的答案。在这里淹死，一生都在这里，永远不了解外面那个丑陋的世界，一定是很美的一件事。

瑞德坐在一艘靠岸的小船上。我以为他一直在看我，看我在水中的倒影，但是，当我来到他身边，爬上那条小船，坐在他身边，他的表情并没有变化。

"你最近是怎么了？"

"我不能说。"

"我不会说出去的。"

"你会的。"

我把膝盖抱在胸前，用我的运动衫遮住了裸露的双腿。瑞德把我抱在怀里。有多少次我想象有个男孩尤其是瑞德触摸我？他的身体非常暖和，肯定比我的体温高了两千度。眼前的情况与我想象的不一样，不知何故，这种感觉既好，又非常虎头蛇尾。他抚摸着我的运动衫下面的小腿，我放松下来，靠在他身上，头枕在他的锁骨上。他的手所到之处，都有一种刺痛的感觉，有人抚摸我，这让我心醉神迷，十分愉悦。吻和不吻之间没有过渡，我抬头看着他举着快空的瓶子痛饮，他的喉咙像纸一样白，我的牙齿与他的咽喉近在咫尺，然后瓶子被丢到了船外的沙滩上，他将我的下唇含在嘴里，我不知道该做什么。

"嘿。"我小声道，"我不知道。也许我们应该停下。"

他没有停止，他不停地吻我，让我躺在船脊上，他的手抚摸我的臀部，随后伸到我的运动衫下面，我的身体在来回晃动。他抚摸我的柔软腹部有什么感觉？毕竟我的肚子和玛莲娜的肚子并不一样。瑞德摸着我的腰，捏我的腰，这是多么奇怪。他把我的运动衫向上掀起，遮住了我的下半张脸。他用手分别捂住我那像个胖女孩一样的乳房，开始挤压。他舔着刚才抚摩过的地方。奇怪，奇怪，他的舌头轻舔我的乳头，他竟然会做一件这么奇怪的事，很明显，他相信我会从中得到快乐。感觉很愚蠢，就像挠痒痒挠错了地方。我自喉咙里发出一声轻柔的声音，这是我在合唱队能唱到的最低音，这声音似乎恰到好处。我为他感到难过，不知怎的，我的脑袋底部撞在了小船上，他的双手笨拙地移动着，比我想象的还要快。我已不再像他亲吻我时那样激动了，当时，只能听到他的低语，感受到他的指尖的抚摩。他所做的一切与我自慰时的那种混乱、麻木而紧迫的感觉没有丝毫相似，就像水和冰的区别。从我的肩胛骨撞到船底的那一刻起，我便很羞愧，即便这也与我触摸自己时的羞耻感不同。现在，我为显而易见的欲望而羞愧，我的身体和他的身体在麻木地移动，如果被玛莲娜看到她会怎么想，我虽然不喜欢这样，却也没有阻止他。

　　我用手指拨弄着他的头发，揪着他耳朵旁边的卷发。他厌倦了吮吸我的乳房，这时候，他的嘴沾着他自己的口水，变得滑溜溜的，然后，他又吻了我，我知道，我明白这根本与我无关。我只是他无意中选中的对象，这是一种耻辱的解脱。他把手伸进我的裙子里，把一根冰冷的手指塞进我的……我的什么？阴道？阴户？阴门？这些词都不对。为什么没有更好的呢？我尖叫着，那是一种我无法控制的声音，我想象我是她，是玛莲娜，我知道发生了什么，我喜欢，我想要，他一定是在什么地方学到的这个技巧，他们肯定一起做过。她会做什么？她会吻他吗？把舌头伸进他的嘴里，她的臀部摩擦他的手，直到他抽出他的手指，解开裤子，进入她的身体，直到她感觉到有什么东西在她的身体里抽动。

一切都结束了，我的双腿之间像是有一张黏黏糊糊的网，我此刻醉得一塌糊涂。我并没有感觉像网上说的那么疼，我不想看到他的脸，但我想让他看到我。我想要他的指尖继续，我希望他用唇贴着我的唇，品尝我的唇的形状，告诉我他认为我是漂亮的，告诉我，如果我想，我们可以再来一次，我可以决定我们做什么、什么时候做、怎么做。我恨我希望两个人为了爱而性，而不是为了性而性。

　　"你是处女吗？"他问。

　　"不是。"

　　"那你应该吃一片紧急避孕药。"

　　"知道了。"

　　"要是你能专心点，关注我所做的事，那和你亲嘴会更有意思。"他点了根烟。我看过的那些书都没有描述出刚才发生在我身上的事。我回吻了他，在他的手指插入我的身体之后，我吓了一跳，然后，恐惧、难为情和焦虑将我包围，这几种感觉时而分开向我袭来，时而融合在一起。我还假装，假装我很勇敢，假装我就像她一样，知道我在做什么，好像我不是我自己，假装这件事让我兴奋。

　　"对不起。"

　　"不要紧。"他拉着我伏在他的胸口。迄今为止，这是他做过的最温暖的举动，他的手臂搂着我的手臂，我们的手指交缠在一起。"冷静一点。我会教你的。"

　　连同亲吻在内，一切进展得那么快，只过了短短几分钟就结束了。

　　"你是个乖孩子，凯特。"

　　"你这个浑蛋。"

他大笑起来。我的嘴巴感觉怪怪的。我很渴。我感觉大脑在一阵阵抽动。我们看着湖水拍打岸边，细小的水花不住地涌来。它们拍打着沙地，随后退去。

"我向警察透露了一些关于玛莲娜老爸的信息。"他说。

"信息？"

"你也知道轨道车的事，所有人都知道。他们也知道。我只是提供了一些他们不清楚的细节。"

"你和她说过吗？"她要是知道一定会告诉我。她是没和我说过吉米的事，但她一定会和我说这个。

"有人看到了格雷格的视频，那个白痴竟然把视频传到了优兔网上，那个网站什么人都能看。全都拍到了，我、枫树旅馆都在里面，还能看到我做冰的地方。我收到了很多电子邮件，发件人的邮址很诡异，他们只说'我看见你了'，要不就是'哈哈'。你知道那是一种什么感觉吗？像是有人在监视你。"他揉揉胎记，像是要把它擦掉。"我不能坐牢的，凯特。"

"那你现在是什么，告密人？"这都是我的错。我出现在他们的生活中，提出了那么愚蠢的提议，从而引起了一连串的反应，这实在太恐怖了，叫人毛骨悚然。

"我没有说太多，我只把轨道车的事对他们讲了，就是树林里的轨道车，距离玛莲娜家不远。他们只对那里感兴趣。"

"那她呢？"

"又不是只有我会把这件事捅出去，她永远也不会知道是我，她没必要知道。"

"前几天，在吃午饭之前，我看到你从基沃尼高中出来。"

"我不知道还能去哪里，我又没有律师，莱西校长是个好人，他和切尔叫来了警察。他们安排我明年去法庭学校，做社区服务，总好过坐牢。"

"法庭学校是什么？"

"非传统替代教育，小册子上是这么说的。听人说是专门接纳辍学人员和瘾君子。千万不要告诉她，凯特。你见过她老爸，你知道出了什么事。你不觉得，如果他消失了，对她，对萨尔，都是好事一桩吗？"

"我觉得她也会这么选择。"

"反正别说出去就是了，拜托了。"他贴着我的脖子，亲吻我的耳朵下方。我的大腿内侧又起了鸡皮疙瘩。我想从他那里得到什么？我曾说过，会有更多的人观看。瑞德吻了我的唇，给了我一个我一直想要的吻。我品尝他的味道，有马利宝酒味儿，香烟味儿，还有一种咸味，那很可能是我身上的味道，我带着一种痛苦的悔恨意识到，即使我失去一千次关于那时的记忆，我也永远不会忘记此刻的情形。我们上方是漆黑的夜空，湖面犹如破碎的镜子，当然还有星星，遥远而不可知，就像我所见过的每一个人，甚至是我自己。

霍德森夫妇给我母亲发了一条语音信息，就这样解雇了她。没出三天，她在科勒尔斯普林斯的其他客户也都纷纷打电话来解雇了她。"我们这里再也没有工作给你做了。"他们都这么说。母亲试着联系简·霍德森，想打听到底出了什么事，但她不接她的电话。

"我把那栋房子打扫得一尘不染呢。"母亲告诉我，与其说是不安，倒不如说是被这件事搞糊涂了。

我们事后打扫过那栋大宅，毕竟，我和玛莲娜都是母亲的帮手，我们知道我们在做什么，但我们无法修复坏掉的球杆，而且地下室的地毯上被香烟烧焦了一块，被洗劫的酒吧也无法复原。早上，面包师打来电话，母亲一下子踢翻了厨房里的垃圾桶，鸡蛋壳和咖啡渣都撒到了油毡上。她砰的一声关上了房门，留下一片狼藉。"妈妈。"过了很长时间，我喊道。我扭动门把手，门是锁着的，我可以用发夹把锁打开，但我决定不去烦她。回到厨房，我扶正垃圾桶，把垃圾清理干净，喷洒消毒剂，跪在地上用抹布擦洗。霍德森家的吧台太大了，他们怎么会注意到那几瓶酒不见了？

三天。只要三天，我母亲是小偷这个谣传就从霍德森一家传到了她的其他客户耳朵里。我能想象他们一边在帆船的甲板上吃高德干酪和饼干，一边谈论她，银湖的灯光在岸上闪烁。我告诉自己，母亲不应该给富人打扫屋子，她值得更好的工作。但是，几个礼拜过去了，她唯一能找到的工作就是在伯特湖附近一家熟食店做三明治，每周工作十四个小时，从我家到那里开车需要二十五分钟，那个时候，我真希望时光可以倒流。

母亲从没问我霍德森家的事，我也没有充分的理由相信她认为我和那件事有关。

然而，我很清楚，她是知道内情的。

"这下我们可惨了。"她说。

到了七月，我们就像密歇根州百分之二十的人一样——母亲很喜欢这一统计数据——要依靠食品券维生。我惊奇地发现那实际上并不是食品券，购买食物的钱会打进桥卡。从本质上讲，这种卡片就是借记卡，卡片上的背景略图很俗气，画的是日落时分的麦基诺桥。

我总觉得我们的条件并不符合领取桥卡，母亲弄得好像领桥卡只是暂时的，或者是她在用某种方式操纵这个系统，好使我们有资格，好像比起合法取得政府援助资格，进行一个低级的骗局会不那么可耻。在我二十多岁的时候，我对金钱产生了一种普遍的焦虑，因为我将失去我的工作和公寓，生活穷困潦倒，要不，我就得回密歇根州。当我向母亲提到我的恐惧时，她生气地纠正我。"你什么都有。"她说。还记得圣诞节吗？还记得那所学校吗？她是对的。但是，我花了很长时间才了解到许多纽约人出自本能就知道的事情：不要立刻就把你所有的东西都浪费掉，不要害怕如果你不这么做，它们就会被人拿走，或者奇迹般地消失；如果你有一份工作，就可以在一定程度上依赖它；如果你发现自己有一大笔钱，谈论这笔钱是不礼貌的；如果有人愿意为你在餐馆或咖啡馆付钱，你不必一再道歉，或是立即把钱还给他们。每当我加薪，或是有多余的钱，我就觉得有必要告诉别人。利亚姆第一个直截了当地告诉我，这么做令人反感。

　　每个月我们的桥卡里都会打进一笔钱。家里的气氛取决于还有多久到发钱日，发钱的那个礼拜，家里就气氛融洽，很轻松，可过了两个礼拜或者三个礼拜，我就感觉到空气中再次弥漫着紧张感，冰箱里越来越空，母亲会烦躁不安。她不喜欢用桥卡买昂贵的东西，比如草莓、冻虾、单杯式酸奶，所以，她有时候会在停车场里等着，派我去杂货店里结账款。她说了，人们看到十几岁的青少年乱花钱，也不会觉得意外。有一次，女收银员大声说我用的桥卡不在我的名下，她这么做真的很讨厌，因为她见过我和我母亲。这个时候，母亲就得进来插队、解释，并且出示她的身份证，而排队的游客则一边看着我们，好像我们是垃圾，一边看着传送带上的名牌高纤维麦片。玛莲娜就很喜欢桥卡，她计划一到十八岁就去办一张。为了减少成本，母亲只让我们看基本的电视频道，好在我和吉米的手机费都是父亲在支付，不然我们肯定连手机也用不成了。

吉米延长了他在基沃尼塑料厂工作的时间，他经常都是在傍晚或夜里上班，天亮了才下班，虽然还没有得到证实，但我怀疑他支付了更多的租金，也许是因为他觉得他也要为母亲被解雇这件事负责任。有时，他把信封放在橱柜上，正面写着"妈妈"两个字。有一次，我偷看了里面的钱，发现有三张二十美元的钞票，折叠成一个长方形，就像给洗车工人的小费。


那次派对结束后，我经常看到吉米和玛莲娜拥吻。每当吉米在家，我转过一个角落，总能看到他和玛莲娜靠在墙上亲热，或是沙发上搂搂抱抱，还有一次，下午一点，我听到他们在浴室里咯咯地笑着，有蒸汽从门底下散发出来。真是恶心，每当我看到他们这样，都会产生一种熟悉的感觉，在认识玛莲娜和来银湖之前，我就有过这种感觉，仿佛世界上的其他人都生活在地球这个星球上，而我则在几光年之外的另一个星球上，通过望远镜观察着他们。

"你没事吧。"她说，"我们可不想惹你生气。"

"我为什么要生气？"我问。

我们。

"我真的很喜欢他。"她告诉我，在我的眼睑上贴着睫毛画了一条黑线。我绷紧了脸，努力保持矛盾的情绪。哪个更奇怪呢？是为他们开心，还是坚持这种不适宜的不安，怀着针刺般的焦虑，认为一切都将改变？

"你们是正式谈恋爱了吗？"

"那倒不是。我们没那么认真，就是为了好玩。和瑞德分手后，我的心都伤透了。吉米也有心上人。他的前任就是那个叫珍妮的姑娘。"她不是认真的，还是他不是认真的？谁更值得我谨慎地保护？有时候，我看到他们在一起，我相信我看到他们之间有真感情。"我觉得你其实不太明白。"玛莲娜说着开始画我的另一边眼睑，"你怎么看？"

"这是一种侮辱。"

"啊，凯特，我只是想说，你不是很有经验。你只要为我高兴就行了，不要这么怪了。和瑞德结束之后，我不需要一份感情。"她说这话的时候一直注视着我的眼睛，像是她已经知道我们在小船里做过什么。她舔舔指尖，擦掉我外眼角上一块多余的眼线。我不清楚该怎么提起这件事，即便是想象告诉她，我都会心生焦虑。如果她不相信我呢？

"我不喜欢你一边和闪电藕断丝连，一边和我大哥勾勾搭搭。"

"好吧。"玛莲娜说，扣上眼线笔的笔帽，"我又没有和你大哥谈恋爱。"

"他是我大哥，而且，他是真心喜欢你的。"她用眼线笔拨弄着化妆袋里的东西，没有理会我的意见。"喂？"

"好啦。"她说，"我不会的。"

"我会把你的事告诉他。"

"你是不会那么做的。"她的声音听起来很受伤，我只好让步。

"是的，我不会。当然不会。但请你们不要当着我的面吻来吻去的。"

"我会尽最大努力控制我自己。但如果他穿着四角裤走来走去，你可不要怪我。"

　　"真恶心，老天，我恨你。"

　　吉米一个礼拜只休息一天，我真希望他的工作时间再久一些。我隐隐有些担心，怕她会伤害他。但我从来没有真正地心碎过，所以我不知道他的处境有多危险。只要他一直在工作，我们就可以继续这样下去，每一件事都能保持原样。

　　玛莲娜那枚坏掉的胸针一直藏在我的毛衣口袋里，而且，她的情绪一直不错，气色看起来那么好，她胖了一点，脸颊丰满了一些，使她看起来非常可爱，显得年轻了点，我想她也许戒掉了奥施康定。日子一天天过去，她没有发短信给闪电，如果她发了，我会知道，因为她每次给他发短信，脸上会被阴影笼罩，融合了焦虑和欲望，她咬着下唇，眼神很紧张，她的声音会变得更轻。但我错了。派对的几个礼拜后，我拉开她的背包找香烟，她回家哄萨尔睡觉了，我不想等二十分钟，在她回来后再拿烟，于是就在她的包里翻找，我的指关节碰到了一个白色大瓶子，几乎装满了奥施康定，就是在药店货架上看到的那种，她没对任何人提起过这件事。吉米不喜欢她服用奥施康定，有一次我听到他们为了这件事争吵起来，所以她更加遮遮掩掩了。现在，她一直都处在快感中，她的货源很稳定，所以她才不会恶心，情绪也不会多变。

　　我本来可以打电话告诉我哥哥的，也许，他是唯一真正有机会阻止她的人。但当我看到那些药丸，并且知道，无论她和吉米在一起有多开心，他都不能解决她的问题，我竟然感觉如释重负，而这是一种奇怪的病态感觉。我想成为她最重要的人，因为她是我的。

我把药丸放回她的背包，没有对任何人提起这件事。

录像是我的主意，我们把视频上传到了格雷格的账号，因为玛莲娜不想申请她自己的账号。格雷格以前还上传了其他一些视频，但有瑞德在背景中制造毒品的脚踏车视频的观看人数最多。当我在屏幕上看到那段视频，不由得心中一凛，开场镜头定格在枫树旅馆、脏兮兮的床垫、电视旁边堆着的丙酮，但我甩掉了这种感觉。到目前为止，什么事也没有发生。

"恕我直言，伙计们，我的粉丝对女孩子唱民谣的视频一点兴趣也没有。"格雷格说。他有大约五十个粉丝，但有很多人评论。

双瞳 11：呵呵，真是个愚蠢的瘾君子。

待我如天使：主动 www.proactive.com。

愚蠢讨厌鬼 44_1：哈哈，笑得我屁滚尿流，不是你的圣诞老人，真是我的英雄。

娜娜波波：这家伙是我的同学，我从没听过他说话。

大喊大叫：老天，看得停不下来。

他说得确实有道理。

"是呀，可你已经有粉丝了，我们没必要从头来过啊。"我说，"你有听众。我们正好借来用用。"

我用格雷格的摄影机拍摄了视频，只有玛莲娜一个人在唱。她选了妮蔻·凯丝的一首歌，歌中唱到了一个孤独疲倦的女孩，她希望自己在月亮上，她选这首歌，主要是因为符合她的音域，还可以用她父亲的木吉他伴奏。我是指挥。我让她坐在攀爬架滑梯的基座上，在她的前额上绑了一条编成辫子形的缎带，把吉他放在她的膝盖上。我在她左右两边的太阳穴上各画了一颗小小的蓝色星星，我们一直想组建乐队，取名就叫北极星。有时我们认为它很完美，有时候又嫌太愚蠢。那天风很大，她唱歌的时候，头发一直被吹到她的嘴里。唱到高音的时候，她故意发出沙哑的颤音，看到她那装模作样的样子，我真觉得不寒而栗。我们上传了视频，三天之后，点击率达到了五百多。我的天啊，陌生的网友写道，太棒了！给这个女孩录张唱片吧。性感女郎，为我唱歌吧。随着评论越来越多，其中一些人说得很下流，玛莲娜就不再看视频了。

"不过也有很多好的评论啊。"格雷格说，对于在网上引起热议，他有些飘飘然了，"我觉得你应该再录一首。"

"你要是用摄影机对着什么东西，就会让人们以为他们是在看一些专业的内容。"玛莲娜说。

我说她唱得很好听，但对于是否再录，她或许说得对。每当她学完一首新歌，并且提到再录视频，我就说我不喜欢这首歌，我告诉她不要太自以为是了。

"你以为你是谁？"我说，"史蒂薇·妮克丝？"


在密歇根州北部，夏天终于来了。基沃尼膨胀到它正常大小的两倍，每天都有帆船滑过湖湾。整个冬天几乎空无一人的道路上车流如织，所以，从银湖到市区要花更长的时间。对我们来说，好天气意味着湖滩。我们远离游客，在沙丘上扎营，我们找了一块野草很少的小岩石，既可以清楚地看到湖滩，还可以保护隐私。

我们进行了一些有趣的组合，这取决于谁在工作、什么时候工作，往往都是小不点儿和我们在一起，因为格雷格在乳品皇后得到了一份工作。瑞德时不时也来，他坐在岸边的毯子上，闷闷不乐地看着我们，他的肩膀被晒得长出了雀斑，胸部长了沙色的胸毛，我发现自己总想摸一摸。我们有时候会发短信，自从小船那晚以来，我们又亲吻了，一次是在他的车里，中心控制台勒进了我的臀部，还有一次是在大约一个礼拜后，在玛莲娜家后面的攀爬架下面。那次，我很享受，甚至摸了他裤子里那团很硬的东西。"不要停。"他说，他的脸笼罩在一团阴影中，但几分钟后，我停了下来，当他痛苦地呻吟时，我感到了一阵高兴。有件事倒是很有帮助，那就是我不喜欢他，特别是他说了玛莲娜父亲和警察的事，而且，我们做的事并没有带给我快乐的性体验。他的侧脸有点像煤气灯电影院大厅海报里的加里·格兰特，这就够了。而且，我看得出来，他很想要我，这也让我有些飘飘然。

　　我和玛莲娜独自去湖滩是最美好的，我一直担心玛莲娜和吉米好上了，和我在一起的时间就少了，但事实恰恰相反，我们现在整天都混在一起。不管她和我哥哥之间是什么关系，都令她不再时不时连个招呼也不打，突然失踪一两天，甚至都没个解释。我以为我哥哥已经让闪电成为过去。

　　一个晚上，她父亲不在家，吉米上夜班，瑞德和格雷格与我们一起在谷仓里。有几个小时，瑞德一直不理我，只把他那飘飘欲仙的注意力都放在玛莲娜和格雷格身上，我坐在一个懒人沙发上，静静地喝酒，痛苦地注意到他的牛仔裤向上卷起，露出了他毛茸茸的小腿与袜子相交的部位。我知道他的冷漠意味着我在某些女性魅力的方面很失败，而且，只要他用玛莲娜和我做比较，我在这方面就将一直失败下去。第二天早上，我们早早地醒来，抛弃了那些男孩。玛莲娜从瑞德的口袋里偷走了车钥匙，她把指甲抠进我的胳膊，不让我笑出来把他们吵醒。她把一张纸条贴在瑞德的额头上，见她很随意地触摸他，我不由得怒火中烧。"请给萨尔做早餐。很快回来。"

我一直在等警察来，但几个礼拜过去了，什么也没发生，我开始怀疑是不是瑞德把整件事夸大了。我怎么才能既告诉她瑞德去找警察了，同时还不让她知道我和他做爱了？无论如何，他仍然在偷偷地交易，不过只对老客户，但和他以前做的那些交易差不多。他给买家发短信，用的手机与他给我发短信的手机不同，我在他的面包车里看到了被掏空的儿童圣经故事，我知道这是干什么用的。

我只有一张自己在那一年的照片，就是我收藏在鞋盒里的宝丽来照片。我们很少照相。当时，脸谱网还是个非常新鲜的地方，用户大都是大学生，而且我们也很少上网。我把一堆照片上传到我的家庭桌面，也许我还用电子邮件把这些照片发给了自己，我记不清了，现在，它们早已不知所终，和那段岁月一起消失了。宝丽来相机是吉米买给玛莲娜的礼物，她在得到礼物的第二天就带着它去了湖滩。格雷格拍下了这张照片：我和玛莲娜从水边走向我们的毯子。我记得我很生气，和大多数像我一样的女孩差不多，我也缺乏安全感，对自己的身体充满了仇恨，我不喜欢拍照片。我的表现与我对自己的看法是那么不同。

玛莲娜从格雷格手里夺过相片，按照用法说明晃了晃。我们看着影像逐渐显现出来。我们都在阳光下眯起眼，脸上带着灿烂的笑容，我们的身体十分强壮，晒成了古铜色，身上有晶莹的水珠。很美。

"呀。"我说，我依然不知道如何说出我的想法，特别是这需要自信。

"你说'呀'是什么意思！你真像个超模。"

"我不想看。"但我还是从她那里拿过照片，看着玛莲娜旁边的那个女孩。现在我在想，为什么我要花那么多时间去恨她呢？讨厌她那对扇风耳，肚脐下的脂肪，讨厌她的渴望和冲动，以及她所有的混乱感觉？她有一张聪明的脸。她看起来很正常，很有趣，就像街上与我擦肩而过的人，她和她那个同样完美的好朋友手臂挽着手臂，并很羡慕她的朋友。我把照片丢在地上，撒上一堆沙子。

"不要。"玛莲娜捡起照片说，"是我的。"

我想我现在可以解释了。我想我很后悔我不够爱她。

在卡尔弗餐厅见过面后，父亲便不再接电话了。每次我打电话，《乡村路》的手机铃声都会一次次地响起。自从那次吃过午饭，他只给我发过两次短信，第一次发来了他和贝琪吃炒蛤蜊的照片，从他们所在的餐厅可以俯瞰尼加拉瓜大瀑布（非常快活！），一天后，他又发了一条：好玩极了！

"你和老爸联系了吗？"吃饭的时候，我问母亲。

"没有。"她喝红酒，冰块碰到酒杯，叮当直响。

"你呢？"我问吉米。

"有才怪。"吉米说，"自从一月以来，我们就在给对方进行沉默治疗。"

"亲爱的，他可能很忙，要不就是旅行去了，用不着担心，这不是你的责任。他才是为人父母的，是他犯了错，不是你。"

那天晚上晚些时候，母亲睡着了，玛莲娜和吉米在一起，我开始写邮件。

发件人：凯瑟琳 <catherine46@hotmail.com>
收件人：爸爸 <spartanfan21@hotmail.com>
主题：多谢

我昨天给你打电话了，你没接。我前天也给你打电话了，几天前也打了，自从我们搬来这里，我一直都在给你打电话，爸爸，你猜怎么样？你始终都没接电话。

还记得你以前给我起过五十个不同的绰号吗？都很傻里傻气，像糖浆、男巫、便便。我还是个孩子的时候，无论何时你在杂货店或操场上喊出糖浆、糖浆，我都认为那是世界上最有趣的事。

我现在不会对你有任何期待了。

我不会再给你打电话和发短信，我不会再在脑海中问你问题，想着你会做什么或说什么，是不是为我骄傲。我敢打赌，如果我真的尝试，我能记住所有五十个名字。你能记起五个吗？我刚刚提醒过你的那三个不算。

情况越来越糟，但我想这就是生活。

又，有件事既有趣又很愚蠢和尴尬，我总是为自己比妈妈或吉米更像你而感到骄傲。真是年轻人的愚蠢。

再又，我希望你没死，你的沉默是因为加拿大政府不知道你的家人是谁，那到时候我会因为自己写了这封邮件而愧疚。

我没有重读，便点击了发送键。

如果他删除了这封邮件，假装一切都好呢？我能不能原谅他，要视情况而定。要取决于他如何解释，是否会尝试解释。

因为我依然在这里。我在这里，仍在他丢下我的地方。

是的，是爸爸教会我使用指南针；是的，是他给我讲了树木的知识；是的，有时他开车送我去看电影，听我为合唱选拔赛排练；当我还是个小女孩的时候，我记得他把我抛向空中，他啵的一声吻我的额头，我笑得直不起腰。但我故意忘记的那些事情呢？他对母亲大喊大叫，他推她，她一下子撞在班霸牌健身器械上，他不依不饶，而她的脚卡住了，弄断了四根骨头，所以，我们一家在佛罗里达度假期间，她不得不穿塑料矫形靴；他说母亲是酒鬼，然后在厨房里砸东西，那时我不到十岁，母亲就带我和吉米去旅馆住了一个星期；当我更小一些的时候，在我们搬到派克街之前，我躲在租来的搬家卡车后面，当他终于找到我的时候，他拉下我的裤子，用木勺打我，直到母亲大哭，他才停手；还有，他几个月不见踪迹，和贝琪搞在一起，有时候我问他问题，他并不会回答，只是站在那里盯着窗外，或是看电视，或是干脆走开，留下我苦苦思索我做错了什么，为什么不能让他留下来。

晒了两个月的太阳，又或者是因为这几周的不端行为，反正到了八月的头几天，我的身体出现了一些变化，我在一点点接近十六岁。我的皮肤变成了红棕色，太阳穴边的头发呈现出白金色，我成了一个强壮的游泳健将。如果父亲在杂货店里和我擦肩而过，或从在沙滩上晒太阳的我和玛莲娜身边走过，我肯定他认不出我。

一天上午，吉米和玛莲娜吵架了，而且吵得很凶，至少是我听过的最凶的一次。前一天，我和玛莲娜喝得酩酊大醉，用牛排刀在我们的上臂都割了一道一英寸长的口子，位于肩膀的隆起处和手肘褶皱之间的中间部位。我们的血流得到处都是，我们哈哈大笑，笑声足以唤醒每一个人，只是没人在附近。母亲和一个我们还不认识的男朋友出去了，吉米在工作，所以只有我们两个，只有我们和装满葡萄酒的大桶，我们几乎把酒喝得一干二净，只有我们和牛排刀、血，我们两个吃惊地发现竟然一点也不疼。几个小时后，在我们昏睡过去之前，玛莲娜在沙发上哭了起来，说她自己不够好，配不上别人，我拍了拍她的背，告诉她不是的，让她小声点，虽然我不明白她在说什么。

"你真是一团糟。"我听到他冲她大喊，他们两个在厨房，我则像只蠕虫一样，蜷缩在浴室的地板上，"真恶心。你想对你自己做什么疯狂的事，我都阻止不了你，玛莲娜。老实说，我已经受够了，不想再管你了，但你不要拉上我妹妹。她学你，你做什么她就做什么。她只有十五岁。你他妈的负点责任吧。"

"那我呢？"她说。她哭了吗？"你们没有人为我考虑。"

"你太荒谬了。"吉米说。随即传来了东西摔碎的声音，他们没再说话。

在那之后的十来年里，那道疤一直都在，每次我穿无袖衣服，伤疤都会露出来，如同一个缺了另一半的等号。几个月前，我在出门前看了一眼镜子，竟然发现伤疤不见了，它被我的身体吸收，不复存在。

我有几个星期没看到瑞德本人或听到他的消息了，之后，在一个炎热的八月晚上，他给我发短信，我卧室的窗户一直开着，黑色的苍蝇受到我的床头灯光的吸引，直往纱门上撞。我、玛莲娜、格雷格和小不点儿对瑞德的失踪有很多猜测。玛莲娜认为他遇到了一个人，这个想法让我很不爽，格雷格认为他母亲病了，小不点儿认同他们两人的猜测，她自己就没什么想法，当然，我一句话也没说。

瑞德一定知道我是一个人。他是不是想给玛莲娜发短信，却得知她和吉米在看电影？或者他知道我哥哥的日程安排，知道他那晚休息。操纵是瑞德的天性之一，我不会觉得惊讶。

怎么样？

你死哪里去了？

哪儿也没去。

好吧。

我将正在看的一页书折叠起来，我很生气。玛莲娜肯定喜欢这本书，《旋紧螺丝》。她喜欢受惊吓。

你要说的就是这个？

想你。

哈哈。

我说真的。

接着又是一条：给我发张照片过来。

我的手机带有摄像功能，只是不太清楚，他总喜欢要照片。

死了这条心吧，我是不会给你的。

那我过去找你。

我像个笨蛋一样脸红了。

*找我做什么？你想怎么样？*

*我想吻你。*

我想吻你。我想象着他吻我。在想象中，他吻起来比现实生活中要慢，而且把大部分唾沫都留在他自己的口中，他知道我最喜欢的颜色，知道我不喜欢加番茄大蒜调味酱，他身上也没有大麻、香烟或啤酒的气味，我们在我的床上，而不是在闷热的汽车里，或是靠在树上，或是在我家后院远离灯光的地方。

我以前有没有拒绝过他？在小船上的那个夜晚，或是那之后，他的名字突然出现在我的手机上，要我出去，或是在某些晚上，其他人都在看电视，他则想要"出去走走"，我通通没有拒绝他。

*求求你了。*

*不行。*

*我这就出发。*

*我说不行，瑞德。*

我把手机调到振动模式。瑞德生气了，那又怎么样。


母亲把几个验孕棒藏在厕所水槽下面的橱柜深处，放在清洁用品后面。有一天，我找护发素，却发现了它们。我和玛莲娜为这事笑了好几个钟头。就这样，在她告诉我她的月经有两个月没来了的时候，我们便严肃地躲进卫生间，锁上门。她坐在马桶上，把白色小棒放在双腿之间。"什么鬼东西，肯定会尿到自己身上啊？"她问道。这时候，她的尿液溅到测试槽里。她提上裤子，洗了手，把验孕棒放在水槽边缘。一道蓝线出现了。两分钟，三分钟，四分钟，依然只有一条线。

“没有第二条线。”我说，一想到我不会有个侄子或侄女，也不用猜测孩子是不是我哥哥的，我不由得长出了一口气。

“真奇怪。”她说。我们把验孕棒带到树林里，傻里傻气地把它埋了，进行了一个虚假的仪式，免得被我母亲在垃圾桶里发现。


一晃到了八月底，天气干燥，酷热难耐，空气十分沉滞，甚至在早上十点，就有很多小飞虫，这时，警察来了。我从窗口望着他们静悄悄地来到这里。第一辆车停在玛莲娜家的车道上，另一辆车加速从我们的房子之间的岔道上驶过，碾过后院的垃圾。那辆车从攀爬架旁边开过，进入了松树林，只能看到红色车灯灯光一眨眼就消失在了树林里。

我穿上短裤和背心，走到外面。“对不起，”我心想，“我不是故意的。”为了让我的双手停止颤抖，我把它们塞在大腿下面，贴着我家简易门廊那被晒得滚烫的木头。当我站起来的时候，有两个木屑深深地插进了我的右手掌。一个警察敲着玛莲娜的前门，他垂下拳头，歪着脑袋，好像他已经等了一整天。我知道萨尔在里面，正在琢磨是否应该让他们进去。“我是个小孩子。”萨尔每次试图说服我们让他待久一点，让我们带着他，他都喜欢这么说。“我不会打扰你们的。”听了他的话，我们总是哈哈大笑，他竟然认为他自己年纪小，就不会给人添麻烦。

玛莲娜从我家冲了出来，飞快地从我所坐的前门台阶跑过，她一边赤脚跑过院子，一边把头发梳成马尾辫。她是在我家，但没有和我在一起。有时候会这样，一连几天，她和吉米谁也不搭理谁，然后，她会在早上突然出现，和我母亲一起在餐桌边喝咖啡，她看着我，像是在说：怎么样？

"对不起。"她喊道，"那里是我家。"她穿着吉米的 T 恤衫，下身穿的短裤只是刚刚露出边缘。她的双腿修长，是古铜色的，两个警察都色眯眯地盯着她的腿看，目光在她的腿上上下游移。

"这里是你家，那早晨的这个时间，你在那里做什么。"警察问。他的搭档靠在警车上，双臂交叉在胸前。

"我看不出这和任何事情有关系。"

"你男朋友住在那里？"

"警官，你们有搜查证吗？"我从不知道她有和警察打交道的经验。

"夜不归宿啊。只有几步就到了。"

另一个警察哈哈大笑起来，在泥土地上搓着脚，他又看着玛莲娜，好像她是一份甜点。

"我在问你话。"

"有人举报说这里有非法活动，有未成年人深夜在这里游荡、抽烟、喝酒，我们知道你们把一个小孩留在那栋房子里。"

"萨尔很好。"

"你自己都不大，不能独自照顾儿童。你爸爸在家吗？"

"我快十八岁了。你们从没见过十八岁的人照顾小孩？"

"我们必须过来看看。"另一个警察走到他们身边说，"你明白的吧？有人举报，这就是我们的工作。我们四处转转，确定有没有情况，是不是有人遇到麻烦。"

"如果你们没有搜查证，那只好再跑一趟了。"玛莲娜将双臂横抱在胸前。可能他们的眼神提醒她，她没有穿胸罩。"等我爸爸在家时你们再来吧。"

"你爸爸在什么地方？"

"不知道，我又不是他老婆，我不知道他的行踪。"

车里的电台中传来一个声音，大喊着一串数字，静电声不断。

"我们会回来的。"一个警察坐进副驾驶说，"想想怎么编故事吧。"他们开车走了，和另一辆警车一样，也开进了树林。


又有很多辆警车沿路驶来，随后来了一辆毫无特色的面包车，全都驶向同一个方向。在谷仓里，玛莲娜一次次拨打她父亲的电话。拨到第四次，见他没接，她一下子把手机丢到墙壁上，就跟他上次扔装满冰块和酒的水瓶一样。"见鬼。"她说，"他死哪里去了。"

电池飞了出去，滚到地板上。从她那张写满愤怒的脸上，我看到了他的影子，她竟然这么快就失控了。就像一个痕迹累加在另一个痕迹之上，彼此混合在一起。我们的父母总是和我们在一起，没有手术可以将他们切除。萨尔站在楼下大房间的中间，穿着一件像睡衣那么长的 T 恤衫，光着脚。"没事了，萨尔。"我说，他把手伸进我空闲的那只手里。我捏紧他那黏糊糊的手掌，他没有反应。

"给你哥哥打电话。"玛莲娜告诉我，试着把电池安装回去。

"手机摔坏了吗？"

"给他打吧！"

"你想要我说什么？"

"就说我需要他回家。让他说个谎话，就说他不舒服，要不就说家里出事了。"

我给吉米打电话，无人接听，他上班时从不接电话。吉米，**警**

察去我们房后的树林了。玛莲娜说她需要你。给我们回电话。

"他可能没听见铃声。他肯定是把手机放在储物柜了。"

"见鬼，见鬼，见鬼。"她说，"真他妈的见鬼了。他们发现了，凯特。"

每当她流露出悲伤，通常都让我觉得她古老而充满智慧，像是授自神谕的悲伤，而不是一个十几岁的少女充满歇斯底里的自怨自艾，她的悲伤与我的并不一样。但那天不同。

这是奥施康定的作用？她吃了药丸，像是升到了一颗松软的星球上，远离地球上四分五裂的生活，也许她同情我们和她自己，从那里看着尘世，她所在的地方那么高，也许她能看到开始和结束，但她就在尘世。泪水涌入她的眼睛，让她的脸变得松弛，双肩垮了下来，但眼泪刚一出现就蒸发了。"他们要抓我爸爸。"

我为什么一直这么做？为什么要使她变得不像她，比真实的她更伟大，更高贵，更无所不知，可爱而不真实。她其实就是个婊子，她能感觉到你对自己的憎恨，如果你惹怒了她，她会专门戳你的痛处，她会让你知道她也这么想。有时我觉得她是我虚构出来的。就像我说得越多，我就越了解真实的她。我试着握住一把沙子，但我越是握紧拳头使劲挤，沙子就流得越快。

我从来没有服食过奥施康定。我在大学时又吃过几次摇头丸，漂浮着穿过时代广场的迪斯科球灯，整个世界变成了紫色，地铁里的紫色面孔，紫色的清真肉类运输卡车，紫色大树根部生长着紫色植物，我进入了兴奋状态，我可以发誓她是我呼吸的空气。在布什威克的一家酒吧，我在卫生间里吸了一些可卡因，脖子上挂着荧光棒，桌上摆着金字塔形的烈酒杯，有几个我不太熟的男人在等我，所有酒杯都是空的，而大部分都是我喝掉的。有两年，我一直从室友那里偷治疗注意力紊乱症的药物，骗精神病医生给我开处方药，服用了那些药后，我的行动如此之快，以至于我都没有记忆。我想知道她是怎么想的，想知道她为什么一再要服食那种药丸，而我、吉米、格雷格、瑞德或萨尔都不会这样。我有一百个机会阻止她。我有很多机会。

我用一个银湖代替了另一个银湖，用一种懦弱代替了另一种懦弱。我小心翼翼地培养着我那带有神经质的生还者罪恶感，任由这种感觉将我包围，但我从来没有试过奥施康定，因为我亲眼看到它用长指甲刮伤了她，只留下一具尸体。我上大一那年，我男朋友拿来一些药丸，当他把药拿给我看时，我狠狠地打了他一巴掌，打得我的手生疼。我从没说过为什么打他，不久之后，他就不再是我的男朋友了。

我心怀恐惧。不管我摔出去多远，都会有个东西把我拉回到安全的地方，比如学校以及它偶尔送来的迷人礼物，迟钝却善良的男人，以及看不完的书。在书中那些熟悉的人物身上，我最常见到她，船上的露丝和西尔维，芒果街的埃斯佩朗莎，安娜·卡列尼娜，当然是卧轨之前的安娜。

至于其他的，我不想讲。

那天晚上，社工来了，一个女人体格富态，另一个很瘦，两个都留着同样的鬈发，同样人到中年，面部肌肉下垂。对我来说，年长的女性只有两个主要变种。她们要么长得像我母亲，要么看起来像这两个社工。我想知道，这是否与结婚时间长短有关，结婚时间是否会让人显现出不同的衰老程度。她们的身体已经精疲力竭，像是不属于她们。那时候，我不想长大以后成为母亲那样，但我也不想成为那些女人。玛莲娜也不想。

她们来敲门。萨尔睡在阁楼上，虽然现在才八点刚过，在密歇根每个八月夜晚的这个时刻，天空先是变成紫色，片刻后便会转变成蓝色，夜晚比较凉爽。玛莲娜在沙发上。我几乎可以看到她的意识在她的身体外徘徊。听到敲门声，她转过头来，眨了两下眼，然后咕哝着，"叫她们别打扰我们。"她说的也可能是"告诉她们家里没人"。

吉米还没回来。天知道母亲在哪里，也许就在隔壁。我们需要她，但我们没有请求她的帮助。那一天是我和玛莲娜的非常时刻，我们作为一个团队来解决危机，哄萨尔安静下来，试图给她父亲和闪电通风报信，最重要的是，我们想出来一堆合情合理的理由，解释她为什么不知情，为什么冰毒和她没有任何关系。我们在编故事。

我们这么早就让萨尔上床睡觉，他并没有吵闹。但我们在骗谁呢？他一上楼，玛莲娜就拿出了那个白色大药瓶。我想把它拿走，我抓起瓶子，把它举过头顶，说她吃药丸吃上瘾了，现在不是过瘾的时候。"现在正是时候。"她说，"还有比这更好的时间吗？"她从我的手里夺过药瓶，飞快地跑到水池边，不停地笑，她和往常一样美丽，看不出任何病态，也不像个瘾君子，所以我觉得自己真傻，竟然如此纠结那些药，而实际上它们就跟她的那些玩笑差不多。她就着从水龙头里直接流出来的水，把药丸吞下去了，我没看到她吃了多少颗，水流过好几个礼拜没洗过、满是浮渣的盘子。玛莲娜是在一个小时前吃的药，此时，她进入了兴奋状态。

两个女社工站在坏掉的顶灯下面，我看到她们身后停着一辆警车，一个警察坐在里面，随时待命。

"你们还是以后再来吧。"我说。

"我们来这里找玛莲娜和萨尔姐弟。你肯定是他们的朋友凯瑟琳吧？"

"我们这一天已经够受的了。行行好吧，你们还是明天再来吧。"

"对不起，但这里有未成年人，而且没有成年人监管，不能让他们在这里过夜。"

"他和我们在一起。"

"你们中有谁超过十八岁了吗？"

"玛莲娜下个月过生日。"

"亲爱的，让我们进去。"胖社工说，她是负责人。她穿着开襟羊毛衫，虽然外面又闷又潮。"我叫坎迪斯，这位是乔希。我们只是来帮忙的，不会有人为此惹上麻烦，但你必须让我们进去，如果你拒绝，我们只好把我们的朋友达尔基警官叫来了。"

玛莲娜一看就是嗑药了，我见她这样过，已经完全失去了知觉。

"玛莲娜现在很不舒服。"我说着让她们进来。

她们环顾谷仓，目光中含有一种固定的模式，某些社工特有的评价公式在她们的脑海里旋转。她们注意到了令人不舒服的恶心气味，家具不配套，地面是水泥的，脏碗碟到处都是，既像是梯子也像是楼梯的东西摇摇晃晃，阁楼像是就要脱离谷仓的墙壁，即将坍塌。卫生间的门关不严，每次我上卫生间，都会抓着门把手，免得有人闯进来。这里有洗衣机吗？我从没见过。也许就是出于这个原因，玛莲娜才会把那么多衣服留在我家。根本没有地方给她们坐。餐桌边的两把椅子上放着垃圾、报纸、电线和三个莫名其妙的任天堂64游戏机控制器，而餐桌其实是一张乒乓球台，只是把网子撤掉了而已。玛莲娜躺在沙发上，那张沙发的长度仅够容纳她的整个身体，她睡着了，或者更糟。根据经验，我知道墙边的两个懒人沙发是狐臭味的来源。

"玛莲娜。"坎迪斯说，她坐在用来当咖啡几的箱子边缘，像个母亲一样抚摩着玛莲娜的手臂，"亲爱的？你醒了吗？"玛莲娜呻吟一声，扭过头，面对着沙发背。她的背心提了上去，后背露在外面，可以看到一块丑陋的瘀青，呈现出深紫色，还有黑色的斑点，就在她的短裤腰线之上。

乔希大步向玛莲娜父亲的卧室走去，我从没进去过，我觉得里面到处都是枪或死尸，要不就是贴满了玛莲娜这个年纪的裸女的海报。

"她吃过什么？"坎迪斯问我，她的声音没有丝毫刻薄，也没有怒气，"没事的，凯瑟琳，你可以告诉我，我向你保证，我们来这里，是为了帮助玛莲娜姐弟。我们要做的就是这个，我们不是警察。"

"没什么。她只是很累了。"

"我觉得这不是实话。而且，我相信达尔基警官和我们的想法一样。我觉得玛莲娜肯定是服食过什么东西，我觉得她可能有大麻烦了。"

"她就是累了。"我怎么就想不出更好的谎话呢？食物中毒？感冒？

"听我说，我们现在要带走萨尔，这是不可改变的事实。如果玛莲娜也来，她就要接受毒瘾测试，如果她接受药检，我想你和我都知道结果会怎样。"乔希正沿着梯子往上爬。我真希望她摔下来，我还希望萨尔藏起来。

"她可以住我家，她只是胡闹而已，请你们不要让她惹上麻烦。"

我真想伸手拉住玛莲娜那头油腻的长发，将她叫醒，揪着她在沙发上抬起头。她怎么敢当着我和善良的坎迪斯的面，躺在沙发上呼呼大睡，留我一个人去处理她那乱糟糟的人生。"拜托，拜托了，她真的有很大的压力。"

"你妈妈在家吗？她同意玛莲娜在你家住吗？即便她现在这个样子？"

"玛莲娜一直都和我住在一起。"

"好吧，这么说，如果我现在过去和她谈谈，她会给我开门吗？"

"会的。"母亲在家吗？我不知道。萨尔可能真的藏起来了。

"你看起来像个好姑娘，凯瑟琳。你现在需要成为玛莲娜的朋友。她需要你的帮助。"坎迪斯拉住我的一只手，握在她的手里。她的手掌有很多皱纹，像天鹅绒一样柔软。她也许也有一个女儿，所以她那天晚上才对我们那么好。她对她的女儿也是大义灭亲，所以她想再给我们一个机会，以此作为弥补。我想象她和她女儿的事，感觉像是在看电影：她女儿在树林里一栋 A 字形房屋后面呕吐，坎迪斯在凌晨四点站在电话旁，不知道报警是否意味着背叛。我不知道是该抽回我的手还是依偎着她的大腿。"我想给玛莲娜一个机会，你明白吗？我不希望她被关起来。我想给她这个机会，因为我知道姑娘们到时候会有多惨。但那意味着不要再让我看到她这样。"我们一起看着玛莲娜。她穿着我的短裤，可能也穿着我的内裤。

萨尔爬下梯子，依然穿着睡衣，乔希在他后面，背着萨尔的背包。"凯特，我能住你家吗？"他问我，"我会乖乖的。"

"我知道，萨尔，你是最棒的。"我说着蹲下来，注视着他的脸，"但我认为你现在必须和这两位女士走，好吗？她们都是好人，等到明天玛莲娜感觉好点了，我们会去看你。你说好不好？"他盯着地板，我看得出来，他一直以来都觉得不能相信别人，他认为人们不管说什么，都不会有好结果。他和我一样，都经历了不该经历的人生，历经各种磨难，而萨尔早就料到会被丢下。

"我姐姐怎么了？"他说，扭动着脱离了乔希那宣告占有的怀抱。他走到玛莲娜身边，推了推她，她的身体被他推得一歪，然后，他侧身去撞她。她发出一声含混不清的声音，他用小拳头砸在她的肩胛骨之间。他不断地打她，看得出来，他是想打疼她。

"别打了。"我抓住他的手，"她不舒服。"

"她才不是不舒服，她嗑药了。"

乔希对坎迪斯说："也许应该把那个姑娘送去医院。"

"不，不需要。"坎迪斯答，但我并不确定她这么说是对是错，"我摸过她的脉搏了。她就是昏睡过去了。"

"萨尔，她病了。"

"我恨你。"萨尔喊道，"你不再是我的朋友了。"

他吐了一口唾沫，湿答答的口水顺着我的脸颊往下流。他走出去，用力关上门，等到乔希打开门的时候，他已经坐上了他们汽车的后座，准备好出发了。


我从没有像那天晚上那样感激我的母亲。在坎迪斯和她谈过之后，我们三个一起把玛莲娜搀扶到我家，让她躺在我的床上。这个时候，玛莲娜说起了胡话，她时而叫着我哥哥的名字，时而问"我们在哪里"这样的问题，还嘟嘟囔囔，听起来像是在说"西瓜人"。

"你没事吧？"母亲问。坎迪斯刚刚坐警车走了，谷仓里空无一人，连萨尔都不在。

"我很好。"

母亲没有问其他问题，她很安静，弄得我直想哭。我们一起在昏暗的厨房里喝了杯茶，虽然没说，但我们都在等吉米。

我和玛莲娜是截然不同的两个人，但有些时候，当我们在一起，只要我们一起说话、讲笑话，或者只是对视一眼，就能抹去我们各自的历史。但和母亲待在厨房里，厨房永远是那么干净，永远有吃的，水龙头里肯定有水流出来，每一个橱柜门后面都有碟子，而且只有碟子，我才发现我觉得我和玛莲娜有很多共同点，其实是大错特错。我还知道我很幸运，因为这是重要的区别。我那纤瘦的母亲身上有股夏敦埃酒的气味，会忘记拔掉熨斗的插头，她爱说些粗俗的笑话，比如吃了西蓝花会放屁。她生气的时候会龇牙，把清洁手套放在汽车后座。我的母亲一直爱着我，她会犯愚蠢的错误，喝太多的酒，她的笑声与我的很相似，我的母亲永远不会离开，我深深地信任她，一个没有她的世界超过了我的想象极限。这就是区别，而且这个区别很大，我以前没发现这一点，我至今仍在为此后悔。

那晚，我和母亲一起睡，躺在她的床上，枕着她那舒服凹陷的枕头，听着她每隔几个钟头打一声呼噜，吵醒她自己，随后就会翻身。我爱她，不管是作为母亲，还是作为一个人，我都爱她，我爱她的一切，爱她留下来，陪伴在我身边。

警察在格雷林的壳牌加油站抓走了玛莲娜的父亲。他躲在卫生间里，坐在马桶的水箱上，双脚搭在座便上，盼着警察只会从门下缝隙看，不会仔细检查。玛莲娜去法庭的地下监狱看他，他告诉了她这些。

"你知道公园里那块有点像土堆一样的地方吗？"玛莲娜告诉我，"牢房就在那里，在地下，就在镇子的中心。"

醉鬼在凉亭、装饰性的铁路轨枕、向日葵花园的下方戒酒。那些人在小牢房里走来走去，等着被转移到下一个糟糕的地方。

在《基沃尼新闻报》关于兰德尔·乔伊纳被捕的报道中，安·西蒙斯写道，他站在马桶顶上，试图借此逃脱警方的追捕，还大叫他有枪，把右手放在T恤衫里面，顶起布料，妄图吓退已经拔出武器的四名警官。

"我们知道他没枪。"达尔基警官如是说，这是报道中唯一援引的一句话，"没有这么小的枪。"

在他被捕的几个礼拜后，他被转移到了密歇根州上半岛的一所监狱。据我所知，玛莲娜一直没有去那里探监。


坎迪斯给玛莲娜找了一份工作，在镇中心邮局旁边的姆尔维馅饼店当服务员。每个礼拜一、三、五早上，她都来接她，在她下班后把她送回我们家。一个周末的早晨，坎迪斯和我们一起吃早餐，她和玛莲娜谈了如何申请未成年人监护权，她必须采取哪些步骤才能让萨尔回来。是要成为他的代替父母，玛莲娜这么说。我无法想象她照顾孩子是什么样的情形。我看着她们制订计划，在从窗户照射进来的阳光下，玛莲娜的头发呈现出奶油黄色。"我不想要你的施舍，"玛莲娜一定对我说过很多次这句话，"如果你不想我占用你的空间，如果你受够了，我无所谓的，我可以回谷仓睡。"但我从来都没有不希望她出现在我的空间，她确实想要我们的施舍，不是吗？也许正因如此，坎迪斯才会如此努力地帮助玛莲娜想办法应付现行体制，比如她失踪的母亲没有死亡证明，又比如找不到她曾签署过任何监护人表格，反正就是帮她跨过一个又一个障碍。

在那可怕的一天，玛莲娜醒来，吐了两个小时，然后，她一边哭一边感谢我的母亲，从那之后，至少在我看来，她是完全清醒的，百分之百的清醒。吉米也这么认为，他说这就是她如此安静和恶心的原因。她注意到我在用完碟子后会把它们清洗干净，她也这么做。她每次都是先问一下，再从冰箱里拿食物，虽然在此之前，她都是不问自取。有一次，我撞见她在卫生间，从地漏里抽出一撮金色头发。大多数夜晚，她和我母亲坐在桌边，和她聊一会儿，问她以前的事，并且听得兴致盎然，而我对那些事就兴趣寥寥。即使玛莲娜在那几个礼拜唱歌，也是小声唱。我们只好告诉她无所谓，想唱多大声，就唱多大声。

我们三个是一家人，但有她在，我们相处起来反倒更加轻松。或者这就像数学题，我们三个人需要第四个人才能使等式成立。

"你有房子是好事。"坎迪斯说，"但你得让你的房子适宜居住。你需要有收入。我们需要看到你清醒的证据，或者说，是我需要这样的证据。"

就这样，她每个礼拜都会找一天，下班后去镇中心的圣帕特里克教堂，参加戒毒互助所见面活动，至少她是这么说的。

在开学前，我突然问她想穿什么。

"我不会回去上学了。"她说，"但你应该穿这身。"

我盯着镜中的自己，盯着我身后她的影像，她正坐在我的床上翻杂志。牛仔裤太紧，但玛莲娜总说，我不应该因为没有安全感，就把我的身体掩藏起来，不让这个世界看到。我说并不是每个人的双腿间距都可以容得下一个棒球。

"那我也不回去了。"

"不，我说真的，我不回学校了，我和坎迪斯谈过这件事。我的成绩烂透了，凯特。去年我只拿到了 E。你知道什么是 E 吗？"

"没有这样的分数。"

"我八成是第一个得到 E 的人，他们专门为我创造了这么一个分数，我的成绩就是这么烂。如果我是一个没有钱的高中生，我就不可能照顾好萨尔。上学有什么用呢？反正我也上不了大学。坎迪斯同意我的观点，我们已经谈过很多次了。"

"那你就要辍学了。高中肄业生。"

"嘿！我老爸老妈都是辍学的。"

"彼此彼此。"

"我可以参加普通教育水平考试，我可以一边打工一边考。"

"吉米怎么说？"自从她开始和我们生活在一起，我发现自己经常问她吉米怎么说，好像吉米是父亲，她是孩子，而且我和吉米是她的父母。

"他说如果我愿意，可以去当地的社区大学上课，参加普通教育水平考试。他说我很聪明，应付得来。"她是在用她的方式吹牛。几个月前，我为了去上基沃尼高中而烦恼，他对我说的话，至少是他暗示过的，不正好相反吗？

学校又开学了。没有她，我很孤独，却也感觉更好了。我享受学习生活，而且心无旁骛。我集中精神上课，举手回答问题。在英文课上，我一说话，后面的学生就开始大声呻吟。我没有逃课，虽然我还是会在休息时间，和格雷格、小不点儿一起溜到狗舍、橄榄球场后面的树林里抽烟。我只是个十一年级的学生，但大概是因为康科德的缘故，我开始收到大学的宣传册。①大多数都是密歇根的学校，文科学校很少。我查找了很多纽约地区的学校的信息。我想我可以申请一所比较便宜的学校，比如亨特学院。我和玛莲娜把材料都铺在我的卧室地板上。

"在纽约大学，你可以主修罪孽这一科。"她说，"真是浪费钱。只要活着，每个人都在学罪孽这个专业，至少未成年人是这样。"她喜欢看大学宣传册。她花很多时间拿着我的荧光笔圈出一些内容，像是有多少比例的学生攻读硕士生，是否有无伴奏合唱团、室内合唱团、文学杂志或校报。她是在为我们两个做调查。

"老实说，玛莲娜，我一点也不在乎。"一天晚上，我告诉她，而她一直在说城市宿舍里的小厨房。我说的是真心话。除了所在位置，大学的其他任何方面对我而言都无关紧要。

九月，枫树叶的香气即将消失，镇中心高级餐厅贝维尤里面依然温暖，他们让我们坐在阳台上。玛莲娜把皮面菜单立在桌子上，不用手扶着，看里面的菜名，装得好像她很懂法语，了解所有菜式之间的细微差别。玛莲娜打工时攒了些钱，不愿意再吃快餐，只想

---

① 美国高中为四年制，即九~十二年级。

去真正的餐厅吃顿饭。我们毫不犹豫地点了食用蜗牛，一边看着太阳落到灯塔后面，一边喝着晶莹的水，吃着蘸油吃而不是涂黄油的面包。此后，我吃过很多次这样的食物，但那是第一次。

有时候我会想，如果我没有看过那么多书，没有它们在我的内心深处喋喋不休，我要如何讲述这个故事。真相既是一片广阔的荒野，也是你能想象到的最小的空间。真相存在于我和她之间，存在于我所看到的和她所看到的之间，存在于我现在的看法和她再也不能有的任何看法之间。更进一步说，真相介于我心中所想和我说出的话之间，介于真正的我和表面的我之间，介于她说她是谁、她的行为和真正的她之间，存在于她那美妙的复杂中，存在于她所有不为人知的面貌和所有的秘密中。想象一下，上面提到的每一方面都好像维恩图解中的一个圆圈，中间有很小的交汇处，是整个图表中最暗的部分。也许这就是事实。但对于这个故事，我们能看到的，只有我讲述的这个版本。

她要过十八岁生日了，我一定要送给她一份特别的礼物。这个礼物要体贴，要出乎她的意料。而且不能花钱，因为我没钱。我希望我的礼物能告诉每一个人，告诉她，我比任何人都了解她。有一次在上三角函数课，还有几分钟就下课了，教室里很明亮，我坐在课桌边打盹儿，忽然想到了那枚胸针。当天晚上，我在我的旧毛衣口袋里找出了玛莲娜的胸针，而且，我很满意自己这么聪明。第二天，我在午休时把它拿到修表行，他们用两秒钟就修好了胸针，而且没找我要钱。

9月27日是她的十八岁生日，离她去世只剩下不到两个月，那天，她和萨尔在他的寄养家庭过生日。我也想去，但她不同意。坎迪斯私下里告诉我，萨尔的新养母有照顾特殊需要儿童的经历，为人很好，不是那种为了钱而收养孩子的人。玛莲娜死后，我去看过萨尔几次。寄养家庭看起来很不错，在一栋脏兮兮的两层房子里，位于镇中心比较脏乱的地段，那里有很多孩子，鞋子堆积在后门边，每个角落的箱子里都装满了黏糊糊的旧玩具，但橱柜上总有饼干或巧克力蛋糕，楼上的房间里笑声不断。

*萨尔生我的气了*，玛莲娜发短信告诉我，*我正在合唱队排练，他看都不看我，好像根本不认识我！*

*玛莲娜，给他一点时间。*

*……啊啊啊啊啊啊！*

*今天是你的生日！！！高兴点！！！你已经到达法定年龄了！！你可以给我买烟了！！！*

*我正在尝试。*

*我知道。*

周末，她去加班，我和吉米为她做了一个蛋糕。我们把贝蒂妙厨牌黄色蛋糕粉倒进一个不太大的碗里，又抓起彩色糖粒撒在上面，结果弄得厨台上都是。彩色糖粒和糖霜用桥卡可以买到。

"你确定这样就能做成五彩蛋糕吗？"他说。有玛莲娜在，他变得更英俊了，脾气也没那么暴了。她还给他剪了头发，现在他留着金黄色的寸头。我认为他爱上了玛莲娜。他又推迟一年去上大学，我知道这意味着他可能永远也不会去上大学了，而玛莲娜是他留下来的好理由。

"为什么不能？看起来不错的。"

把蛋糕从烤箱里拿出来的时候，彩色糖粒都沉底了。

"你这个人乱七八糟，信心时有时无，我真不太确定你以后能有什么出息，凯茜。"

"谢谢。"

"我已经开始赚钱。你是我们最后的希望了，未来就看你的了。"

"你还是可以去上大学的，你可以春季入学，现在还不算太晚。我敢说，你还能申请到奖学金。"

"是呀，我知道，但我不想再读了。"

"为什么？你怎么能不想去读大学呢？我不明白。"

"我就是不想去。"

他从烤盘里切下一小块蛋糕，分成两半，递给我一半。蛋糕很烫，底部的彩色糖粒像是一层过甜的包皮。我们在上面涂上了一罐半的巧克力糖霜，填满我们切开尝味道的那块蛋糕留下的空隙。

"你们两个是不是正式谈恋爱了？"我问。他用蓝色糖胶为她拼出一条信息，他扭动手臂，潦草地写出了带有很多弯的字母 B。

"你太八卦了。我怎么知道？不过，我想我希望能这样吧。"他的脸红了，"得等她准备好了，等她的生活回归正常了，而且还要她乐意。老天。别再问这个问题了。"

"你问过她吗？"

"问过了。"

"她还是拒绝吗？"

"只是暂时的而已。"他说。

他在那个又长又扁的单层蛋糕上写了"祝我们最喜爱的人生日

快乐"这句话。这句话太长了，像填充页一样覆盖住糖霜。字母 B
弯弯曲曲。我们不知道还能怎么表达我们的心意。

我把蛋糕拿给玛莲娜，她坐在餐桌旁，穿着牛仔裤和我的一件
无领 T 恤衫，她的头发梳成很低的马尾辫，脸在烛光下闪闪发亮。
"生日快乐。"我们唱着歌，母亲和吉米配和声，我把蛋糕放在她
面前，我觉得只有我看到玛莲娜的眼眶湿了。她分三次才吹灭了蜡
烛，说她抽了那么多烟，竟然连蜡烛都吹不灭。

"从来都没人像这样为我准备生日蛋糕。"她说，"字母 B 是
怎么回事？"吉米耸耸肩，他的表情出卖了他。

我一次次地回忆那一年的事，而我总会在这件事上徘徊许久。
在我们的小活动房子里，过甜的蛋糕，玛莲娜的十八岁生日，记忆
中的那个瞬间与她过世的这个事实分离开来，仿佛她没有事，仍在
某处继续她的生活，在我写这本书的时候她已经三十六岁，我也很
快就要到这个年纪了。我看着她坐在我们的桌旁，她正等着看所有
可能发生的事都变成现实。我需要别人看到她，看到她用我的头绳
梳了很低的马尾辫，在烛光下，她的耳朵看起来是透明的，她的皮
肤看起来粉粉嫩嫩，她的锁骨处在阴影中，看到她所有的想法，看
到她想要的一切，而我对此则茫然无知，看到我们所失去的一切。

玛莲娜只收到了两件礼物，因为吉米的礼物神神秘秘的"正在
路上"。母亲送给她两件礼物，一件是一本二手食谱，里面记录了
三十分钟就能做好的饭菜，还有一件白衬衫。"宝贝，真抱歉，只
能送给你这么实际的礼物，但要照顾小孩的人都该知道怎么做快餐。
衬衫是给你在工作时穿的，省得你总是得洗你现有的那件。"母亲
正在喝第三杯酒，我们都在吃蛋糕。

"谢谢。礼物太好了。我在听证会上一定要告诉他们，'我能做出至少十种孩子喜欢吃的三十分钟熟快餐！'"

"你可以拿我来做实验。"吉米说，"什么墨西哥玉米片派，我都能吃。"

"人根本就想象不到一生中会遇到什么事，你们说怪不怪。我从没想过你们会搬来，但现在你们就跟我的家人一样。"

她绽放出了她那灿烂美丽的微笑，她有所求时才会露出这样的笑容。

"打开我的礼物吧。"我插言道，我真恨我自己。

我用报纸包着胸针，又粘了透明胶带，所以很难拆开。

"该不会是炸弹吧？"吉米问。

玛莲娜舔掉她餐刀上的糖霜，用刀子划开胶带。

"你是在哪里找到的？"她的声音很平淡。我的心直往下沉。

"不是我拿的。是我在沙发旁边的地板上找到的。"我下意识地撒了个谎。

她把胸针举到桌子中心那根蜡烛的火焰边，凑近去看，像是珠宝商在检查一个可能是假货的珠宝。"胸针丢了很长时间了，我还以为找不到了。"她不再像玛莲娜，而是变成了一个普通的少女，快乐都不见了。只有我能看得出来，母亲只顾着叽叽喳喳，吉米则有些醉了。

"是你的胸针吗？"他说着伸手索要胸针，但她并没有把胸针递给他。她打开胸针房子的小门又关上，随即再次打开。

"我把胸针拿去修理了，我不想告诉你我捡到了胸针，是因为我想给你一个惊喜！我想修好了给你惊喜！"我不知道我为什么道歉。

"和新的一样。"

"什么东西？"母亲问，"好丑呀。"

"我常戴的一个小东西。"玛莲娜说着将别针穿过 T 恤衫。

十月一如既往地来了。在玛莲娜参加抚养权听证会的前一天，我们在树林里转悠，一根接一根地吸烟，有些微醺，我们在排练坎迪斯叫玛莲娜准备回答的那些问题。树叶黏在我们穿的运动衫衣袖上，我们戴着兜帽，系紧拉绳，抵御严寒。玛莲娜的下巴上有一个橡皮大小的青春痘。我正在经期，她还没来月经。我每个月都很羡慕她不来月经。空气中弥漫着苔藓和腐烂的气味。

"乔伊纳小姐。"我模仿律师的口吻，用夸张的男中音说，"你在姆尔维馅饼店做什么工作？说一说你每周的时间表。"

"听你这么说话，我很紧张，你真是糟透了。"她喝完瓶里的酒，小心地把酒瓶放在树根之间，仿佛我们在回来的时候会把瓶子捡起来，再凭空创造出一个垃圾桶。

"你要我用正常的声音说话？"

"我记不住词啊。一屋子都是人，我说不出话。况且那些人都认识我老爸。他们看着我，怎么会不想起他呢？"

"也许你应该承认现实。嘿，我知道我老爸是个烂人，但我不是他，我希望你们在做决定的时候，不要考虑他所犯过的罪。你冷不冷？"我有些痛经，只觉得痛感一波波向我涌来。我想回去，但此时要求回去，又觉得太不合时宜了。

"要是坎迪斯代我发言就好了。"

"萨尔自己的想法难道不重要吗？"

"要是有人问他愿不愿意和我生活在一起，天知道他会说什么。那个小笨蛋，最近怪里怪气的。"

　　"不要说他是笨蛋。"

　　"只有我知道该怎么对付那个小笨蛋。"她冲着树梢喊道，几乎是唱出了笨蛋两个字，她的声音在树枝之间弹起，震颤着传入空中，然后，她小声对我说："你相信吗？"

　　那天夜里，我辗转反侧睡不着。玛莲娜不停地叹气，总是翻身，拉走毯子，我的一边膝盖和一只脚都露在外面挨冻。我知道她想聊天，但转天的第一节课是英文课，我在课上要写课堂作文，一想到要在不到一个小时里写四页纸，我就紧张不已。"唉。"她叹息着说，一翻身趴在床上，把毯子整个儿从我的腿上拉开。我用力把毯子拉回来，也让她的部分身体露在外面。"对不起。"她小声说，她站起来，摸黑在我的房间里走了几分钟，然后走了出去，咯吱一声，过于谨慎地关上门。这下子，我彻底清醒了过来。我躺在床上，直到黎明灰蒙的光线从窗户照射进来，我很担心，不知道她去哪里了，希望她只是在沙发上或是跟吉米在一起，而不是和闪电或更糟糕的人瞎混。

　　就在我的警报即将大作的时候，她打开我卧室的门，打开了所有的灯。

　　"醒醒呀。"她端着一杯咖啡说，"你说我该穿什么衣服？"

　　"我要睡觉。"

　　我的警报解除。

　　"我叫你快醒醒啦。"她把杯子放在一摞书上，开始在我的柜子里翻找。

"我们早就讨论过这个问题了。"我从床上下来，说是从床上下来，其实就是站起来，因为我的床垫是直接放在地上的，我把她的杯子从书上拿开，就看到杯子在书上留下了一个圆形水印，"早说过不要把杯子放在这里。"

她穿上我母亲的一件宽松直筒连衣裙，很多年前，在康科德学院的新生入学日，我穿的就是这件衣服。她把我的很多衣物都拿下衣架，丢在床尾："能帮忙拉上拉链吗？"

从近处看，她是那么瘦弱，她的脊柱让人不忍直视，像是大理石一样贴着她的皮肤。她穿着我的红色蕾丝胸罩，而我很害羞不敢拿来穿，她系的是最紧的那个挂钩，可即便如此，我还是可以将两根手指伸进她的后背和系带之间。"我觉得你应该穿黑色裤子和生日时收到的衬衫。"

我们看着镜中的对方，玛莲娜抓着臀部松垮的布料，皱着眉头。"我觉得穿这件裙子更像大人。"

"不太合身呀。"

"我穿件毛衣就好了，再穿一双厚连裤袜。你觉得这样是不是更好？"

"老实说，我觉得穿什么都无关紧要，不过你穿这裙子很不错。"

我拿着我的衣服去洗手间，我仍然讨厌清醒时在她面前换衣服。她可以穿着 T 恤和内裤随处坐，但我总是转过身面对着墙，解开我的胸罩，把它从袖子里抽出来，这样哪怕是一秒钟，我的身体也不会完全暴露在外。在那些醉酒的夜晚，她早就看到了我的身体。在浴室里，我把水溅到脸上，水从我的脖子上滑下来，浸湿了我的背心。母亲和玛莲娜开玩笑，说我从卫生间出来，就像一头大象在水槽里洗了个海绵擦洗浴。她当然不记得验孕的事了，在事情的发展过程中，这只是一件非常小的小事，比发生在她身上的事要小得多。她不是个坏朋友。几乎完全出于自私，我一直没有把瑞德的秘密说出去。我不希望玛莲娜想明白整件事，意识到如果不是我坐在计算机实验室里耍酷，怂恿格雷格把那段该死的视频上传到 YouTube，瑞德就永远都不会被捕，永远也不会出卖玛莲娜的父亲。我不想让她知道我把我的处女之身给了一个从她小时候就属于她的男孩，而且，我敢肯定，这个男孩甚至都不怎么喜欢我。

"说真的，我看起来怎么样？"我回到房间的时候，她问。她站在我的镜子前面，素面朝天，把头发绑成一个很低的马尾辫。

"很不错。"

"是不是显得很干练？"

"是呀，是呀，是呀，是呀。"

"对不起，我爱你。"

"我也爱你。不会有事的。"

用眼线笔勾勒出眼睛的轮廓后，她的虹膜显得更蓝了，十分鲜艳，像是可以听到这个颜色发出的声音。她戴着我还给她的胸针，别在右侧衣领边上，她一向喜欢把胸针别在那里。在裙子的衬托下，胸针看起来很格格不入。

"别戴胸针了。"我说，摸着我衬衫上可能别胸针的地方。她在镜子里的影像盯着我。

"怎么了？"

"我知道你还在吃那东西。药丸。我知道你还有药丸，我觉得你不应该再吃了。我觉得你必须清醒地面对这件事。"我说出这话纯属意外。我自己都不知道自己有这样的想法。她真要把药丸别在衬衫上，就这么走进法庭？我告诉自己她不会这么做，但她一定会的。最危险的地方就是最安全的地方。就因为这个原因，她最初才会佩戴那枚胸针。

"才刚早晨七点，你就开始指责我了？好像我不把这件事当回事一样。你真可爱，凯特。你帮了我很多。非常感谢。"她不再看我，真实的她不看我，镜子里的她也不看我，她的声音有些歇斯底里，她的声音那么大，我真觉得她会吵醒母亲。

"不是的。"

"那你为什么以为我会干那种蠢事？"

"我没有。我真的没有。我那么说实在是太蠢了。"

她叹了口气，她的眼睛里闪烁着黄色的光芒。

"真不能相信你竟然站在这里指责我。你只是把我当成了火车残骸，好像我是个扫把星，你就盼着我一团糟。"

"我当然不希望你一团糟。我明白你为什么会这么想……"

"我明白你为什么会这么想。"她反唇相讥，用那种"我是小宝宝凯特"的语气，"你以为你自己很聪明，但有些事是你理解不了的。你是我最好的朋友，所以千万不要说话带刺，瞪大眼睛，说不该说的话。不过你根本就不明白，我也没想过你或其他人会明白。"

我记得她说的话深深地伤害了我，特别是因为她说得很对。


一上午，我都很难过，但英文课上除外，整个五十分钟，我满脑子想的都是《德伯家的苔丝》。刚一下课，我就给玛莲娜发短信，*对不起，祝好运*。过了一会儿，见她没回复，我又发了一条，*两点*

半好吗？我翘了三角函数课，反正我有个很好的家教。吃完午饭，我就离开了学校，故意穿过树林绕远路，这样我就能抽玛莲娜给我买的烟了。三点多了，她才回复我的短信。

**你能来吗？我在里面。**

听证会只开了不到二十分钟。我试图了解更多关于法庭上的细节，但她只说那不过是个玩笑。两个老头认为玛莲娜不称职，不能当萨尔的监护人。她哭了起来，其中一个老头递给她一张麦当劳餐巾纸，很可能是他吃午餐时留下来的，另一个把她带到了走廊，那里有一张长凳，就是为她这种状态的人准备的。我就是在那里找到她的，餐巾纸都被撕碎了，她的眼里没有眼泪，双颊通红。几个月后，萨尔就将被转移到位于沙勒沃伊的新寄养家庭，离这里有三十分钟车程。玛莲娜已经十八岁了，她可以自由地生活在她喜欢的地方。她可以做任何她想做的事。

现在看来，坎迪斯不可能认为玛莲娜真能得到萨尔的抚养权，也许这只是为了让玛莲娜保持清醒，给她一个哪怕只是暂时的目标，替代一直以来驱策她的目标。我想到了坎迪斯送给我和我母亲的礼物，那是个带有蓝铃贴纸花的塑料桶，里面的美体乳闻起来像是有无数花朵挤在一起。"是我亲手做的。"她这么告诉我们。但玛莲娜说，所谓"亲手做的"，坎迪斯的意思其实是她把很多现成的润肤霜混合在一起，放在一个新罐子里。

玛莲娜是十月初在听证会中失去了抚养权，同一时刻，银湖的所有树都像是被火焰吞噬了，树叶几乎在同一时间变成了橘红色和红色。只剩下一个月了，不过我们所有人都对此茫然无知。

起初，她看起来还不错。她不怎么说话，但状态还好，说不定还因为整件事告一段落而如释重负。她的家庭已破败不堪，她一定觉得自己现在有了一点点自由。接下来的几个晚上，她一直和我们在一起，和我一起睡在我的房间里，我从没见过她哭，也没在醒来后发现她不见了。

但是那个星期天，我们被困在我家，搭不了车，也无处可去，她告诉我她想回她家。"要两个月的薪水才能付清账单。"玛莲娜说。无绳电话调到了免提模式，房间里充满了电力公司的等候铃声。她父亲被捕后没多久，她家里的电就被切断了。母亲说她很幸运，到现在还没有下真正的暴风雪，不然的话，管道肯定会被冻裂。那天晚上没人在家，吉米像往常一样去上班了，母亲和兽医去约会了，我和玛莲娜管那个人叫托（他的真名是托马斯）。我们直接从罐头里拿出苹果派来吃。玛莲娜瘦得皮包骨，只穿着我的背心、吉米的运动裤，还涂了我的椰子发膜，发膜的气味比馅饼的还要浓。

"搞不懂你为什么要这么做，你住在这里就好了。你真想一个人在谷仓里睡？"

"那是我家，我在那里长大的。"

"那又怎么样？"

"那又怎么样。"她说，又是那种嘲笑的语气，"那又怎么样？也许我想回家。也许我一向都不喜欢这里。你和吉米总是妨碍我。"

"你真是个婊子。"

她把电话夹在胳膊下面，拿起馅饼罐头，咚咚地沿着走廊走了。我哥哥卧室的门砰一声关上了。"也许等你走了，你就不会再用我的东西了。"我大喊道。我不在乎。那天是礼拜日的晚上，我还要写作文。我也讨厌她。

对不起。我们吵架的第二天早晨，她给我发短信说，那天是礼拜一，她要搬走。没关系。我很快给她回短信，你有很多烦心事。

这不是借口。

好吧，你一直都是个贱人……

这世上只有你一个人会在发短信的时候用生略号。

因为我是个天才，对了不是生略号是省略号。

见鬼！

怎么了？

我都要无聊……死了。

那天下午格雷格和小不点儿让我回家了。我知道玛莲娜在她家，不在我家，因为谷仓的窗户里有光，她前院的树叶都堆成了一堆。她让我进去，但没有看我的脸，她的目光在房间边缘游移。她的话掉在地上，滚了出去。她说她终于独立了，终于有时间和空间去做她想做的事，专注于她的音乐，学习演奏电吉他。她说的很多话都说不通。现在她已经长大成人了，没有父亲，没有萨尔拖她的后腿，她其实没有任何亲人在身边，她需要知道怎么做，这意味着什么。她打开冰箱，递给我一罐天然冰啤，把她自己那罐打开。我比她小那么多，吉米也不太了解她的生活，他们有着截然不同的童年。他是金童。她说，她知道他认为她一无是处，说完便大笑起来。"辣是够辣，却一无是处。"我说他不可能这么想，但她不听。"我的家人。"她说，"你能不能发自真心地说，他没有瞧不起我的家人。你能吗？"她喝完她的啤酒，开始喝我的。

谷仓里空空荡荡，乒乓球台上的垃圾都被清理干净了，两个懒人沙发堆在后门外面的一堆垃圾上，水槽里没有脏碗碟，空气中弥漫着一股香水味，而香水是她从我母亲那里偷来的。萨尔的画已经摘了下来，光秃秃的墙上只剩下很多打钉孔。玛莲娜说了一些她在工作中遇到的麻烦事，好像是收钱收错了，而我只是点点头。她发泄完，又闲聊了一些关于学校的无聊琐事（说话时很僵硬，好像我们是陌生人），然后，我就离开了。这就是她想要的，所以我便这么做了。我心烦意乱，坐立不安，我的头嗡嗡作响，我在当天遇到的各种小细节在我的脑袋里来回乱转。我想起了我那个所谓的朋友卡洛琳，她在午餐时问我谣言是不是真的，问我和玛莲娜熟不熟，卡洛琳还探身过来，带着敬畏和恐惧的声音低声说："我听说她同时和两个男人做爱。"

我故意不理睬玛莲娜。她一团糟，在我面前无话可说，我也不想和她打交道。因为她所说的需要空间就是这个意思。她想在不受干扰的情况下获得快感，而我知道这一点，也不反对。

下一次去她家的时候，我看见谷仓的餐桌上有一把弯了的汤匙。当时是十一月，也许是十一月底。我没有问，也不知道那东西是做什么用的。不过我现在知道了。几天后，我从沙发上拿起她的外套，好腾出地方坐下，这时，一个针管从她的口袋里滑出，活像是情景喜剧里的笑点，如此清楚明了，仿佛宇宙本身在向我们提供另一个结局。里面有几厘米琥珀液体，我把针管放回去，小心翼翼地把她的外套搭在扶手上。我认为做她最好的朋友，就意味着保守她的秘密，我相信她知道自己在做什么。那个秋天，她甚至在睡觉时都穿长袖。我再也不像从前那么天真。


黄昏，天气很适合打橄榄球，从玛莲娜的前院传来一股燃烧硫磺的气味儿，她在轮流烧谷仓里的垃圾。我和母亲刚提着大包小包从杂货店回来，她的桥卡补助金刚刚到账，我们便踏上了每月到沃尔玛的朝圣之旅，袋子里装着罐装番茄青豆、盒装意大利面和一大袋大米。我把东西从车里卸下来，母亲则去把东西放好。这时候，玛莲娜和闪电摇摇晃晃地走出谷仓。他们都戴着可笑的泡泡糖粉红色宽檐帽，就是那种在县集市上赢得的奖品，玛莲娜穿着高跟靴，我知道那是她母亲送给她的礼物，她一向都把那双鞋当宝贝，要等到永远不会到来的特殊场合才会穿。

"玛莲娜。"我喊道，但她还是跳上闪电的卡车，关上了车门。我向他们跑去，把一袋洋葱丢在了车道上。车灯亮起，卡车开始倒出车道。一些纸灰随风飘荡。

"待会儿给你打电话！"玛莲娜透过半开的车窗喊道，随后，车窗摇了上去。她的帽子卡在了窗框和窗玻璃之间，她只好把车窗摇下去，一歪脑袋把帽子抽出来。她的脸在帽檐下，我看不到。

"我们出去兜兜风。"后来打电话的时候，她这么告诉我，"只是兜兜风而已。"


她搬回谷仓后，我们还经常见面，但是，她开始不止一次地抱怨我不请自来，她会恶狠狠地对我说一些非常粗鲁的话。她失去了餐馆的工作。我追问，她便告诉我是因为顾客都很喜欢她，而这把经理吓坏了。即使是在我哥哥回家的时候，闪电的车也经常停在她家前院。她和吉米冷战了好几个礼拜，我一问起这事，他就闪烁其词。我跑去问她，她说他这个人太强势。有一次，她换衣服，我好像注意到她的左臂上有一块瘀伤，很大而且不规则，就在手肘下方。

还有一次的情况也差不多，她转过身去，我看了一眼同样的部位，我看到了像是猫抓的痕迹，又红又肿。她给我留过几条语无伦次的语音邮件。"你不知道我进入快感时是什么样子，"有一次她说，"没有人知道。""你还好吗？"我一遍又一遍地问她。"我很好，"她说，"我只是无聊，我就是太累了。"一天晚上放学后，我在姆尔维馅饼店与卡洛琳一起学习，我从课本上抬起头望向窗外，只见玛莲娜正从五三银行出来，她的腿瘦得皮包骨，我都不相信它们能支撑她的身体，她的脸有些浮肿，头发乱糟糟的，缠结在一起。她像是一个陌生人，一个我并不了解的女孩。

# 纽 约

我觉得，我有时在心里和她或是年轻时的自己说话，实在非常奇怪。有件事我们一直在争论不休。但是，玛莲娜，我这么告诉她。现在是十一月。在纽约，该戴围巾了。已经有很多年我不再故意伤害自己，不会吃太多药丸，不会只为了看我能否坚持就什么也不吃。我去上班，我努力工作，并且从中得到了意料不到的乐趣。我和其他人一起乘地铁。有时几天、几周、几个月就这么过去了，就好像你根本不存在。我把垃圾袋推进滑道，听着它掉下去。我问利亚姆他这一天过得怎么样，我在床上蜷缩在他身边，闻着他脑袋上的肥皂味。我在二十岁出头时怀孕过，一共五个半礼拜，直到痛苦地结束，我才想起你，那时，血液开始凝结。我从没告诉过利亚姆这件事，因为那是我认识他之前的事。我没有再怀孕。也许我的身体不允许，也许我再也没有机会了。

做个成年人是不一样的，当个大人实际上与我们想象的截然不同。但是，玛莲娜，大多数时候实际比想象要好得多。感觉就像一个奇迹，所以有时候我很感激。为最愚蠢的事而感激，比如一杯热咖啡，利亚姆发来的有趣短信，我可以一次又一次地读乔治·艾略特，每个周六下午，我对我自己的身体都少了一些讨厌，更爱我的母亲一些。我还有时间去选择，或许活得不够锐利，但我很高兴我在这里。

"你不要白费力气了，你说服不了我的。"我想象她这么对我说。她是如此多疑，不过我还是原谅了她。毕竟她依然只有十八岁。

关键是，玛莲娜，我搞砸了很多事，但我每天都在努力尝试。


当母亲比现在的我大两岁的时候，她丈夫在他们结婚十八年后离开了她，而他们的这段关系在她十几岁时就开始了。于是，她用推土机推平了她生命中剩下的东西，重新开始过她的人生，一边过日子，一边制定规则。"你妈妈很有胆量。"玛莲娜这么说过。她觉得我母亲不该选择搬来银湖，因为这里是玛莲娜最大的敌人，但她喜欢母亲的作风，就这么随便在地图上一指，说，那里肯定比她当时住的地方好。我太生气了，无法欣赏母亲的决定，不过现在想想，她那么做很有道理，只是我当时并不知道，她当然会选择搬到一个小镇，离开庞蒂亚克。因为在庞蒂亚克，每一个人都知道父亲换了一个又一个女人，而小镇的生活成本很低，母亲可以用离婚赔偿金买房子。那地方一定能带来成功，这让我为她感到骄傲。即使在她搬去安阿伯市的时候，因为没有买家，银行把房子收了回去。我上大学的时候，吉米告诉我，我们之所以搬去北方，在一定程度上是因为母亲当时正和一个人通过电邮谈恋爱，只是在到达银湖的几天后，那段关系就告吹了，而我对此一无所知。即便是我长大后，我也不相信吉米，可他勉强说出了一个名字。吉米说，那个男人隐瞒了年纪。母亲从没和我说过这件事。

现在母亲和罗杰住在他位于密歇根大学附近的公寓里，他教她滑雪。他们是那种穿风衣、吃麦片的老夫妇，脸色红润，身体健康，母亲不再皮包骨，她很强壮，她的二头肌比我的更大。吉米经常去看他们，他住的地方距离他们有八小时车程，但密歇根州上半岛有很多滑雪的机会。罗杰没有孩子，也没什么钱，所以我给他们寄支票。他只是一个老人，我从没想过把他当成父亲。母亲来看我们，我觉得有必要让每一件东西看起来都比实际上更好：这是我们的昂贵家具，银行里的钱越来越多，从专卖店买的咖啡豆，还有我们那只不会导致过敏的长毛猫。我的工作，每两年升职一次，我们的朋友都事业有成，我们已经打下了稳定的基础。我做得不好吗？我难道不是走出很远了吗？母亲离开的时候潸然泪下，但我也能感觉到她松了口气。也许她感觉到我的生活太沉闷、太完美，有很多事要做，垃圾箱里装满了不能为人所知的酒瓶。

在我三十岁那漫长的一年中，我尝试戒酒却又失败，期间，我得到了加薪，开始挣到我父母从未赚到过的高薪。我带母亲去拉斯维加斯，庆祝我订婚。我不知道我为什么在不喝酒时选择了那个地方。母亲和罗杰结婚有段时间了，我坐在她旁边一张宽大的泳池椅上，我们苍白的腿伸展开。她告诉我，她终于知道，所谓幸福，就是当别人问你怎么样，你除了说你很好，就没什么可说的。阳光发白，我们晒着太阳，我们的身体互相呼应，我的身体比较柔软，她的身体比较脆弱，她的手臂上部、大腿上部、小肚子上都布满了皱纹。喝一杯吧，亲爱的，她每天晚饭时都这么说，举着我付账买的棒球大小的高脚杯。如果你是个酒鬼，我是什么？于是我开始喝，大部分的夜晚，拉斯维加斯就像一艘探月太空船，散发着愚蠢的光芒，我们两个人把一桶硬币扔进老虎机里，用有股无硫天然气味儿的酒将自己灌醉，就像吞下了城市发出的光。我和母亲玩得很开心。后来，回到纽约，在会议上，或者当利亚姆问起的时候，我都没有提到那些酒。我和母亲在一起，我怎么能拒绝呢？

从前住在银湖，我从没想过她有多艰难。钱的问题，第一次独自面对生活，年纪虽然不太大但也是人到中年，没有学位，没有工作经历，没有真正的前途。我太坏了。母亲会和男人回家，关上门，把音乐开得很大声，混合有时髦的节奏和浪漫的歌词，我记得她和别人的性关系让我惊恐不已，她竟然在我们的家里和男人做爱，在那些男人离开后，我感觉很恶心，我的愤怒远比我在父亲做同样的事时体会到的愤怒更强烈。但是，我把这件事告诉玛莲娜，原以为她会站在我这边，同情我，她却叫我不要这样。她总是把母亲看成一个女人。最后，我也同样看待她。


每个人都有自己的秘密，但是当你还小，并且有一个要好的朋友时，你会觉得你们的秘密是可以分享的。那些夜晚，我和玛莲娜待在攀爬架上不停地聊天。有一段时间，我们都不孤单。我们重叠在一起，如同一场小型月食，一开始很明亮，然后变得黑暗。

在她去世前的几个礼拜，我们变得疏远了，等我搬去纽约，我们几乎可以肯定会失去联系，成为另一对一时要好但随着年龄的增长和地域的分隔很快就分道扬镳的女孩，而通常情况下，友谊就是这样。但我相信那些古老的承诺，我会同情那些告诉我世事多变的成年人。这是为了你，我会这么想，但不是为了我们。是的，我即将离开，但她也应该来。不是吗？八月，初到纽约的那些日子，这个城市如此炎热，我无论到哪里都大汗淋漓，她一直和我在一起，即便不总是在我的思想里，也在我所做的事情中。我在一家酒吧找到了一份工作，所有服务员都是爱尔兰人，难道不是她让我在该大声的时候大声，在晚上变得大胆，敢带着现金回家？她影响了我发誓的方式，也影响了我允许男人看我的方式，她是我心中的钢铁。那一年以前，我只是一个毫无个性的柔弱女孩，等待着有人来告诉我应该成为什么样的人。

我带着对她的记忆，在整个城市里喝得烂醉，我喝醉后进了急救室，我在出租车的后座上烂醉如泥，我在我记不起却仍然感到后悔的地方喝醉，但我仍然活着，是一个成年女人，会设法控制自己。但是每当我喝完一两杯酒便停止，就会有个怪物开始咆哮，而每逢此时，便是我最靠近她的时候。然而，有些事情让我无法走得太远。我曾经认为这是恐惧，但这还要归功于她，因为她所做的事谈不上勇敢。喝到不省人事，也谈不上勇敢。

她一直在向我撒谎，关于闪电和吉米，关于她在哪里以及为什么在那里，她服用了多少颗药丸，她通通都在撒谎。我真是她最好的朋友吗？或者说，我只是个附属品，她只是因为喜欢我的哥哥而迁就我？

"不要这么没有安全感，"我听到她说，"我觉得你已经长大了，不应该再这样了。"

# 密歇根

　　玛莲娜的尸体是在星期一的早晨被发现的，距离吉米最后一次见到她还不到二十四小时。她面朝下趴在贝尔河里，那条河在树林半英里处，位于金水酒吧后面。一个来自格罗斯波因特的徒步旅行者来镇里过长周末，在松林之间看到了她的外套，距离小路不远，卡在河里的岩石之间。她的钴蓝色外套在树林里很显眼。那个礼拜，天气异常暖和，这在十一月而言有些反常，可她还穿着那双有马克笔画痕的破烂凯德软底帆布鞋。当时可能天黑了，天气再次变得像冬天一样，可能是出于这个原因，报纸上才说她肯定是在刚结的冰上滑倒，脑袋重重地撞在了岩石上，把自己撞昏了，但要知道，她是一个在密歇根土生土长的姑娘，在林子里从小玩到大。那里除了树还是树，她到底要去哪里？

　　据那个徒步旅行者称，她的皮肤看起来就跟蛋壳一样，像是可以敲碎。

就算玛莲娜滑倒了，她也不是在冰上滑倒的。

严格来说，我们最后一次在一起是发现她尸体的前一天，也就是礼拜日，就在她见吉米之前。但我拒绝将那次视作我们的最后一面，玛莲娜肯定也不愿意。

我们当时在镇中心，穿着春季夹克，在公园里闲逛，我们的眼线画得太浓，香烟塞在我们的耳朵后面，我们的皮肤上长了很多粉刺，但很有弹性，很年轻，我恨不得重新回到我的记忆中，摇醒我们，不要再对我们的皮肤诸多抱怨。街角有家面包房，每当门打开，咖啡的香味就会从里面飘出来，一只野生火鸡在凉亭里昂首阔步，就像一个自吹自擂的老人，我们伸着胳膊追赶它，它冲我们嘎嘎叫，我们也大声叫着，最后，它摇摇晃晃地走了。我们在长椅上坐了下来，我开始讲故事，但几分钟后，她就玩起了手机。

那是一个平凡的星期天，没有什么可做，但我们一直做的事情起了变化。她发了几条短信，然后告诉我，吉米要去法院附近的拐角处接她，他们一起抽大麻烟卷，一起待一会儿，然后他去上班。

"和我们一起去吧。"她说，"就两三个小时而已，然后他就去上班了，到时候我们想做什么都行。"

"我实在没那个心情坐在后座，看你们两个斗嘴，扭扭捏捏地调情。"

"得了吧，凯特。那你还能干什么去？"

"你为什么不能等吉米上班后来找我？"

《盲人刺客》在我的背包里，我已经看了三十页。我有四美元现金和一些零钱，足够我喝一杯无限量续杯的咖啡，说不定还能买一块柠檬罂粟籽松糕。

"我把我的烟都给你抽。"

"就让吉米在上班前把你送到姆尔维馅饼店好了。"

"好吧。你提前过去等我，我可不想进店里。"自从玛莲娜被炒鱿鱼，她甚至连从店前走过都不乐意。但她经常约我在馅饼店见面，每到这个时候，她就在后面的小巷子里等我。

我陪她穿过公园，向吉米去接她的拐角处走去。她扯下绑住马尾辫的头绳，抓抓发根，让头发乱糟糟地垂下来。"好点了吗？"她问。她的头发又细又直，再过几分钟就会变得再次顺滑，无论她摆弄出什么样的性感发型都是一样。

"当然。"我说。我看见吉米开着母亲的车在大湖鞋店外的红绿灯前减速，便留下她独自走开了，我甚至没等他把车开到路边。我和玛莲娜没有拥抱，我们为什么要拥抱呢，毕竟按照计划，我们很快就又见面了。

我喝了四杯咖啡，看到了第一百六十页，这才意识到已经六点多了。我看看手机，什么都没有。这和她在最后几个礼拜里的风格很不一样。我给格雷格发了短信，过了一会儿，他来接我，送我回家。我们都认为玛莲娜去找闪电了，要不就是去做别的事了。

结局到来的时候，谁能有先见之明？在我看来，我们的生活总是意外连连。

警察问我和玛莲娜那天做过什么，我撒了谎。他们问我们为什么分手，玛莲娜去了哪里，我告诉他们我不知道。那个房间很小，阴森森的，和我在电视上看到的一样，在那里，面对两个留着胡子的警察，我所能做的就只有这样。我不知道，我说，我不知道。他们问我她的包里为什么会有奥施康定，我假装大吃一惊。这么说，你并不知道她打算和你哥哥见面，他们这么说，我哭了起来。后来吉米问我为什么撒谎，是不是真认为他和玛莲娜的死有关。我不知道该告诉他什么。坐在那里，面对一个又一个的问题，我觉得很内疚。是我杀了她，我差点儿脱口而出。

我要求查看玛莲娜的尸检报告，那是在我上大学的几年后，当时我选修了法医学。因为从来没有对她的死进行过刑事调查，于是我很容易得到了许可，尤其是我告诉记录员我的名字、在学什么科目，而且和他女儿劳拉是高中同学后。虽然阳性的检测结果表明玛莲娜在她死前数日内吸食过海洛因，但玛莲娜的正式死因是由于吸入液体引起窒息，符合溺水条件。在报告总结中，验尸官写道：由于玛莲娜跌倒并摔伤了头部，很可能因此失去知觉，鼻子和嘴在水中浸泡了"足够"的时间，符合溺水条件。"符合溺水条件"这句话让我印象深刻，我认为这可能意味着调查结果并不确定，闪电或其他人可能与她的死有关，而且可能另有隐情。但当我向我的教授询问时，她解释说，在许多溺水案例中，尤其是像玛莲娜这种在死后超过二十四小时才进行尸检，直接表明溺水的证据会被其他的分解因素所掩盖。我觉得她的话让我感到安慰。认为玛莲娜是窒息而死，总好过想象她在无意识的状态下吸入咸咸的河水，淤泥卡在她的喉咙深处。我还知道，对于滥用处方药物的情况，尸检结果是出了名的不可靠，因此，人们时隔很久才意识到奥施康定的危害和黑焦油海洛因扩散的危险，对于很多服食奥施康定的人来说，下一步就会去吃黑焦油海洛因。

报告自然没有提到她那天为什么进树林（只要能知道答案，我愿意付出一切），她在寻找什么，除了我和吉米，那天下午和傍晚还有谁见过她，而且，抛开她的习惯，她服食的毒品在多大程度上损害了她的运动技能。对于当时的情况，我想象了那么多次，以至于变成了一段回忆，像是真实发生过的一件事：太阳挂在湖面上，玛莲娜从店前走过，我在店里看书，她向树林走去。一开始，她沿林间小路走，路上长着青苔和常青植物，但几分钟后，她离开了小路。她本想沿河走，这听起来像她的风格。有时，我相信是闪电，他们之间肯定闹了不愉快，他推了她一把，他把她的脸按在水下，他弄开她的嘴巴、她的血管，强迫她服食他要她吃的所有东西。我想要找出凶手。但也许她只是在散步。可能她仅仅是滑倒了。可能她想转身回来找我。可能，可能，可能，这些可能没一个说得通。这篇关于发现尸体的报告中充斥着耸人听闻的描述，事实却很少，萨尔的名字和年龄等几处细节都不正确。虽然奥施康定在没有标签的处方瓶里，但我找不到任何证据显示警方试图有条理地去调查一名十八岁女孩从哪里得到这么多药丸。新闻标题里没写"符合溺水条件"，只有"当地女孩遇溺"这样的词。

吉米没有谈论他和玛莲娜在一起的那一个小时，其中四十五分钟，他们都在山姆·戈迪杂货店的停车场，一起抽大麻烟卷。无论我多想去，我都不能去。他将我拒之门外。他只希望他们两个待在斯巴鲁汽车里，他想把她的最后一点留给他自己。我当时很讨厌他这么做，但现在我想我明白了，如果他预知结局，他一定会改变结局，而且会把记忆抹去。有一段时间，他总是对下午5点12分这个时间念念不忘，就像在那一刻，他本可以做些什么来改变现状。他告诉我，她从他的杯架上拿起一支蓝色圆珠笔，在她的牛仔裤腿上画了一只猫。但是，她经常查看手机不是很奇怪吗？难道他没有注意到？她是否进入了比平常还强烈的快感，他看到她的胳膊了吗？他从来没有说起过，但大约五年前我问过他。沉默良久后，他告诉我，她一直在唱《萨泰里阿》这首歌的前几句，她的呼吸有些急促。反复唱同样的几句歌词，仿佛她记不起其余的歌词。他记得他当时觉得她那天早上或前天晚上一定听过那首歌。这是我第一次听到这个细节，这让我很害怕。我们得到的细节越多，就越难和他谈这件事，有什么可说的？他问道，他的声音短促清晰，只是让我不要再问。

从山姆·戈迪杂货店的监控录像里可以看到他们把车停在停车场，另一个女服务员看到她在五点左右在公园附近下了他的车，这表示她会按照计划从姆尔维馅饼店前走过，但是，出于某种原因，她决定不去找我。如果我在外面等她呢？如果那天我和她在一起呢？如果我没有怂恿格雷格上传那段视频，如果我阻止瑞德去报警呢？如果我也服食药丸，如果我说出了真相，如果我和她根本不认识。

"是我们的错吗？"那年冬天，我问吉米。隔壁的谷仓又黑又冷，就像一个时间胶囊，只是除了萨尔，不会再有人将它打开。"不是。"他盯着冰箱说，"她要为她自己做的事负责。"


我每年和吉米见上一两面，通常都是在圣诞节。我在他过生日时给他打电话，他在我过生日时给我打电话，我们会聊上二十分钟或半个小时，和他聊天，总是比我以为的更好、更轻松。

小时候的我们回到了我们的声音里，我们又变成了曾经的那对兄妹。他拿我开玩笑，问起利亚姆，我故意惹他生气，表现得很孩子气，不再显得干练。我的哥哥纠正我，即使他错了，我也不会反击。

他住在密歇根州上半岛一个古老的铜矿小镇，那里的悬崖表面布满了铜绿色的矿脉，附近还有黑熊出没。吉米说，有一次，一头黑熊跑到了他家屋后的露台上。几年前，我和利亚姆去那里看他，我们租了一辆车，从底特律开去那里，半路顺道去看母亲。他的房子是一栋木屋，装饰得好像出租屋，墙壁上挂着风景画，铺着格子地毯，客房里的蓝色毯子使人发痒，我的哥哥竟然在客房里摆了一张双层床，我看不出他这么安排有何道理。冬天，吉米会在窗户上糊几层塑料。他在苏必利尔湖畔建造避暑别墅，挣的钱比我少，但也没少很多。他变得越来越结实，每次见到他，我都觉得他胖了，但我们拥抱的时候，我又觉得他没胖。作为一个成年人，他看起来和爸爸一点也不一样，他们只有一点相似：在讲故事时会握紧自己的手，可见他渴望看到你笑。和他约会四年左右的那个女人住在几英里之外，有她自己的房子。他们并没搬到一起，也没有计划同居，至少他没这么和我说过。因此，在我杜撰出来的这个故事中，珍妮是一个我从未见过的女人，却出现在他的所有经历和他时不时发来的照片中，有个男人深深地伤了她的心，所以她从不曾真正接受我的哥哥。我喜欢这个故事胜过另一个故事，在那个故事里，是他紧锁心门，不接纳别人。

玛莲娜的尸体是在 11 月 19 日这一天被发现的，所以我把这一天当作她的忌日，虽然几乎可以肯定她是在 18 日那天去世的。因为对我而言，在那天，她虽然有些招人烦，却还好好活着，生龙活虎，故意不接我的电话，准备告诉我一些她无疑很快会告诉我的事。

11 月 19 日的十二天后，我十六岁。每年的情况都是一样的：玛莲娜去世了，我却长大了一岁。

　　玛莲娜去世的几个礼拜后，我开始无法独处。日日夜夜，我一遍又一遍地打开衣柜门查看里面，我确信我感觉到有一双眼睛透过板条之间的缝隙看着我。我昏睡不醒，一睡就是十二、十四个小时，或者根本睡不着。大部分时候母亲都陪着我，母亲撤换下我床上的床单、把各种东西装箱送给萨尔、剪去冷冻爆米花的塑料盖。母亲把车开到路边，因为我很肯定轮胎出了问题。母亲在沃尔玛的付款通道拥抱吉米，而他则一脸茫然。就连玛莲娜的葬礼也大都是母亲操办的。

　　母亲看起来还很年轻，但她的手除外，由于多年来一直做专业清洁，再加上遗传的原因，她的手看起来一点也不像女人的手。到五十岁时，她的无名指和食指都无法伸直，晚上，她的拇指底部的肉垫会很痛，疼得连觉都睡不着。我十几岁时，有时看到她的手，我会很害怕，她的手放在腿上，看起来就像是女巫的手，而且会流血，与她的容貌、纤瘦的身材和长而未见花白的头发很不协调。搬到纽约后，我再也没有替人做清洁赚钱，但我还是从我的手看到了她的手。我涂上指甲油，我的手就会显得很难看。我现在能更好地理解我的母亲，因为我了解了她带着她的维度行走在这个世界的感觉。我把乳液涂在我的指关节上，涂在角质层周围皲裂的皮肤上，也像是涂在我母亲的指关节上。我也想到了她，玛莲娜，如果她能活得更久一点，那么通过这种细小且实在的方式，通过做她自己，她也可以把她的母亲找回来。


　　玛莲娜的葬礼在圣帕特里克教堂举行，他父亲在葬礼期间一直坐在第一排号啕大哭，萨尔穿着他那件过小的西装。几个月后，母亲安排我返回康科德学院做寄宿生，完成高三的学业。她联系学校并解释了情况；她重新拿回了我的奖学金，还拿到了一小笔钱，用来支付我的生活费；我的奶奶出了最后所差的五千美元，因为母亲让她相信我有危险。我无法想象她们都说了什么。奶奶从未和我们一起生活，也许她是为父亲的所作所为感到内疚，这是她补偿我们的方式。母亲让我给她写了一封热情洋溢的感谢长信，我足足写了两页，写得手都抽筋了。

　　没有玛莲娜，日子过得平平淡淡，没有什么需要记住。那年春天经常下雨，很快就过去了，接着是一个同样匆匆离去的炎热夏天。旋转的书堆，粉色的夜晚，微波炉，空的香烟包。有一个晚上，我、小不点儿和格雷格喝醉了，我们躲在我的卧室里聊着她的事，小不点儿不停地哭，弯腰抱着她的膝盖，发出动物一样的声音。我伸出一只胳膊搂着她，但我感到一种冰冷和令人厌恶的怜悯，那种冰冷的麻木伴随我一生，尤其是在别人表现出情感的时候。"一定是闪电。"格雷格喃喃地说着他的理论，说什么他在电视谈话节目里看过，这不是一级谋杀，只算是过失杀人，她摔倒了，他却把她丢在那里，事后又不想被牵扯进来，我们都知道他对她着迷，不然他还能因为什么总是出现在她周围？我知道他没有跟踪她，但我没这么说，没有打断他告诉他有很多次，都是玛莲娜主动联系闪电。

　　没有玛莲娜把我们凝聚在一起，我、瑞德、格雷格和小不点儿不久便失去了联系。七月，瑞德被捕，他被拍到破坏了距玛莲娜家几英里远的一个鳟鱼渔场。格雷格在镇里的胡克干洗店找了份工作，并进入了社区大学。他没有注销他在视屏网站上的主页，但删掉了所有视频。有时，我看到他们或是坐在车里或是在沙滩，或者只是从街对面走过。我们没有说话。据我所知，他们都还在银湖。

　　我在康科德并没有出类拔萃，没能重现我上九年级时的辉煌，与我的想象大相径庭。我的宿舍四四方方，又阴又冷，地面是水泥的。食堂供应俄式煎肉丝、干酪砂锅菜、大桶辣酱，我依靠苹果和豆腐块度日。周六，我签名出校，走到最近的一家杂货店，从卖酒通道的底层货架上偷了几品脱没商标的廉价伏特加酒。回到宿舍，我把伏特加倒入塑料水瓶，把它们放在我们的迷你冰箱里。我的室友是一个来自墨西哥城的女孩，老是板着一张脸，她非常害怕我，可能知道我经常喝醉，而且肯定知道我翘了很多课，但她没有说出去。海星和其他几个姑娘成了好朋友，我们现在的互动仅限于在大厅相遇时冲彼此点个头。我整天冷冷的，对自我毁灭有一种优雅的品位，这让我看起来像个很酷的女孩，所以没有人靠近我，别人对我都是又敬又畏。我的成绩下滑了。我有时候几个礼拜不做作业，然后突然把我所有精力投入到一篇论文或一项作业中，获得优秀的成绩，免得不及格。我最亲密的朋友是我的室友杰西卡，她能搞到处方药阿德拉。有一次，我急需药丸帮助我在一夜之间写十四页论文，我用我的夹克找她换了二十毫克这种橙色药丸，然后，我用学生证把药丸碾碎。我把桌上的药粉舔掉，我看到杰西卡笑，便用中指指着她。遇上冷天，我穿三件运动衫。我瘦了很多，最后变得和玛莲娜一样瘦。我和一个名叫亚历桑德罗的男孩有过一段感情，他很受欢迎，戴耳钉，会很认真地吻我。大多数早晨，黎明时分，关掉闹钟后，我就偷偷溜出宿舍的后门，走到学校远处一片半圆形的松树林里，在那里，我抽着我总能搞来的烟。我喜欢看日出。我喜欢相信它那滑稽的美，丰富的色彩，鸟儿四处乱飞，我望着日出，身边没有她的陪伴，我觉得自己是那么巨大和空虚。

那年感恩节，我选择留在学校，没有回银湖。我费了一番唇舌，终于说服母亲同意，因为我告诉她，我要做功课，而且很多学生都留在学校里，做一些申请大学的工作。到了春假，我也没回去。但到了寒假，我别无选择，因为宿舍会关闭。

来接我的那天，吉米坐在宿舍大厅的一张扶手椅上等我，他的头发遮住了眼睛，惹得女学生们心里小鹿乱撞，都对他很感兴趣，她们拖着箱子从他身边走过，假装没有在看他。我们两个人驾车一路向北，在漫长的车程中都没说话。在康科德覆满常春藤的楼里住了几个月，我们那栋位于坑洼短车道尽头的房子在我看来悲惨到了难以形容的地步，我家的各种弱点都汇聚于此，在这个满是房车和A字形房屋的街上，我家的房子就像一个带有小窗的灰色盒子，周围是积雪和树木，玛莲娜家的谷仓影影绰绰，像毒气一样，散发出空虚寂寥的气息。天气和我第一次见到她的那天一样，雨夹雪。我们还没把车停好，母亲就走了出来。她不停地说我太瘦了，抚摩着我的头发、肩膀、手臂，还试图握住我的手。她现在依然会这么做，每当我们在一起，她都会时时抚摩我，仿佛要向自己证明，她那个不羁的女儿是真实的。

毫无例外，我在银湖待的这十四天几乎都是在沙发上度过的，我不停地看电视，直到我的大脑感觉像静止了一样。我能感觉到玛莲娜的房子在那里，空荡荡的，但仍在呼吸，注视着我们。我经常睡觉，吃很多食物。我渐渐不再依赖阿德拉。母亲开始和罗杰展开异地恋，他是滑雪商店的经理，他们是在网上认识的，这个人最终成为她的第二任丈夫。她在屋子里转来转去，用电话跟他聊天。新年，她开车去了安阿伯，和他一起庆祝新年。我和吉米留在家里，还没到十二点，我们就都睡觉了。

在计划回学校的前一两天，我焦躁不安，非常想念她，于是，我拿上烟，穿上母亲的靴子出门。我故意绕过房子走远路，这样我就不用穿过后院我和玛莲娜经常见面的那个地方，也就是我们两家房子之间的凹地。我走过攀爬架，在那里我第一次触摸到了瑞德那异常丝滑的阴茎，我和玛莲娜在那里编写关于爱情的愚蠢歌曲。树木长得更加浓密了。我在树木之间做过很多事，我一边想一边回忆，在那棵歪脖子树边，我和玛莲娜看日出，那边有树根伸出积雪，我喝醉后蹲在那里，尽可能快地小便，祈祷不会被其他人看到。

在那个湿漉漉的冬日，麻木的松林在我周围绵延数英里，松针都是钝的，尖端发白。空地上的雪没有化。一块破烂的警示胶带仍贴在轨道车上，从手柄上耷拉下来。那天没有风，附近燃烧垃圾的气味传来，天气异常暖和，我都出汗了，每走一步，靴子都勒进我的小腿，所以我只好把雪踢到一边，自己造一条蜿蜒的小路。

我摸了摸胶带，用指尖擦去了污垢，露出了下面的亮黄色。初来银湖的时候，我出来散步发现了轨道车，从那时候开始，我就没这么靠近过这里。有些时候，她有事找她父亲，我就和她一起来，我突然想到，她可能只是来这里找闪电。她让我在后面的树林里等，不让别人看见我。这是为我好，她这么说。像银湖的大部分活动房屋一样，轨道车也是搭在煤渣砖上的。黑色的油漆已经剥落，窗户的漆剥落得尤其严重。在窗上的漆被划掉或擦掉的地方，就可以透过脏玻璃看到玻璃的另一面也涂着黑漆。

我走上一堆八成是台阶的覆盖着雪的石头，然后，我拉动滑门，没想到它会滑动，更没想到它真的开了，随即却被卡住，打开的宽度只够我侧身而过。

　　在里面，阳光照射在漆黑的窗户上，屋内的黑暗呈现出紫罗兰色，有些发红光。里面比外面还冷。当我的眼睛适应后，我看到这里一定是一辆餐车，在一侧，桌子都是固定在车壁上的，不过椅子或售货亭早就消失了。一张桌子上刻着马 + 瑞，字母大如我的手。我的左边有一个脸盆和一张长一些的桌子，桌上只有杯子、碎玻璃和胶带，很可能是警察留下的，还有一袋只剩下一半的好奇纸尿裤，看到这东西，我不由得浑身颤抖。碎玻璃在我的靴子下嘎吱作响。最左边的墙上贴着一张海报，上面的女孩弯着腰，把她的屁股分开，她的脸悬在她的脚踝之间，两边脸颊中间都有香烟烫出来的痕迹。我向窗外望去，从一个圆形油漆剥落痕迹可以看到田野。玻璃上覆盖着一层薄冰，但无论如何，我还是走到近处，看着窗外留有我的脚印的雪地，以及那条我踏出来的路。那条路像是被一个从天而降的人开辟出来，通往虚无。

　　开车去银湖和开车回学校这两段路，让我和吉米的关系发生了永久性的转变。唯有他知道我们没有为玛莲娜尽心尽力。他的手在方向盘上，穿着脏牛仔裤，下巴上粘着抹墙粉，只是看着他，感觉就像我用拇指使劲儿按住一块瘀伤。他调到四十张最畅销唱片频道，而且音量开得太大，我们都没法说话了。加热器把暖风吹进我的眼睛，我们两个人凝视着同一条道路的两侧。我想说点什么，却不知道说什么才好。我至今仍然能感觉到那时的沉默。他在停车场拥抱我，把我的脸贴在他的外套上，我差一点就哭了出来，差一点道歉，让他做我的哥哥。当我扭动着离开他的怀抱之际，这种可能性就消失了。"我爱你。"他说。"再见。"我说。

在高三下半年，我的成绩继续下降。母亲每次说话，都会列出成本、费用、书费和校服费、每一节课的每小时的价格、浪费的时间。我想，康科德来得太晚了。但是我确定，亨特学院录取我，唯一的原因就是我的成绩单上有这所学校的名称，而亨特学院是我申请的两所大学之一。母亲攒钱帮我交了押金，在东哈莱姆一间弥漫着猫尿味的拥挤的公寓里租了一个没有窗户的房间。我的房间最便宜，每月五百美元。我那些室友很不友好，大楼门上有涂鸦，我住的街区里有家炸鸡铺子，店里在柜台和用餐区之间装有防弹玻璃，母亲和吉米被这些情况弄得心烦意乱。但我认为他们也松了一口气，他们的牺牲结束了。我是家里的贡品。我将在一个大城市里上大学，这样一来，我的经历和他们的有所不同，会永远把我和他们分开，但作为回报，我会有更好的生活。他们把我送到那里，已经是竭尽所能了，接下来会发生什么，都要看我自己的了。

我按照我想要的那样成功了，我一次也没有停下来回头看。

# 纽　约

　　萨尔迟到了。我感觉糟糕透顶，仿佛我的整个身体都缩小了，好像我被冻僵了。解决办法就是喝酒。我选了图书馆附近的一家咖啡酒吧，店内镶着木墙板，装修得很像避暑小屋，墙壁上挂着几束干薰衣草和历史人物黑白肖像画。我坐在一张窄松木桌边，坐的是一张窄凳，每次我一动，凳子腿就会歪。空气中弥漫着咖啡粉末和烹饪食物的蒸汽。我闭上眼睛，试着让太阳穴不再疼痛，仿佛看见图书馆女孩被两个警察一左一右架着出了门。门发出刺耳的声音，冷风吹进来，但进来的人都不是他。一个服务员过来，叫我惊讶的是，我竟然点了一杯柠檬茶。

　　但是，他来了。他很年轻，身材高大，金发碧眼，身穿灰色拉链运动衫，胸前有 Polo 标志，他穿着褪色牛仔裤和白色网球鞋，还戴着一顶橙色针织帽。他扫视了一下餐厅，我半站着，挥挥手。他提着梅西百货的购物袋，从拥挤的餐桌之间穿过，他那强壮的身体和袋子时不时撞到坐着的人。他的五官都无可挑剔，但一起长在他的脸上就不太协调，鼻子和嘴巴太秀气，使他的面相显得有点刻薄。我意识到，玛莲娜真的存在过，她的存在从未这么真实。她还活着，而我们就是她的生命的延续。

"抱歉。"他坐下后说，他的膝盖碰到了桌子下面，我的茶被碰洒了。

"我坐地铁坐错方向了。"他带着口音说。他摘掉帽子，放进购物袋，用手摸了摸后脑上剃得很短的白金色头发。他有点胖，我原以为会看到一个优雅的小男孩。

"我应该选张大点儿的桌子。"

"不用了。"他说，"没关系。"

"你要点什么，饮料，还是你想吃什么？"过去和现在碰撞在一起，让人感觉晕头转向，那种感觉强烈至极，但最重要的是，我依然想喝酒。我有种被人活生生剥皮的感觉，不管有什么东西碰到我，都很疼。声音太吵，感觉太吵，人也太吵。要是来一杯，肯定能磨平所有东西的棱角。服务员很久都没来，萨尔正告诉我他妻子在附近逛服饰店，而他很感激不用陪着去。

"你知道的，我只是坐在他们为男人们准备的椅子上，等着她买衣服。"他说。我有时觉得，可以通过一个男人说到妻子时的语气来判断他对他妻子的感觉，而萨尔说到他妻子，是那么骄傲。我为他感到高兴，并且把这个想法说了出来。萨尔认为纽约是个有趣的地方，但他不想住在这里。他告诉我，他的妻子很喜欢纽约。他的脖子上有一个文身，是一个黑色小锚。我突然想起和他一起站在母亲的浴缸里，用一把红色手柄的剪刀修剪他耳朵上方的头发，玛莲娜坐在浴室的水槽上指挥着我。

　　他点了一杯啤酒。过了一会儿，我盯着菜单看了一会儿，又要了一杯热水。一次选择一个似乎可行。要水。要除了酒以外的任何东西。每当萨尔试着把胳膊放在桌上，桌子就会偏向一边。我们闲聊了一会儿，然后他告诉我，他在我的旧自由职业网站上找到了我的信息。我意识到他和妻子才结婚几个月。他还说，她鼓励他去见见认识玛莲娜的人，因为他和他的家人没有太多的联系，而他也不想保持那种联系。他说，有时他感到有点失落，感觉自己是个没有根的人。他提到他的父母，我要过一会儿，才意识到他是指他的养父母。他有一份稳定的工作，在密歇根州上半岛附近的一个度假小镇经营一家湖边酒吧。他承认，他几乎不记得我了，只记得我是个好人，很害羞，而且经常去他家。他和格雷格时有联系，是格雷格告诉他我在纽约。

　　萨尔连连称赞玛莲娜，赞美她的美丽和智慧。在他看来，她就是一个神话般的存在。她的死是一场"悲剧"。他没有提到毒品，也许他不知道她吸毒，但他说她有些坏习惯。他的声音听来有些羞涩，有些尖厉，他告诉我，因为她，他想要变得更好。他从来都不是一个好学生，但一辈子都不会纵情狂欢。人们意识不到危险。不过，他喝得很快，每喝下一大口，杯子里的啤酒就降低了几厘米。只是看着他，我就能品尝到啤酒的味道，那种冰凉酸涩的口感，酒在舌尖上发出嘶嘶声，爆发出金黄的小麦的味道。她死时他还很小。他不停地说那是一场意外，所以我也这么说。萨尔说，玛莲娜更像是他的母亲，而不是姐姐，正因为如此，他才从未真正认识她。

　　"她是个什么样的人？"他问。

我试着解释。他又叫了一杯啤酒。"来杯水。"我又说，一边喝水一边不停地说。

我们拥抱告别，我知道他永远都不会了解的那些事，以及他渴望知道的关于她的细节，这些事像实物一样横亘在我们之间。我把玛莲娜的胸针交给他，胸针和一张手写字条都装在一个密封的信封里。虽然听起来有些迷信，但他接过胸针后，我忽然感觉如释重负。这个存在已久的诅咒终于解除了。

第二天早晨，我走到公寓附近的教堂。我八点一刻才到，因为太迟，我差点掉头返回。来到里面，我沿着纸质标志牌去到地下室，在那里，我喝了一杯咖啡，然后在前面的椅子上坐下。这里大概有十五个人，大都和我一样穿着工作服。他们一个接一个站了起来。他们讲述了他们的故事。我以前也在那个房间里说过我的故事，但是这次我不知道怎么开始。我盯着我的大腿，把撕碎的餐巾揉成了锥形，一言不发。一周后，我又回到这里。

# 玛莲娜

我们真正的结局是在公园那个阴郁礼拜日的前几天。那天是上学的日子，应该是礼拜四，十一月的天气十分寒冷。晚上，我们两个坐在攀爬架上，双腿悬在外面，雪花缓缓地落下，过很久才会落在我们的脸上。她取笑我，说我一整天都不回她的短信，还说我现在是大忙人，已经把她忘了。

"我早就知道，你对我的英雄崇拜只是暂时的。"她说。

"啊，闭嘴。"我一歪脑袋，枕在她的肩上，视线越过她的下巴曲线，抬头望着天空。她的头发弄得我的额头很痒。

这个世界就像一个翻倒的碗，很大，但我们能看到尽头，天与地相交的弯曲天际线便是那个尽头。

"你很快就要离开这里了，我准备好了，你要去上大学了。"

"你觉得我会变成什么人？"

我真的很想知道。即便是在当时，我都认为她会告诉我。我们与美好的未来只有咫尺之遥：第一次吃寿司，在城市的某条偏僻小巷中冲对方大呼小叫，第一次去做重要工作前发短信祝对方好运，谈恋爱、失恋，虽然没有父亲却因此变得坚强，学会穿高跟鞋走路，自己剪刘海儿，不马上把钱花光，学会解释我们喜欢什么和不喜欢什么，在公共场合说话，独自开车去普普通通的地方，分开一年后再见面拥抱彼此，把头发留长再一次剪掉，经历被遗忘的无尽时间，唱那些虽然老却依然是我们最爱的老歌，聊着以前的往事。对长大后更有智慧的我们，我充满了信心。

"不管你想怎么样，"她说，像卡通片里的母亲那样，啵的一声亲了我的头顶，"但都不要忘记，可以吗？答应我，你走了以后，一定要回来看我。到时候我就是个老太太，养了一千只猫，我需要个伴。我被困在银湖，所以我需要有人做伴。"

"你不会被困在银湖的。"

"答应我吧。"她说。我答应了，这么轻易说出的谎言感觉与真心话无异。

我不知道我们在那里待了多久。一个小时？不止一个小时？天色渐晚。我们坐起来，不停地拍打大腿，让它们变得暖和起来。我准备回家了，但为了她，我多留了一会儿，反正我也无处可去。我们跳下木平台，落地时膝盖弯曲，拂掉手心里令人刺痛的雪花。我们勾着手臂，穿过几百码宽的草地，雪花粘在我们的靴子上，我们走到我们两家房子中间的那排垃圾桶旁边。银湖静悄悄的，雪花缓慢降落下来，映衬之下，活动车房竟然多了几分美感，车窗里黑漆漆的，公路上连一辆汽车都没有。

"要不要过来待会儿？我来搞定你的数学作业。"

"我还得早起，玛莲娜。"我说，她声音里的渴求让我非常恼火。

我们走回屋。一个先回头，另一个已经进屋了。两个女孩在各自的空房子里，像是处在世界的尽头，中间隔着几个昏暗的房间，只相距几十英尺。我们中的一个躺下就睡着了，除了那特殊的一天，还有无数个日子要过，不管我有多不想，这样的结果还是一次次地重复出现。也许这就是失去。不管你是否愿意，你都会失去，还会对失去的一切念念不忘。

玛莲娜，你瞧，我没有忘记。

我还把我们的故事写了下来。

# 感　谢

感谢我的母亲伊丽莎白，感谢她的耐心和理解，感谢她相信我的想象力。谢谢你，妈妈，是你让这本书和其他事情都成为可能。你的勇气和优雅激励着我。也要感谢我的兄弟姐妹凯尔西、威尔和泰勒，感谢你们用过人的智慧帮助我。我很自豪与你们是一家人。

感谢我的代理人克劳迪娅·巴拉德，感谢你一直信任这个项目和我的意见，感谢你超强的洞察力，我确信你拥有超级力量。我很感激你是我团队的一员。

我的编辑莎拉·鲍林的才华和献身精神改变了这本书和这本书的作者。谢谢你，莎拉，帮我找到我的路。我依然相信我们可以一起合作另一部作品。但愿我有此荣幸。

感谢 WME 出版社的每一个人，尤其是劳拉·邦纳、凯特琳·兰黛特、凯瑟琳·萨默海斯和玛蒂尔达·福布斯·沃森在世界各地推广《亲爱的谎言》。感谢亨利·霍尔特出版社的一众聪明时尚的女性，让我的出版经历如此令人兴奋和毫不费力：莱斯利·布兰登、吉莉安·布莱克、玛吉·理查兹、芭芭拉·琼斯、莫莉·布鲁姆以及其他团队成员。特别感谢卡洛琳·赞肯选择了我，感谢克里·卡伦，将点点滴滴集合在一起。

感谢莫耶一家，尤其是马尔西和丹。有了你们的支持，我才能一直坚持写作，没有让我的生活偏离轨迹。我永远不会忘记这件事。非常感谢我的老师们给予我指导，用他们的智慧帮助我，感谢下列各位的书籍：迈克尔·戴尔普、杰瑞·威廉姆斯、伊里尼·斯潘尼度、乔纳森·萨弗兰·福尔、洛里·摩尔和大卫·利普斯基。同时也感谢安东·迪克拉夫尼和爱德华·勒普基的友好和鼓励。

更感谢纽约大学的美术硕士项目，感谢黛博拉·兰多、管理人员、改变世界的全体教职员工、我在研讨会的同事。

特别感谢让·柯维兹和利·纽曼，感谢安迪·亨特，创建了一个重视作家的工作空间。感谢艾米·库兹韦尔、马克斯·温特和杰斯·阿恩特：因为你们的想象力，这本书才变得更好。

每一件事，从富于洞察力的阅读、对作家的同情到快乐的时刻，衷心感谢我那些聪明的挚友和不知疲倦的冠军安娜·布雷斯劳、贝琪·迪纳斯坦、雷切尔·费斯雷尔、丽贝卡·考夫曼、哈利玛·马库斯、惠特尼·穆豪泽、茱莉亚·皮尔庞特、佐伊·特里斯卡和玛歌·维斯曼。

特别感谢我的朋友利亚，她的精神和记忆将永远陪伴着我，还要感谢我的妹妹凯尔西。对于我在密歇根认识的其他姑娘们，你们知道你们是谁，感谢你们在皮托斯基和我一起度过的那些夏天。那些经历让我获益良多，可以让我把往事写出来。

最后，我要感谢一个读者——加布·哈巴什，他很聪明，我不得不嫁给他。我还要感谢你们，我的读者。